Halvar Beck
Apnoe

Das Buch

»Ich will, dass Sie selbst zu Mördern werden!«, fordert der norwegische Starautor Aleksander Rosvold die Kandidaten seines Schreibwettbewerbs auf. Für die junge Autorin Caroline Sund, die sich selbst kaum Chancen ausrechnet, ist der Wettbewerb eine willkommene Gelegenheit, ihrer kaputten Beziehung zu entfliehen. Auf der Insel angekommen, hegt sie jedoch bald den Verdacht, nur als Ersatz für einen anderen Teilnehmer geholt worden zu sein. Nur was wurde aus der anderen Person?

Unweit der Insel wird eine Frauenleiche aus dem Meer gezogen. Nils Mikkelsen von der Polizei Tåkesund nimmt die Ermittlungen auf und schon bald konzentriert sich alles auf Rosvold als potenziellen Täter.

Caroline fühlt sich unterdessen beobachtet und bald auch verfolgt. Das Wetter verschlechtert sich. Und während die Insel immer schwerer zu erreichen ist, zieht sich die Schlinge um die Kandidaten zu …

Der Autor

Halvar Beck ist das Pseudonym eines erfolgreichen deutschsprachigen Autors. Seit vielen Jahren ist Norwegen sein Sehnsuchtsland, das er besonders gern auf ausgedehnten Wanderungen und Küstentrips bereist. Die karge Natur, das Klima und vor allem auch die Menschen haben es ihm angetan. Die Krimis und Thriller, die er dort ansiedelt, sollen viele Menschen für das Land im hohen Norden begeistern.

HALVAR BECK

APNOE

THRILLER

Deutsche Erstveröffentlichung bei
Edition M, Amazon Media EU S.à r.l.
38, avenue John F. Kennedy, L-1855 Luxembourg
Februar 2019
Copyright © der deutschsprachigen Ausgabe 2019
By Halvar Beck
All rights reserved.

Umschlaggestaltung: semper smile, München, www.sempersmile.de
Umschlagmotiv: © Ed Rhodes / Alamy Stock Photo;
© Sabphoto / Shutterstock; © Kalah_R / Shutterstock
1. Lektorat: Ute Köhler
2. Lektorat: Cathérine Fischer
Korrektorat: Manuela Tiller/DRSVS
Gedruckt durch:
Amazon Distribution GmbH, Amazonstraße 1, 04347 Leipzig /
Canon Deutschland Business Services GmbH, Ferdinand-Jühlke-Str. 7,
99095 Erfurt /
CPI books GmbH, Birkstraße 10, 25917 Leck

ISBN: 978-2-91980-372-9

www.edition-m-verlag.de

Ertrinken wird in drei Phasen unterteilt.
Minute 1: Das Opfer hält den Atem an.
Minute 2: Der Drang zu atmen, wird unerträglich;
das Opfer atmet Wasser ein.
Minute 3: Bewusstlosigkeit und endgültiger Atemstillstand.

Eine Rettung nach bis zu fünf Minuten ist möglich, danach treten
schwere Hirnschäden auf. Manche Menschen wurden allerdings
bereits nach über fünfzehn Minuten reanimiert und erholten sich
vollständig. Solche Fälle sind jedoch sehr selten.

LEUCHTTURMINSEL TÅKESUND

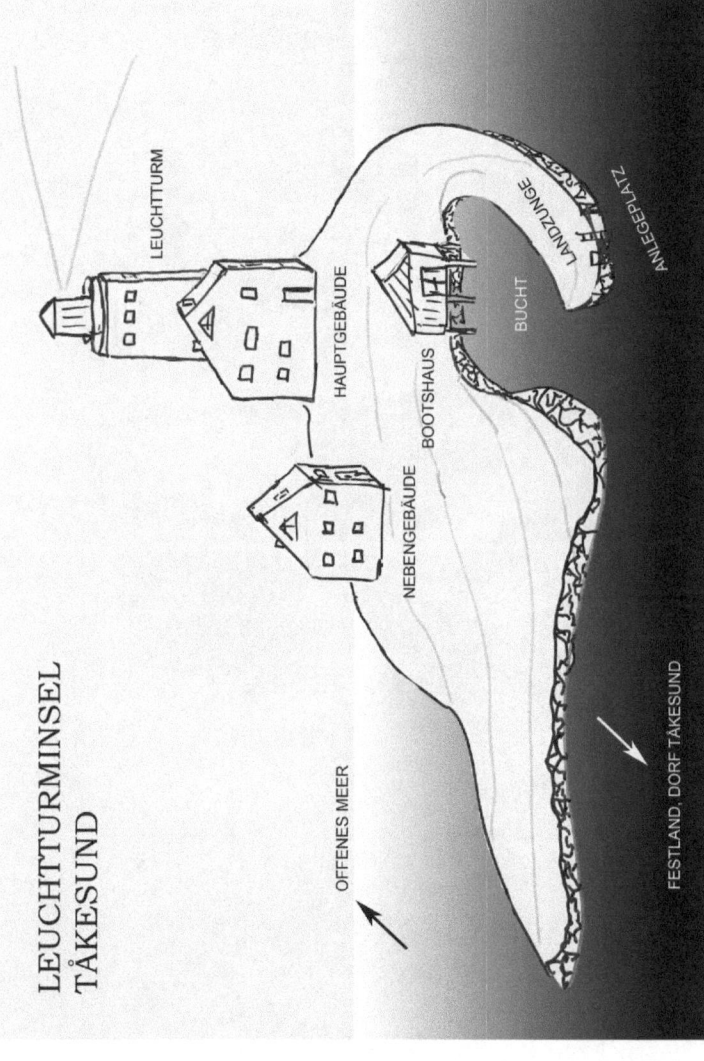

LEUCHTTURM

HAUPTGEBÄUDE

NEBENGEBÄUDE

BOOTSHAUS

LANDZUNGE

BUCHT

ANLEGEPLATZ

OFFENES MEER

FESTLAND, DORF TÅKESUND

PROLOG

Samstag – in der Dunkelheit

Sie versuchte, nicht an das Wasser zu denken.

Es war unter ihr. Ein Glucksen, wie von sanften Wellen nach einer windstillen Nacht. Sie hatte keine Ahnung, wie lange sie schon hier war. Sie hing, so viel nahm sie wahr, und: Sie hing kopfüber. Sie hatte kein Gefühl mehr in den Beinen und ihr Kopf pochte im Rhythmus ihres Herzschlags. Ihr Gesicht fühlte sich merkwürdig taub an. Etwas war in ihrem Mund.

Woran und wo sie hing, konnte sie nicht erkennen. Wie er sie hierhergebracht hatte, wusste sie nicht. Geschweige denn, wozu. Aber sie hörte das Wasser. Konnte es fühlen. Und riechen. Salzwasser, Fisch und verrottende Algen. All ihre Sinne waren nur noch darauf ausgerichtet. Ihre Arme mussten bis über die Handgelenke im Wasser gewesen sein, so taub, wie sie sich anfühlten. Seit sie wach war, winkelte sie die Ellenbogen an und rieb sich die Hände, in die langsam wieder Gefühl zurückkehrte.

Sie wollte sich orientieren, doch sosehr sie ihre Augen auch anstrengte, um sie herum war nur Schwärze, kalte Schwärze, darin flogen bunte Funken herum, vermutlich eine Folge des

Kopfüberhängens. Wie lange mochte sie schon in diesem Zustand sein? Hieß es nicht, dass man starb, wenn der Kopf zu lange unten war, dass dann Adern im Kopf platzten oder gar der ganze Kopf? Oder war das ein Ammenmärchen, das man Kindern erzählte, damit sie keinen Unfug anstellten?

Plötzlich fühlte sich diese Gefahr sehr real an. Sie versuchte, um Hilfe zu rufen, doch es kam nur ein erstickter Laut. Sie bewegte ihre Zunge. In ihrem Mund war ein Knäuel, wie ein Stück Tuch, und sie konnte die Lippen nicht öffnen. Als wären sie zusammengeklebt.

Sie war geknebelt.

Sofort musste sie schneller atmen und hatte das Gefühl, viel zu wenig Luft zu bekommen. Sie musste sich befreien!

Sie versuchte, sich zu bewegen, ihre Bauchmuskeln anzuspannen, sich hochzustrecken, um ihre Füße zu erreichen, die Fesseln zu lösen, doch es ging nicht. Alles, was sie schaffte, war, sich selbst in eine Pendelbewegung zu versetzen. Irgendwo oben knarrte es leise, dann hing sie wieder still. Sie versuchte es nochmals mit aller Kraft, aber keine Chance. Als sie locker ließ, tauchten ihre Arme fast bis zu den Ellenbogen ins Wasser.

Es war gestiegen!

Sie fühlte die Panik kommen. Blinde Panik. Sie wusste, dass die nicht half, sondern alles verschlimmerte.

Sie musste sich beruhigen. Rational denken. Das konnte ihre letzte Chance sein.

Sie zwang sich, langsam zu atmen, und nur dann, wenn es unbedingt nötig war. Ein, aus, Pause. Ein, aus, Pause …

Lange hatte sie überlegt, ob sie hierherkommen sollte, hatte gezögert und gezweifelt. Dann hatte sie sich doch noch einen Ruck gegeben. Es war die falsche Entscheidung gewesen.

Eine Welle strich ihr kalt über den Kopf.

Keine Panik!

Er wusste genau, dass sie hier war. Dass die Flut kam. Er konnte sie jederzeit hier rausholen.

Jetzt wurde es Zeit. Wenn er sie jetzt gleich befreite, würde sie ihm nichts tun. Falls nicht, wenn er noch länger zusah, bevor er sie losmachte, würde sie anschließend zur Polizei gehen. Er würde sie doch befreien? Panik überrollte die Hoffnung. War er überhaupt hier? Sah er ihr zu? Ergötzte er sich an ihrer Angst?

Er war krank. Niemand durfte so etwas mit einem anderen Menschen tun, egal, wer er war!

Wasser im Haar und an der Stirn. Wasser und Kälte. Bald hätte es ihre Augen erreicht, dann ihre Nase. Sie konnte doch nur durch die Nase atmen, ihr Mund war verklebt, das musste er doch wissen!

War ihm etwas zugestoßen, und er konnte sie deshalb nicht mehr befreien? Oder hatte er sie vielleicht sogar vergessen? Schätzte er die Flut falsch ein?

Panik. Ihr Schrei erstickte im Knebel. Blindwütig und wirkungslos, wieder und wieder und wieder. Dabei wusste sie: Niemand würde sie hören können, mit oder ohne Knebel.

Kalt, so kalt!

Sie beugte ihren Kopf nach oben, hielt es jedoch nur eine Minute aus, dann war ihre Halsmuskulatur erschöpft. Sie holte tief Luft und tauchte ein. Eiskaltes Wasser rann ihr in die Nase, sie musste die Luft langsam und stetig aus sich herauslassen, um es vom weiteren Eindringen abzuhalten.

Sie durfte nicht husten!

Luft. Ihr Körper gierte nach Luft. Also spannte sie ihre Muskeln an, hob den Kopf aus dem Wasser, holte neue Luft, ließ sich wieder sinken, blies aus und ging wieder hoch.

Sie ahnte, sie würde verlieren. Noch immer hegte sie diesen kleinen Funken Hoffnung, noch immer hätte er Gelegenheit, sie zu befreien. Noch immer würde sie ihm verzeihen, wenn sie nur jetzt, genau jetzt und keine Minute später …

Luft!

Sie schaffte es noch einmal und noch einmal, spürte aber, dass sie ebenso schnell schwächer wurde, wie die Flut kam.

Plötzlich hatte sie etwas in der Luftröhre. Sie hustete durch die Nase, einmal, zweimal, brauchte neue Luft, ein übermenschlicher Drang überkam sie, und bevor sie sich der Konsequenzen bewusst war, sog sie das Meerwasser mit aller Kraft in ihren Körper, wieder und wieder.

1

Caroline Sund verspätete sich. Wie so oft in ihrem Leben. Dies war ihre große Chance und sie im Begriff, es zu vermasseln.

Sie glaubte, das Meer bereits riechen zu können, doch sie sah nicht, wie weit es noch war. Die leere, kerzengerade Straße verschwand vor ihr hinter einer Kuppe. Wie weit war sie bereits gelaufen? Einen Kilometer, zwei? Ihre Muskeln brannten und ihre Lunge fühlte sich an, als hätte sie Feuer geatmet und nicht kalte norwegische Luft. Sie war unter ihrer Jacke ins Schwitzen gekommen, inzwischen fror sie.

Ihr Auto hatte sie am Straßenrand stehen gelassen. Der Motor hatte zweimal gestottert, dann war er abgestorben. Sie wusste gleich, was das bedeutete: Werkstatt. Wieder einmal. Caroline hatte das Auto unter Aufbietung all ihrer Kräfte an den Straßenrand schieben müssen. Ob sie abgesperrt hatte, wusste sie nicht mehr. Es war egal, sie hatte ohnehin nichts drin gelassen. Ihre Reisetasche zog sie hinter sich her, was das Laufen nicht einfacher machte. Eine der Rollen hatte sich verklemmt. Doch sie hatte keine Zeit, sich auch noch darum zu kümmern. Sie musste das Boot erwischen, das bereits vor fast

13

einer Stunde hätte ablegen sollen. Die anderen waren bestimmt schon alle da, und es war unwahrscheinlich, dass man auf sie warten würde. Und selbst wenn, würde sich ihr Zuspätkommen garantiert auf ihre Chancen auswirken. Für den ersten Eindruck gab es bekanntlich keine zweite Chance.

Caroline spürte, wie ihr die Tränen kamen. Hatte sich denn alles gegen sie verschworen?

Vor Wut lief sie noch schneller und erreichte die Kuppe, über die ein scharfer Wind blies. Auf dem höchsten Punkt sah sie endlich das Meer. Es war unruhig und wirkte unter der durchgehenden Wolkendecke fast schwarz, zwischendurch unterbrochen von kleinen, runden, glatt geschliffenen Schäreninseln. Vor ihr waren eine kleine Ansammlung von Häusern und ein Hafen, in dem ein paar Fischerboote und kleinere Wasserfahrzeuge vertäut lagen. Bei einem der Boote stand jemand.

»Hallo!«, rief Caroline und begann zu rennen. »Ich komme, warten Sie auf mich!«

Der Mann drehte sich zu ihr um und blieb regungslos stehen. In aller Ruhe sah er zu, wie Caroline ihm entgegenhastete. Sie konnte von Weitem erkennen, dass er sehr hager war, vielleicht fünfzig Jahre alt, mit wenigen, kurzen Haaren auf dem Kopf. Nach einer gefühlten Ewigkeit erreichte sie ihn, ließ ihren Koffer fallen und stützte sich auf die Knie, um Luft zu holen.

»Tut mir leid«, sagte sie. »Ich hatte eine Autopanne.«

Das schien ihn weniger zu interessieren als zu amüsieren. Er gab etwas von sich, das nach einer Mischung von Husten und Lachen klang. Dann wandte er sich wortlos dem Boot zu, einem kleinen, offenen, hölzernen Gefährt, das irgendwann im letzten Jahrhundert als Fischerboot gedient haben dürfte.

»Wo sind die anderen?«, fragte Caroline.

»Auf der Insel und warten«, sagte er knapp. »Sie sind die Letzte. Wir müssen los.«

Er dachte nicht daran, ihr zu helfen, sondern begann, die Vertäuung zu lösen. Caroline wuchtete ihr Gepäck selbst an Bord, stieg ein und setzte sich auf eine Planke. Eine Minute darauf waren sie auch schon auf dem offenen Meer.

Caroline Sund glaubte bald, dass sie kentern würden, so sehr schaukelte das kleine Boot auf den Wellen, die von Land aus so harmlos ausgesehen hatten.

Sie prüfte zum wiederholten Mal die Verschlüsse der Schwimmweste, die sie sich angezogen hatte, ohne dass es der Mann vorgeschlagen hätte. Die Klipps waren aus Plastik und kamen ihr viel zu filigran vor. Wie konnte man solche Schwimmwesten fabrizieren?

Hans-Petter hatte sie manchmal ein *Landei* genannt. Das ärgerte sie, denn sie war eine gute Schwimmerin. Aber es stimmte, dass sie das Meer nicht besonders mochte. Sie hatte es nie verstanden, was die Leute daran fanden – *Weite, Freiheit* – alles Unsinn. Schwimmen liebte sie, aber wenn es nach ihr ging, durfte es temperiertes Thermalwasser sein.

Sie konnte nicht sehen, wie weit es noch war. Langsam wurde es dunkel. Immer größere Wellen hoben und senkten das Boot.

Der Hagere stand am Heck, sah nach vorne und schien irgendwie am Boot festgenagelt zu sein, das Schwanken existierte für ihn nicht. Caroline hielt sich an einem dicken Tau fest. Etwas anderes gab es nicht.

Jetzt bereute sie, dass sie aufgebrochen war. Sie hätte nicht hierherkommen müssen. Aber sie wollte weg, einfach nur weg, von Hans-Petter und allem, was sie an ihr Leben erinnerte. Die unerwartete E-Mail war dann eine willkommene Ausrede gewesen. Sie erinnerte sich an den Triumph, als sie es Hans-Petter gesagt hatte: »Ich habe die Ausschreibung gewonnen. Wir können ein anderes Mal reden.«

Sie hatte seinen Blick genossen. Er, der ihre Schreib-Ambitionen immer ins Lächerliche gezogen hatte, sah jetzt, dass sie doch etwas draufhatte. Natürlich hatte er sich nicht für sie gefreut. Aber dass er gleich Schluss machen würde, hätte sie nicht gedacht. Auch wenn es schon lang unausweichlich gewesen war.

Aus dir wird nie etwas werden. Du und deine Luftschlösser.

Er, der Karrieretyp, der in Oslo in einem Fracht-Unternehmen an irgendeinem Schreibtisch saß, ein Stockwerk höher als die anderen, glaubte, ein solches Leben sei das einzig erstrebenswerte.

Sie hatte gar nicht mehr damit gerechnet, eine Antwort zu bekommen. Eine Woche früher, und sie hätte abgesagt. Schließlich konnte sie sich nicht einfach so tage- oder gar wochenlang aus dem Leben stehlen. Sie musste wieder auf die Universität. Der Professor für alte nordische Literatur hatte sich bereits beschwert, weil sie seine Vorlesungen schwänzte. Doch die geheimnisvolle Ausschreibung des Starautors Aleksander Rosvold, die ganz Norwegen verrückt gemacht hatte, änderte jetzt alles für sie. Jeder Hobby-Schriftsteller des Landes hatte seine Texte hingeschickt. Nach Ablauf der Frist warteten alle auf die Bekanntgabe der Sieger. Niemand erfuhr, wer ausgewählt wurde. Nur die Betroffenen selbst hatten ein Anschreiben per E-Mail bekommen. Sie hatte es Hans-Petter unter die Nase gehalten. Sie hatten gestritten. Er hatte Schluss gemacht. Dann hatte sie ihm den Rücken zugekehrt und war gegangen.

Nun war sie hier und die Zweifel wurden jeden Moment größer. Ein riesiger Brecher traf das Boot. Gischt spritzte an Deck und durchnässte sie bis auf die Knochen. Die Nussschale neigte sich gefährlich zur Seite. Caroline klammerte sich verzweifelt an das Seil, das aber nur in einer Richtung Halt gab. Immer wieder drohte sie über Bord zu kippen, dem Steuermann schien das nicht weiter aufzufallen. Der ausdruckslose Kapitän hatte sich verschätzt – gleich würden sie kentern. Wie weit waren sie nun schon von der Küste entfernt? Sie würde ins eiskalte Wasser fallen und ganz auf die Schwimmweste und diese lächerlich winzigen Plastikklipps angewiesen sein, bis sie jemand rettete. Wenn überhaupt jemand käme. Ans Ufer zu schwimmen wäre hoffnungslos. Sie wusste zu viel über Wasser, als dass sie sich einer Illusion hätte hingeben können. Ein Kentern hier bedeutete den sicheren Tod.

Da vollführte das Boot eine scharfe Wendung, Caroline spürte die Fliehkraft, dann standen sie plötzlich wieder gerade. Sie waren der Katastrophe noch einmal entronnen. Der Mann am Steuerrad hatte von ihrer Panik offensichtlich keine Notiz genommen.

Worauf hatte sie sich da eingelassen? Sie kauerte sich zusammen und fragte sich, ob diese Fahrt je ein Ende nehmen würde.

Dann hörte sie etwas. Der Schweigsame musste ihr etwas zugerufen haben. Sie sah ihn fragend an.

»Aussteigen!«

Erschrocken blickte sie auf.

Nicht allzu weit entfernt ragte der Leuchtturm in die Höhe.

2

18 Uhr – Leuchtturm Täkesund

Sie hatten an einer Stelle angelegt, die sich unter einer kleinen, geschätzt drei Meter hohen Klippe befand. Über eine Metallleiter hatten sie den Granitboden der Insel erreicht.

Caroline kam sich dumm vor. Seit sie wieder festen Boden unter den Füßen hatte, erschien ihr das Wetter gar nicht mehr bedrohlich. Sogar die Wolkendecke riss am Horizont kurz auf und sie konnte im letzten Tageslicht die Insel erkennen, auf der sie sich befand.

Das karge Eiland war vielleicht zweihundert Meter lang und erhob sich zum Leuchtturm hin mehrere Meter aus dem Meer. Der Fels schien über Jahrtausende glatt poliert worden zu sein. Darauf standen zwei zweistöckige weiße Gebäude mit steilen Dächern. Am äußersten, höchsten Punkt befand sich der Leuchtturm, etwa vier Stockwerke hoch, der sich an das größere der beiden Gebäude schmiegte. Er war nicht rund, wie man es von Leuchttürmen irgendwie erwartete, sondern hatte einen quadratischen Grundriss. Nur der oberste Teil, eine Metall-Glas-Konstruktion mit dem Leuchtfeuer darin, war kreisrund. Unten, am Fuß einer winzigen Bucht, sah man ein rotes Bootshaus. Sonst schien es hier nichts zu geben. Keine Erhebungen, keine Vegetation.

Der Mann schnappte wortlos ihre Reisetasche und ging auf die Gebäude zu. Sie folgte ihm mit steifen Gliedern. Zwar war es fast windstill, doch die Nässe war unerträglich. Es wurde Zeit, dass sie sich umzog, ob die anderen schon warteten oder nicht. Sie war bis auf die Unterwäsche durchnässt.

Der Mann führte sie zum kleineren der Häuser. Die Tür war unversperrt. Er ließ sie offen stehen. Rechts führte eine Treppe nach oben, doch daran gingen sie vorbei. Kein Mensch irgendwo. Sie hatte keine Ahnung, wer sonst noch eingeladen worden war. Mit wem würde sie um die Gunst des Bestsellerautors kämpfen? Vielleicht kannte sie ihre Gegner schon, hatte womöglich schon Bücher von ihnen gelesen?

Warum war sie bloß eingeladen worden?

Ihr Zimmer befand sich im Erdgeschoss und bot kaum Platz für das Bett und einen Schreibtisch. Der Mann stellte ihre Reisetasche hinein und ging dann wieder hinaus auf den Gang, um Platz für sie zu machen. Sie trat ein und sah sich um.

Das musste ein Witz sein!

»Wo kann ich mich waschen?«, fragte Caroline.

Er deutete den Gang entlang. Caroline ersparte sich die Frage nach der Toilette.

»Das Handy«, sagte der Mann.

Caroline verstand zuerst nicht. Er sah sie ungerührt an und streckte seine Hand aus.

Da erinnerte sie sich. Es hatte geheißen, sie müsse ihr Mobiltelefon abgeben. Sie hatte es in all dem Trubel vergessen, und jetzt fühlte sie sich überrumpelt. Sie wollte wenigstens noch ihrer Mutter Bescheid sagen.

»Und wenn ich nicht will?«, entgegnete sie trotzig.

»Sie haben hier sowieso keinen Empfang«, sagte er.

Widerwillig fischte sie das Gerät aus ihrer Reisetasche. Ein Blick aufs Display zeigte ihr, dass er recht hatte – kein Signal. Also schaltete sie das Ding aus und gab es ihm.

Da bemerkte sie noch etwas anderes.

»Warten Sie, ist das überhaupt das richtige Zimmer?«

Caroline zeigte auf einen kleinen Hartschalenkoffer mit Rollen, der unter das Bett geschoben war. Der Seemann spähte durch die Tür und runzelte die Stirn. Dann zuckte er mit den Schultern. Er drängte sich an Caroline vorbei und zog den Koffer unter dem Bett hervor.

»Beeilen Sie sich«, sagte er im Hinausgehen. »Die anderen warten im großen Haus.«

»Ich brauche aber zehn Minuten!«, gab sie zurück.

»Fünf!«

Caroline blieb verärgert stehen und sah dem Mann nach.

Sie war zu erschöpft, um nachzudenken. Sie zog sich um, dann machte sie sich auf den Weg ins Hauptgebäude.

Frierend erreichte sie das Haus. Zu gern hätte sie eine warme Dusche genommen, doch sie konnte die anderen nicht noch länger warten lassen. Was für ein grässlicher Start in den Wettbewerb, von dem sie sich so viel erwartete! Bei der Abreise war sie noch voller Energie gewesen; entschlossen, die unverhoffte Einladung zu ihrem Vorteil zu nutzen, es allen zu zeigen, Hans-Petter ganz besonders. Doch spätestens seit der Autopanne war ihre Stimmung auf dem Tiefpunkt.

Die Wärme, die sie beim Eintreten spürte, tat gut. Es roch etwas muffig, wie in einer Jugendherberge. Erinnerungen an vergangene Abenteuer tauchten auf. Im Raum befanden sich drei Menschen, die sie sofort mit ihren Blicken fixierten.

»Na, gut geschlafen?«

Der Mann, der das gesagt hatte, war vielleicht dreißig Jahre alt, trug einen Anzug, der wohl leger wirken sollte, und einen hellblauen Schal in der Farbe seiner Augen. Er stand sehr aufrecht da und wandte den Blick sofort wieder ab. Seine Frage war sarkastisch gemeint gewesen. Die anderen beiden, die auf einer Sitzgruppe vor einem offenen Kamin lümmelten, schienen trotzdem auf eine Antwort zu warten. Ein ganz in Schwarz gekleideter Mann mit Rollkragenpulli und Glatze und eine Frau mit unnatürlich roten Haaren, deren Kleider aus einem Second-Hand-Laden zu stammen schienen und so bunt wie das Federkleid eines Papageis leuchteten.

Caroline glaubte, Ablehnung zu spüren. Genau wie sie befürchtet hatte.

»Ich bin gerade angekommen«, sagte sie und fand, dass es wie eine schlechte Ausrede klang.

»Dafür sind wir dir alle sehr dankbar, nicht wahr?«, sagte der Mann mit dem Schal. »Du bist nämlich die Letzte.«

Sie überlegte schon, in die Offensive zu gehen, beschloss dann aber, den Ärger runterzuschlucken. Sie hatte ohnehin nicht vor, große Freundschaften zu schließen. Der Mann mit dem Schal hatte sie fordernd angesehen. Dass sie nicht auf seine Provokation einstieg, schien ihn zu enttäuschen.

Caroline sah sich den Raum genauer an. Es war eigentlich eine Art Vorraum, neben der Vordertür waren die Garderobe und Plastikwannen für nasse Schuhe. Doch der Kamin und die Sitzgarnitur deuteten darauf hin, dass man hier zusammenkam. Eine Treppe führte in den oberen Stock. Unten gab es zwei Türen, die geschlossen waren. An einer Wand stand eine Bar mit einem Zapfhahn. Nachdem Caroline ihre Sachen abgelegt hatte, steuerte sie dorthin und nahm sich ein Glas Wasser, das sie gierig trank. Die Salzluft von der Bootsfahrt und die Lauferei zuvor hatten sie durstig gemacht. Als sie sich gerade nach einem Platz umsah, wo sie sich niederlassen konnte, ohne mit jemandem reden zu müssen, schien mit einem Mal die Luft aus dem Raum zu weichen. Caroline sah auf.

Ein Mann trat durch eine der beiden Türen. Ein sehr beleibter Mensch in einem sackartigen Anzug. Er musterte die Anwesenden mit einem Grinsen, das Caroline nicht gefiel. Es hatte etwas Überhebliches.

Dann begann er zu sprechen. »Willkommen«, sagte er. »Ich bin Arne Haugerud, Aleksander Rosvolds Manager.« Er trat in die Mitte des Raums und atmete ein, als wollte er gleich eine Opernarie zum Besten geben. »Glückwunsch«, fuhr er theatralisch fort. »Sie sind hier, und das bedeutet, Sie haben es geschafft. Ihre Texte wurden ausgewählt und Sie alle haben die einzigartige Chance, mit dem Star der norwegischen Literaturszene zu arbeiten. Ich hoffe, Sie hatten eine gute Anreise und sind voller Tatendrang. Fühlen Sie sich wie zu Hause, es soll uns hier an nichts fehlen, für Verpflegung und alle anderen Annehmlichkeiten ist gesorgt. Aber ich bin sicher, das interessiert Sie im Moment ohnehin nicht. Kommen wir also zum Wichtigen.«

Er ließ seine Worte wirken.

»Ich könnte hier nun etwas von einer großen, renommierten Jury faseln, die sich die Entscheidung nicht leicht gemacht hat, aber das wäre gelogen. Aleksander Rosvold und sonst niemand hat Sie ausgewählt. Sie glauben vermutlich, Sie hätten gewonnen, weil Sie die Besten waren. Wir müssen Ihr Ego leider enttäuschen. So gut sind Sie nicht. Sie wurden mehr oder weniger willkürlich ausgewählt. Sie wissen nicht, was ich meine? Gut. Sie haben nun genügend Zeit, um es herauszufinden. Alles andere werden wir morgen besprechen.«

Dann trat er so plötzlich ab, wie er gekommen war.

Die Papageiendame stieß ein verächtliches Schnauben aus. Der junge Mann mit dem Schal hatte die Hände verschränkt und wirkte irritiert, wenn nicht sogar verängstigt, während der Glatzköpfige in sich hineinlächelte.

Caroline genoss die Unsicherheit des Mannes, der sie so unfreundlich begrüßt hatte. Für ihn schien gerade eine kleine Welt zusammengebrochen zu sein. Geschah ihm recht!

In diesem Moment tauchte der Seemann auf, der Caroline auf die Insel gebracht hatte. Die anderen schienen ihn auch schon zu kennen.

»Abendessen in einer Stunde«, sagte er und verschwand wieder.

Caroline nutzte die Zeit, um endlich doch zu duschen und sich dann ein wenig hinzulegen. Sie konnte nicht schlafen, auch weil sie Angst hatte, das Abendessen zu verpassen. Dafür kamen ihr die Tränen. Sie schluchzte leise vor sich hin, ohne genau zu wissen, warum. Das Ende ihrer Beziehung mit Hans-Petter hatte sich abgezeichnet, in ihrem Inneren hatte sie schon vor langer Zeit abgeschlossen gehabt. Dennoch war da ein Gefühl des Verlusts, das sie traurig und wütend zugleich machte. Aber eigentlich war das Einzige, was sie an ihm verloren hatte, die Illusion einer glücklichen Beziehung.

Sie gab sich einen Ruck und zog sich die schöne Bluse an, um dem Mann mit dem Schal und der Papageienfrau etwas Optisches entgegenzusetzen, dann machte sie sich auf den Weg.

Sie spürte beißende Kälte in ihrem Gesicht, als sie zum Hauptgebäude ging. Es war längst völlig dunkel. Über ihr drehten sich die Lichtkegel des Leuchtturms. Als sie den Raum mit dem Kamin betrat, war sie allein. Es musste noch einen Speisesaal geben, doch wo war der? Caroline sah sich die zwei Türen an. Durch eine war der Manager aufgetaucht. Sie ging zur Tür daneben und rüttelte am Griff – sie war versperrt. Da bemerkte Caroline etwas über der Tür, das sie erst auf den zweiten Blick als Überwachungskamera identifizierte.

»Suchen Sie etwas?«

Caroline fuhr der Schreck in die Glieder. Jemand musste dicht hinter ihr stehen. Sie drehte sich halb zu ihm um. Es war der Seemann, der sich offenbar angeschlichen hatte.

»Das Essen«, sagte sie nur.

Der Typ grinste und machte ein Zeichen, ihr zu folgen. Er hielt auf die Treppe zu und stieg hinauf. Caroline folgte ihm und fand sich in einem Raum mit Tisch wieder, wo bereits der Glatzköpfige saß.

Speisesaal wäre übertrieben gewesen. Der Raum sah eher aus wie eine Schiffskajüte. Sie würden alle zusammenrücken müssen. Ein offener Durchgang führte in die Küche, wo der Seemann mit Tellern zu hantieren begann.

»Wir haben uns noch nicht vorgestellt«, sagte der Glatzkopf. »Mein Name ist Erik Wennberg.« Er gab ihr die Hand.

»Caroline Sund«, sagte sie.

»Freut mich«, entgegnete er.

Caroline fiel ein Stein vom Herzen. Endlich ein freundlicher Mensch. Ob es gespielt war oder nicht, war ihr gerade völlig egal.

»Warte«, sagte er und beugte sich über den Tisch. Dort lagen vier Umschläge, auf denen Namen standen: Wennberg, Ulven, Gjelstad und Borgen. Ihr Name fehlte.

»Das ist ja eigenartig«, sagte Wennberg. »Sieht so aus, als hätte man dich vergessen. Warte kurz, das klären wir gleich.«

»Du musst nicht …«, begann Caroline, doch er war bereits aufgestanden und in die Küche gegangen, um den Seemann zu holen. Dieser kam herein und beäugte die Kuverts. Dann packte er sie zu einem Stapel zusammen und verschwand.

Caroline und Wennberg sahen sich ratlos an. Dann zuckte Wennberg mit den Schultern. In diesem Moment kam die Papageienfrau herein, die ein anderes Kleid trug, das aber genauso bunt war wie die Sachen von vorhin.

»Gott, bin ich hungrig«, ließ sie wissen. »Was gibt es?«

Zwanzig Minuten später saßen alle vier an ihren Plätzen. Die Kuverts waren wieder da, nun hatte Caroline eines mit ihrem Namen. Sie enthielten eine Begrüßung, einen Übersichtsplan der Insel und eine Postkarte.

Man hatte einander vorgestellt. Die Papageienfrau hieß Henriette Ulven, der Mann mit dem Schal Harald Gjelstad. Caroline saß neben ihm, die anderen beiden ihr gegenüber.

Der Seemann, der so etwas wie der Mann für alles zu sein schien und von allen bloß *Käpten* genannt wurde, brachte einen Topf Suppe an den Tisch, den er auf einen vorbereiteten Untersetzer stellte. Es war für vier Leute aufgedeckt, wie Gjelstad bereits bemerkt hatte. Die Sache ließ ihm keine Ruhe.

»Wo ist Rosvold?«, fragte er. »Isst er nicht mit uns?«

Das schien den Käpten zu amüsieren. Wieder hustete und lachte er zur gleichen Zeit und sagte: »Sie werden Herrn Rosvold morgen früh sehen. Treffpunkt am Kamin, acht Uhr.«

Dann zog er sich in die Küche zurück. Bevor Gjelstad noch etwas sagen konnte, seufzte Henriette Ulven geräuschvoll und begann, sich die sämig eingekochte *Fiskesuppe* in den Teller zu schöpfen.

Man aß eine Weile schweigend. Als Caroline die Suppe ausgelöffelt hatte und den Blick hob, bemerkte sie, dass in der Ecke dieses Raums eine weitere Überwachungskamera montiert war. Wennberg schien ihrem Blick gefolgt zu sein und nickte wissend.

»Sie sind überall«, sagte er.

»Was denn?«, fragte Ulven, die in diesem Moment ihren leeren Teller von sich schob und sich mit der Serviette grob über den Mund wischte, wobei ihr Lippenstift abfärbte.

»Kameras«, flüsterte Wennberg fast. »Fünf habe ich bisher gezählt. Aber ich glaube, es gibt noch mehr.«

»Scheint ein nervöser Typ zu sein, unser Rosvold«, sagte Ulven unbedarft und kicherte.

»Findet ihr das nicht merkwürdig?«, fragte Wennberg.

Ulven zuckte mit den Schultern. »Warum? Heute ist sowieso alles öffentlich. Dein Handy hat auch eine Kamera.«

»Habe ich abgeklebt«, gab Wennberg zurück.

Er sah fragend in die Runde, doch niemandem außer ihm schienen die Kameras etwas auszumachen. Caroline war sich diesbezüglich nicht ganz sicher. Ulven hatte recht. Viele öffentliche Plätze wurden videoüberwacht – in Zeiten des Terrorismus ein notwendiges Übel, wie ihre Landsleute meinten. Dennoch ließ sie sich von Wennbergs Nervosität anstecken. Von Terrorismusgefahr war hier nicht auszugehen, eher steckte etwas anderes dahinter.

»Ich glaube, wir sollten etwas klarstellen«, wechselte Harald Gjelstad das Thema. »Ich weiß ja nicht, wie es euch geht, aber jetzt, wo ich ausgewählt wurde, will ich das hier auch gewinnen.«

Caroline überlegte, was er damit sagen wollte.

Henriette Ulven lachte und musste erst schlucken, bevor sie antwortete. »Warum glaubst du, dass nur einer von uns mit Rosvold zusammenarbeiten kann? Aber wie dem auch sei, wir sind wohl nicht hier, weil wir die Besten sind, oder?«

»Du meinst die Rede des Managers? Das war doch bloß ein Ablenkungsmanöver. Natürlich hat Rosvold die Besten der Besten ausgewählt. Und ich werde alles tun, um am Ende übrig zu bleiben.«

Wennberg legte den Kopf schief. »Du bist dir wohl ziemlich sicher, dass du gewinnst.«

Die Frage verunsicherte Gjelstad nicht im Geringsten. Er tupfte sich die Lippen mit der Serviette ab, bevor er antwortete. »Ehrlich gesagt: Ja. Nichts für ungut. Ich weiß, wo ich stehe, das ist keine Überheblichkeit. Ich habe bereits einen Bestseller geschrieben. Ich bin wohl der Einzige hier, der weiß, wovon er spricht.«

Caroline spürte Ärger in sich aufsteigen. Was für ein arroganter Kerl!

»Ach richtig«, mischte sich Henriette Ulven ein und wirkte überaus interessiert. »Ein Sachbuch, nicht wahr?«

Gjelstad bestätigte. »Es handelt davon, wie man sein volles Potenzial realisiert. Die meisten Menschen schöpfen nur fünfzig, maximal siebzig Prozent davon aus.«

»Wirklich?«, fragte Ulven nach. »Und wie viel sind es bei dir?«

»Neunzig«, erklärte er wie aus der Pistole geschossen und nahm sich Suppe nach.

»Warum nicht hundert?«

Caroline schmunzelte. Ihr gefiel, wie Ulven mit ihm spielte.

Nun schien er die Ironie in Ulvens Fragen zu bemerken. »Lies mein Buch. Es gibt da einen Fragebogen. Niemand schafft hundert Prozent.«

»Auch nicht jemand wie Rosvold?«

Gjelstad löffelte demonstrativ langsam seine Suppe. Ihm schien darauf nichts einzufallen.

Caroline sah es mit Genugtuung. Geschah ihm recht.

»Da muss man sicher eine ganze Menge Wissen zusammentragen«, sagte Wennberg freundlich.

»Stimmt«, sagte Gjelstad. »Ich habe in England Betriebswirtschaftslehre studiert.«

»Etwa in Cambridge?«, fragte Wennberg mit staunendem Gesicht.

»London«, entgegnete Gjelstad trocken. »Aber mit Bestnoten.«

»Verstehe«, sagte Wennberg und nickte. »Und danach? Was hast du dann gemacht?«

Gjelstad war jetzt anzusehen, dass das Gespräch nicht in die Richtung ging, die er sich vorgestellt hatte. »Ich habe bei einigen Firmen in Oslo gearbeitet, bevor ich mich selbstständig gemacht habe.«

»Und dann hast du den Bestseller geschrieben«, ergänzte Wennberg. »Hilft es eigentlich, wenn man der Sohn eines berühmten Politikers ist?«

»Wirklich?«, fragte Ulven, plötzlich aufgeregt. »Du bist der Sohn von *dem* Kjell-Bjarne Gjelstad? Warum sagst du das nicht gleich?«

Das erklärte tatsächlich einiges. Hier war jemand mit erstklassigen Kontakten, mit denen man die verschiedensten Türen öffnen konnte. Und der doch unzufrieden mit seiner Situation war, weil er den Erwartungen seines Vaters nicht gerecht wurde. Wie würde er reagieren?

Gjelstad sagte nur: »Es tut nichts zur Sache. Nein, eigentlich hilft es nicht. Man wird doch daran gemessen, was man selbst leistet. Was nützen all die Kontakte, wenn man es nicht draufhat?«

»Aber du hast es drauf, zweifellos. Und weil das mit dem Sachbuch so gut ging, schreibst du jetzt einfach einen Roman.«

Gjelstad blitzte Wennberg böse an. »Das Prinzip ist genau dasselbe.«

»Verstehe.« Wennberg schmunzelte. Er tauschte einen Blick mit Caroline aus.

Gjelstad legte den Löffel hin und stützte die Ellbogen auf den Tisch. »Was ist mit dir? Hast du schon einen Roman geschrieben?«

Wennberg seufzte. »Ja, aber das ist nicht der Rede wert.«

»Jetzt sag schon!«, drängte Gjelstad. »Wir sind alle sehr neugierig, nicht wahr?«

»Ein paar Bücher hab ich schon geschrieben, ja. Eines hat sogar einen Preis gewonnen.«

»Ach ja?«, fragte Gjelstad nach einer Schrecksekunde zurück. »Welchen Preis denn?«

»Den Preis der Norwegischen Akademie«, erklärte Wennberg.

Im Raum war es plötzlich totenstill. Der Preis war einer der wichtigsten Norwegens.

»Wann war das?«, fing Ulven wieder an.

Wennberg starrte den Tisch vor sich an. »Ist schon eine Weile her.«

»Das macht ja nichts«, erwiderte Ulven beruhigend und legte ihm die Hand auf die Schulter, wobei er zusammenzuckte. »Ich habe noch keinen Preis gewonnen, aber auch das macht nichts, weißt du? Preise sind nicht alles.«

»Warum bist du eigentlich hier?«, fragte Gjelstad. »Ich habe gehört, du bist Schauspielerin. Probierst du das mit dem Schreiben zum ersten Mal aus?«

Das wollte Caroline auch gern wissen. Sie hatte schon einmal etwas über Ulven gelesen, nicht im Literaturteil, sondern in einer Hochglanzillustrierten. Was genau, daran konnte sie sich nicht mehr erinnern.

Ulven lächelte unbeeindruckt. »Ich habe viele Jahre gebloggt. Zuletzt hatte ich über einhunderttausend Follower. Dann habe ich mich an einem Roman probiert.«

»Beeindruckend!«, heuchelte Gjelstad. »Und dann hast du gleich einen Verlag für deinen Roman gefunden?«

Ulven ließ sich nicht aus der Ruhe bringen. »Ich habe im Eigenverlag veröffentlicht. Aber das Buch hat in der Online-Community großen Eindruck gemacht.«

Gjelstad nickte freundlich. »Worum geht es denn in dem Buch?«

»Ein erotischer Frauenroman«, sagte sie und wartete auf die Reaktion.

»Schön! Einen Roman zu schreiben, ist keine Kleinigkeit«, erklärte Wennberg und zwinkerte Gjelstad zu. »Erotische

Frauenromane werden zurzeit viel gelesen. Einige davon sind sogar richtige Bestseller!«

Ulven ging darauf nicht ein. Ihr Roman schien kein Bestseller zu sein.

»Wie steht es mit dir?«, wandte sich Gjelstad überraschend an Wennberg. »Hat sich dein preisgekrönter Roman gut verkauft? So ein Preis ist sicher super fürs Marketing!«

Caroline sah sofort, dass das ein wunder Punkt war.

»Er war in ein, zwei Bestsellerlisten vertreten«, erklärte Wennberg knapp.

»Ach ja? Wo denn?«

»In einer guten Buchhandlung. Die führen eine eigene Bestsellerliste.«

Gjelstad grinste zufrieden und fragte nicht weiter.

Caroline wunderte sich, in welch illustre Gruppe sie da hineingeraten war. Ein ehemaliger Preisträger, eine Selbstverlegerin, ein Politikersohn und sie. Alle hatten sie ein Problem mit ihrer Schriftstellerkarriere. Ihre hatte noch nicht einmal begonnen. Hatte Rosvold sie deshalb ausgesucht? Wollte er sie etwa demütigen? Sich als Überlegener darstellen? Aber wozu? Er war doch Bestsellerautor! Sie hatte nicht das Gefühl, dass sie hierhergehörte.

»Und du?«, wandte sich Wennberg an Caroline, wieder freundlich. »Was machst du eigentlich?«

Caroline spürte die Blicke der anderen. Alle schienen zu warten, was jetzt kam.

»Ich studiere«, sagte sie knapp. »Literatur.«

Wennberg nickte verständnisvoll. »Ich habe auch einmal einige Semester Literatur studiert. Doch dann hatte ich das Gefühl, dass es mir als Schriftsteller nicht wirklich weiterhilft. Was soll man mit all der Geschichte und den vielen Kategorien anfangen? Es geht doch darum, etwas Eigenes zu entwickeln. Oder wie siehst du das?«

Caroline wurde übel, wenn sie an ihr Studium dachte. Allein die Vorstellung, ihre eigenen Texte an den großen Vorbildern aus der Literaturgeschichte zu messen, machte ihr Angst.

»Ich schreibe eigentlich nur für mich selbst«, sagte sie. »Ob mir mein Studium dabei helfen wird, kann ich noch nicht sagen.«

Gjelstad sah sie herausfordernd an. »Du schreibst für dich selbst, soso. Und trotzdem sitzt du hier. Das bedeutet, du hast etwas zu diesem Wettbewerb eingereicht. Wie passt das zusammen? Wenn du für dich selbst schreibst, warum zeigst du es dann jemand anderem?«

Caroline fühlte sich ertappt. Dabei hatte sie vor wenigen Wochen tatsächlich noch so gedacht! Und jetzt saß sie hier. Sofort fiel ihr Hans-Petter ein, dem sie zeigen wollte, was in ihr steckte. Obwohl es ihm mittlerweile vielleicht schon egal war. Zusätzlich musste sie sich eingestehen, dass sie sehr wohl Erwartungen an diesen Wettbewerb hatte. Die Einladung hatte ihr einen Schub an Selbstvertrauen gegeben und natürlich dachte sie darüber nach, die Veranstaltung zu nutzen, um ihre Texte zu veröffentlichen und vielleicht sogar Geld damit zu verdienen.

»Jetzt lass sie doch«, fuhr Wennberg dazwischen. »Ich finde es toll, wenn man das sagen kann, ›ich schreibe für mich, es macht mir Spaß‹. Kannst du das von dir behaupten? Immer?«

»Darum geht es nicht«, erwiderte Gjelstad. »So viele geben vor, dass sie für sich selbst schreiben. Ich kaufe das keinem ab! Wir wollen alle Erfolg haben. Erfolg und Ruhm. Manche sind nur zu feig, es zuzugeben.«

Caroline ärgerte sich über die Anschuldigungen. Früher hatte sie wirklich nur für sich selbst geschrieben! Oder etwa nicht? Hatte sie sich da etwas vorgemacht?

»Du kannst offensichtlich an nichts anderes denken als an den Erfolg«, sagte Wennberg. »Aber vielleicht sind nicht alle Menschen so wie du!«

Er suchte den Blickkontakt mit Caroline, doch sie wich ihm aus. Es war nett von Wennberg, sie zu verteidigen, aber sie wollte nichts mehr hören.

Auch Gjelstad schien sich nicht weiter damit befassen zu wollen. Er schob seinen Suppenteller geräuschvoll von sich.

»Egal. Langsam wird's aber Zeit für den Hauptgang!«

Der Käpten kam, als hätte er das Stichwort gehört, und räumte Topf und Teller ab. Zur Hauptspeise servierte er Wildragout, das so gut war, dass die Gespräche erstarben, abgesehen von Lobbekundungen für die Kochkünste des Mannes. Dazu brachte er eine Flasche Wein, die man brüderlich aufteilte.

Schließlich waren alle besänftigt und zufrieden. Man überlegte, noch um eine zweite Flasche Wein zu bitten, entschied sich aber dagegen. Der Käpten erklärte, dass es ab sieben Frühstück gab. Pünktlich um acht wollte Rosvold mit der Arbeit beginnen. Dann verabschiedeten sie sich freundlich und wünschten einander eine gute Nacht, als ob nichts gewesen wäre.

»Viel Glück!«, sagte Ulven, als Caroline und sie nebeneinander die Treppe hinuntergingen.

»Danke.«

»Nur eine von uns wird erfolgreich sein«, verkündete sie. »Du bist hübsch, das muss man sagen. Ich werde mich ganz schön anstrengen müssen.«

Caroline verstand nicht, worauf sie hinauswollte.

Ulven lachte, als sie Carolines Blick sah.

»Tu nicht so unschuldig! Du glaubst doch nicht wirklich, dass sich jemand wie Aleksander Rosvold für unsere Texte interessiert? Oder für die der Jungs? Dieser Wettkampf wird im Bett entschieden, meine Gute!« Ulven zwinkerte. »Wie gesagt«, fuhr sie fort. »Nur eine von uns beiden wird das Rennen machen.

Und ich werde dafür sorgen, dass ich das bin. Aber weil ich eine Sportsfrau bin, wünsche ich dir Glück! … Du wirst es brauchen.«

Dann wandte sie Caroline den Rücken zu und verschwand.

Caroline ekelte sich regelrecht vor Ulven und ihren Fantasien. Sie hatte nicht vor, sich diesem Rosvold an den Hals zu werfen. Und sie konnte sich nicht vorstellen, dass jemand wie er jemanden wie Ulven einlud, nur weil er sie ins Bett kriegen wollte.

Bevor sie das Nebenhaus betrat, bemerkte sie auch an dessen Außenfassade eine Überwachungskamera.

3

Caroline konnte nicht schlafen. Tausend Dinge gingen ihr durch den Kopf. Es war, als stünde Hans-Petter links von ihr und rechts und vor ihr, überall. Seine Stimme, sein Lächeln, seine Hände.

Seine Arroganz, seine Kälte!, ergänzte Caroline still, doch es half nichts. Etwas in ihr glaubte, dass sie einen schrecklichen Fehler gemacht hatte. Sie bereute, ihr Handy abgegeben zu haben. Normalerweise trieb sie sich auf Facebook oder Pinterest herum, wenn sie nicht schlafen konnte und ihr langweilig war. Aber sie wusste, dass es jetzt nicht um Facebook ging.

Vielleicht hatte er ja geschrieben. Dass es ihm leidtut, wie er sich verhalten hatte.

Dabei wusste sie, dass er nicht schreiben würde. Sie hatte so oft umsonst gewartet.

Sie machte sich selbst verrückt.

Abrupt stand sie auf und zog sich an.

Ganz ruhig lag das Meer vor ihr. Der Wind hatte sich gelegt. Stille umhüllte sie. Ein halber Mond spendete bläuliches Licht.

Sie empfand die Kühle als angenehm und hatte Lust auf einen Spaziergang. Groß war diese Insel nicht, aber sie beschloss, sich einen genaueren Eindruck zu verschaffen.

Sie wandte sich nach links und begann, die Küste entlangzuspazieren. Das gestaltete sich schwieriger als gedacht. Der Granit war im Mondlicht schwer zu erkennen und sie hatte ihre Kontaktlinsen herausgenommen – bei knapp über einer Dioptrie ging es auch mal ohne. Aber hier im Zwielicht verstärkte sich die Fehlsichtigkeit. Das Wasser nahm sie nur als schwaches Glitzern wahr. Der Lichtkegel des Leuchtturms war keine große Hilfe, er fuhr hoch über ihrem Kopf durch die klare Luft.

Sie entfernte sich weiter von den Häusern, was ihr langsam unheimlich wurde. In der Dunkelheit schien die Insel größer als gedacht. Doch bald schon erreichte sie das untere Ende, wo grobe Steinblöcke sie daran hinderten, direkt an die Wasserlinie zu kommen. In der Ferne sah sie die Lichter vom Festland.

Caroline folgte der Kante, die bald wieder auf den Leuchtturm zulief und am Bootshaus vorbeiführte, das direkt an den ansteigenden Hang gebaut wurde. Auf der anderen Seite dieser Naturbucht lag die Felszunge mit der Klippe, an der sich der äußere Anlegeplatz befand. Dort schien das Wasser auch bei Ebbe tief genug für Schiffe zu sein. Caroline stieg etwas den Hang hinauf, um am Bootshaus vorbeizukommen, ging bis zum Ende der Landzunge und erahnte dort die Metallleiter, über die sie die Insel betreten hatte. Wellen schlugen gegen den Fels unter ihr. Sie drehte um und spazierte an der äußeren Klippe entlang, bis ihr Weg an der Mauer des Leuchtturms endete. Also drehte sie wieder um und schlich ums größere der beiden Wohnhäuser herum, bis der Halbmond hinter dem Leuchtturm hervortrat. Sein Licht erschien ihr jetzt angenehm hell. Vor sich sah sie das zweite Haus, in dem ihr Zimmer war – sie hatte die Umrundung beendet.

So klein war der Platz also, den sie in den nächsten Tagen, vielleicht Wochen mit den anderen teilen musste. Drumherum nur Wasser. Der Gedanke fühlte sich nicht gut an. Plötzlich war ihr, als legte sich ein Stein auf ihre Brust. Sie versuchte, langsam und ruhig zu atmen. Das Gefühl verging wieder.

Dafür kroch jetzt die Kälte, die sie vorhin als angenehm empfunden hatte, in ihre Glieder. Sie machte einen Schritt nach vorne – und erschrak.

An der Seite des kleineren Hauses stand jemand und beobachtete sie. An die Hausmauer gelehnt. Gerade so weit im Licht, dass sie ihn sehen musste.

Sie wollte plötzlich rennen. So schnell wie möglich zur Haustür. Aber wer würde schneller dort ankommen? Sie oder die Gestalt an der Ecke? Ihr Blick bohrte sich in die schemenhafte Finsternis.

Da war ein Mensch. ... Oder doch nicht?

Mach dich nicht verrückt, du Angsthase. Jetzt die Nerven zu verlieren, wäre genau das, was Hans-Petter in so einem Moment von ihr erwarten würde.

Also fasste sie sich ein Herz und ging direkt auf die Gestalt zu.

Aber als sie sich näherte, entpuppte sich der Mensch als Trugbild. Da war ein Fleck an der Mauer. Alles nur Einbildung.

Als die Anspannung von ihr abfiel, begann sie zu zittern. Das Gefühl des Unbehagens ließ nach, aber es verschwand nicht ganz. Dieser Ort mit seinen Videokameras überall war ihr unheimlich. Er erlaubte ihr zwar, vor Hans-Petter und dem Rest der Welt zu fliehen, aber trotzdem kam sie nur von einem Gefängnis ins andere. Kein Wunder, dass ihre Fantasie verrücktspielte.

Sie schüttelte den Kopf und ging zum Eingang.

Ihre Gedanken klärten sich langsam auf. Das hier war nicht nur ein Gefängnis, es war auch ihre Chance, Hans-Petter zu zeigen, wer sie wirklich war. Hier fand ein Wettkampf statt. Sie war in einer Außenseiterposition, aber aus irgendeinem Grund hatte Rosvold sie eingeladen. Das sollte ihr doch Mut machen. Gjelstad nahm sie nicht ernst, die anderen vermutlich auch nicht. Das war eigentlich ganz gut so. Alle unterschätzten sie, genau wie Hans-Petter. Und genau das war ihre Chance. Sie wusste, was in ihr steckte. Sie musste es nur hervorholen.

Als sie im Bett lag und die Decke bis zur Nasenspitze hochgezogen hatte, erinnerte sie sich wieder an die Sache mit den Kuverts. Es waren vier gewesen. Wie hatte noch mal der vierte Name gelautet?

Lange Zeit konnte sie nicht einschlafen. Und je länger sie vor sich hin grübelte, desto sicherer war sie sich, dass da doch jemand an der Seite des Hauses gewesen war, der sie beobachtet hatte.

4

Caroline erwachte von einem Poltern vor ihrer Tür. Sie hatte irgendwas geträumt, konnte sich aber nicht mehr daran erinnern. Aber da war ein unangenehmes Gefühl, wie sie es manchmal nach der Sorte Träume hatte, in der sie irgendwo hinmusste und nicht vorwärtskam.

Sie sah auf die kleine analoge Uhr an der Wand. Ihr Handy war fort und eine Armbanduhr besaß sie nicht. Klar, was daraus folgte – sie hatte prompt verschlafen.

Sie ärgerte sich. Müde war sie nach ihrem nächtlichen Ausflug und dem unruhigen Schlaf sowieso, da hätte sie wenigstens gern ein ordentliches Frühstück zu sich genommen. So musste sie froh sein, wenn die Zeit für einen Kaffee reichte.

Caroline sprang aus dem Bett und spürte einen leichten Schwindelanfall, weil sie zu schnell aufgestanden war. Ihr niedriger Blutdruck ließ grüßen. Sie hielt sich am Bett fest und der Schwindel verging.

Als sie sich später in der Küche einen Kaffee aus einem Vollautomaten zapfte, fühlte sie sich gerädert. Sie ging mit der Tasse hinunter in den Gemeinschaftsraum, wo im Kamin ein

Feuer brannte. Sie sah, dass die Runde der Kandidaten schon vollständig war. Gjelstad hatte einen Stapel Papier auf dem Schoß liegen und las, wobei er hin und wieder Notizen dazuschrieb. Vielleicht handelte es sich um seinen Einreichungstext. Ulven stand mit hochgezogenen Schultern vor dem Kamin. Sie war offensichtlich nervös und knetete ihre Finger, wenn sie diese nicht gerade vors Feuer hielt. Nur Wennberg schien ganz ruhig zu sein. Er saß Gjelstad gegenüber, hatte ein Bein übers andere geschlagen, die Hände auf den Knien. So wartete er einfach. Als Caroline eintrat, nickte er ihr zu.

Wie sie Gjelstad so eifrig arbeiten sah, wurde sie nervös. Der Text, den er vor sich liegen hatte, schien lang zu sein. Caroline hatte nur ein paar Seiten geschrieben, am Abend vor Ablauf der Frist, und sie hatte sie nur abgeschickt, weil sie sicher gewesen war, dass sie ohnehin keine Chance hatte. Hans-Petter hatte den Text gelesen und sich abfällig darüber geäußert. Dass sie ihn dann dennoch abgeschickt hatte, war einfach aus Trotz geschehen. Nun zweifelte sie, ob sie wirklich hinter dem stand, was sie da fabriziert hatte. Auf keinen Fall mochte sie das den anderen vorlesen! Sie überlegte, welche Ausrede sie auftischen würde.

Um Punkt acht Uhr betrat Aleksander Rosvold den Raum, durch dieselbe Tür, durch die auch der Manager Haugerud am Vorabend gekommen war. Rosvold sah fast genauso aus wie auf den Bildern – eine Spur älter vielleicht. Es war erstaunlich und verwirrend zugleich. Als wäre man plötzlich Teil eines Films.

Caroline hatte sich im Vorfeld genau über den Star informiert. Er lebte sehr zurückgezogen, gab keine Lesungen und Interviews und niemand wusste, wo er eigentlich wohnte und arbeitete. Sein erster Thriller hatte vor fünf Jahren wie eine Bombe eingeschlagen. *Ein Meisterwerk*, hatte der gefürchtetste Kritiker Norwegens gesagt. Er stelle die Banalität des Bösen in den Mittelpunkt und schaffe damit eine Atmosphäre der Angst. *Du wirst die Welt mit anderen Augen sehen*, schrieb die wichtigste

Bloggerin für Kriminalliteratur. Und auch in den Buchläden ging der Thriller weg wie geschnitten Brot. Das Resultat: wochenlang an der Spitze der Bestsellerlisten, Übersetzung in fünfzehn Sprachen, Bericht über Bericht in Zeitungen, Radiosendern und Fernsehkanälen. Ein Jahr lang war Rosvold praktisch pausenlos auf Tour. Dann zog er sich zurück. Zuerst glaubte man, er müsste an seinem neuen Buch arbeiten. Doch als dieses erschien, war Rosvold immer noch verschwunden. Er hatte sich völlig zurückgezogen. Seinem neuen Buch verlieh das eine mystische Aura. Das zweite war sogar noch erfolgreicher, spätestens damit war Rosvold zum Star der europäischen Literaturszene aufgestiegen. Der dritte Roman konnte dann nicht ganz an die Erwartungen anschließen, und seither herrschte Funkstille. Bis Rosvold selbst sich ganz plötzlich mit einer knappen Nachricht auf seinen seit über einem Jahr verwaisten Social-Media-Kanälen zu Wort meldete und einen Wettbewerb ausschrieb. Innerhalb eines Monats könne jeder einen Text in norwegischer Sprache an eine bestimmte E-Mail-Adresse senden, die am Ende der Nachricht angegeben war. Die Auserwählten würden an Rosvolds neuem Projekt mitarbeiten. Worum es sich dabei handelte, wurde nicht erklärt. Nachfragen der Medien blieben unbeantwortet. Halb Norwegen begann zu schreiben, Jobs und Sozialkontakte wurden vernachlässigt, die Leute saßen bis tief in die Nacht hinein an ihren Schreibtischen, um vor Verstreichen der Frist ihre Arbeiten abzugeben. Manche schickten ganze Romanmanuskripte an die geheimnisvolle Adresse, andere nur eine einzige Zeile. Alle warteten gespannt, was passieren würde, die meisten vergeblich. Nur vier Glückliche hatten eine knappe Antwort per Mail bekommen, in der sie eingeladen worden waren, zum Leuchtturm Tåkesund zu kommen. Bald schon sprach sich herum, dass die Gewinner auserkoren worden waren, doch niemand kannte ihre Namen und niemand wusste, was sie eigentlich gewonnen hatten. Nicht einmal die vier Gäste im Leuchtturm wussten es.

Endlich sollten sie es erfahren.

»Bleiben Sie sitzen«, sagte Rosvold, als Gjelstad aufsprang. »Wir haben Zeit.«

»Ich würde dann gern als Erster lesen, wenn das möglich ist«, forderte Gjelstad.

Caroline fand es eine Unverschämtheit, sich so vorzudrängen, aber Rosvold schmunzelte nur. Er strahlte eine enorme Souveränität aus, wirkte wie ein Fels in einem reißenden Fluss.

»Immer mit der Ruhe«, sagte er. »Wir werden später noch genügend Gelegenheit haben, uns mit den Texten zu beschäftigen. Wollen wir uns nicht erst einmal alle hinsetzen?«

Es war keine Bitte gewesen, sondern ein Befehl.

Caroline wunderte sich über seine Stimme. Sie war höher, als sie erwartet hatte, und sehr sanft. Dass sie dennoch Autorität verströmte, lag nur in Rosvolds Selbstsicherheit begründet und in seinem Ruhm. Caroline hätte schwören können, dass seine Stimme tief und resonant wäre. Woher nahm sie diese Überzeugung? Sie hatte ihn doch bestimmt irgendwann lesen gehört, oder zumindest ein Interview im Fernsehen? Doch als sie genauer darüber nachdachte, kam sie zu der Erkenntnis, dass sie sich täuschte. Sie hatte ihn noch nie gehört. Jeder wusste, wie zurückgezogen Rosvold lebte. Vielleicht war diese Stimme einer der Gründe dafür. Aus irgendeinem Grund machte ihn das sympathisch.

Die Sitzgarnitur bot genug Platz für die fünf, die es sich jetzt darauf bequem machten. Caroline spürte, wie sie sich entspannte.

»Käpten, bring uns doch bitte Kaffee, eine große Kanne!«, rief Rosvold in Richtung der Küche. Dann wandte er sich den anderen zu. »Ich weiß nicht, wie es Ihnen geht, aber ich brauche Kaffee zum Kreativsein.«

Er lachte. Sein Lachen hatte etwas Unbeschwertes, das ansteckend war. Caroline musste schmunzeln, den anderen ging es ähnlich. Nur Wennberg blieb ernst.

Aleksander Rosvold. Wie er jetzt bei ihnen saß. Caroline merkte, wie nervös sie das machte. Der berühmte Autor, quasi zum Greifen nah … aber in Demut vor ihm zu kuschen, würde ihre Chancen auf den Gewinn dieses Wettbewerbs nicht vergrößern. Sie musste sich zusammenreißen.

»Ich muss mich entschuldigen«, wurde Rosvold plötzlich ernst. »Ich war ein schlechter Gastgeber. Aber gestern hatte ich einige wichtige Dinge zu erledigen und musste Sie alleine zu Abend essen lassen. Das Leben als Starautor ist schwieriger und entbehrungsreicher, als man es sich vielleicht vorstellt. Ich werde mich nicht beklagen, ich wollte es so. Nun, ich heiße Sie willkommen in meinem Heim! Ich hoffe, Ihnen gefällt der Leuchtturm Tåkesund?«

Die anderen brauchten einen Moment, um zu verstehen, dass Rosvold tatsächlich auf eine Antwort wartete.

»Wunderschön!«, sagte Ulven als Erste. »Ich wusste gar nicht, dass er Ihnen gehört! Ich dachte, er wäre zu mieten?«

Rosvold schüttelte den Kopf. »Ich habe ihn vor zwei Jahren gekauft. Und ich bereue es keine Sekunde.«

»Schön«, bestätigte Gjelstad, der immer noch enttäuscht schien, dass er nicht gleich lesen durfte. »Aber wozu kauft man einen Leuchtturm?«

Rosvold zuckte mit den Schultern. »Ich konnte einfach nicht widerstehen. Haben Sie schon einmal für etwas Unvernünftiges Geld ausgegeben?«

Caroline wusste genau, was er meinte. Wobei sich ihre unvernünftigen Anschaffungen auf wesentlich kleinere Dinge als Leuchttürme beschränkten.

»Die wenigsten können so unvernünftig sein«, bemerkte Wennberg so spitz wie treffend.

Rosvold zuckte mit den Schultern. »Stimmt schon. Sehen Sie, da haben wir schon eine Schattenseite des Starrummels. Wenn man Geld hat, muss man sich ständig dafür rechtfertigen. Aber daran habe ich mich gewöhnt. Niemand fragt uns, wie lange wir für ein Buch arbeiten müssen, nicht wahr?«

»Ihr Erstling war ein Bestseller«, sagte Wennberg lachend.

»Ich habe drei Jahre lang daran geschrieben. Und er wurde von über zwanzig Verlagen abgelehnt.«

»Nur drei Jahre?«, stichelte Wennberg.

Rosvold sah über diese Provokation hinweg. »Außerdem hatte ich schon eine Idee im Hinterkopf, als ich den Leuchtturm kaufte.«

Es wurde still im Raum.

»Deshalb sind Sie jetzt hier«, erklärte er und genoss den gelungenen Spannungsaufbau.

»Ich sehe, Sie warten auf eine Erklärung. Die werden Sie gleich bekommen«, fuhr er fort. »Aber schließen wir das zuerst ab. Haben Sie sonst noch Fragen zu meiner Person? Ich weiß, ich bin ein schlechter Star, keine Interviews, keine Auftritte. Ich mute meinen Fans einiges zu. Mein Agent lässt keine Gelegenheit aus, mich daran zu erinnern. Also bitte, wenn wir schon einmal hier sind, fragen Sie alles, was Sie wissen wollen!«

Ulven ließ sich nicht zweimal bitten. »Wir kennen nur Ihre Bücher – wo kommen Sie her, wie sind Sie aufgewachsen? Wann haben Sie zu schreiben begonnen?«

In diesem Moment tauchte der Käpten auf und brachte ein Tablett mit zwei großen Thermoskannen aus schwarzem Kunststoff und fünf Tassen.

Rosvold nickte dankend, dann bekam sein Gesicht einen träumerischen Ausdruck. Vor seinem inneren Auge schien er Bilder zu sehen. »Ich komme aus einem kleinen Dorf hier ganz in der Nähe, auf dem Festland. Es heißt Birkeland und liegt an einem wunderschönen See. Meine Kindheit war ebenso langweilig wie unglücklich, das gebe ich gern zu. Meine Eltern waren toll, aber ich war ein Einzelgänger ohne Freunde. Die Bücher waren meine Rettung. Ich weiß nicht, ob ich es sonst geschafft hätte.«

»Lesen ist eine Sache«, meinte Caroline, die von der Offenheit Rosvolds seltsam gerührt war, »aber nicht jeder, der liest, beginnt zu schreiben.«

»Stimmt«, bestätigte Rosvold. »Bei mir kamen die Ideen irgendwann ganz von selbst, als ich ein Teenager war. Ich begann, mich für Mädchen zu interessieren, was mich noch unglücklicher machte. Das war eigentlich der Grund, warum ich zu schreiben begann. Da erst entdeckte ich mein außerge-wöhnliches Talent.«

Carolines Sympathie schwand wieder.

»Um Mädchen zu beeindrucken?«, fragte Ulven und kicherte.

»Das auch«, antwortete Rosvold. »Allerdings ohne Erfolg.«

»Sie veräppeln uns. Ein gut aussehender, nachdenklicher junger Mann, der so schreibt wie Sie? Die Mädchen müssen Ihnen doch scharenweise nachgelaufen sein!«

Rosvold lachte schallend. »Wenn es nur so gewesen wäre!«

»Jetzt besitzen Sie einen Leuchtturm«, warf Caroline ein. »Wie kam's? Was machte Ihrer Meinung nach den Unterschied?«

»Ich habe irgendwann gemerkt, dass ich besser bin als die anderen. Doch niemand sah es. Dann habe ich ein Buch geschrieben und es allen gezeigt«, sagte Rosvold, als wäre es das Natürlichste auf der Welt.

»Fünf Millionen Mal!«, bemerkte Ulven.

Rosvold schmunzelte, ging aber nicht auf die Zahl ein, son-dern sprach weiter: »Das änderte mein Leben komplett.«

Den Rest der Geschichte kannte Caroline bereits: Rosvolds Erstling hieß *Wasserklang* und hatte die Literaturwelt im Sturm erobert. Ein bekannter Hollywood-Regisseur bemühte sich um die Filmrechte. Als das Buch dann erschien, war auch die Presse ganz aus dem Häuschen, nachdem einige Kritiker schon die Messer gewetzt hatten, die vielen Vorschusslorbeeren waren ihnen ein Dorn im Auge. Doch selbst die gefürchtetsten Literaturrezensenten hatten zähneknirschend zugeben müssen, dass das Buch gut war.

Caroline stellte sich vor, wie Rosvold gewesen war, bevor er diesen Erfolg gehabt hatte. Jemand, der so von sich oder vielmehr seinem schriftstellerischen Talent eingenommen war, aber nichts vorzuweisen hatte. Sein Leben war bestimmt schwierig.

»Woher nehmen Sie eigentlich Ihre Ideen?«, wechselte Wennberg das Thema und stellte damit die Frage, die Schriftsteller sehr oft, wenn nicht am öftesten überhaupt hörten.

Rosvolds Antwort klang dann genau so, als hätte er sie schon hunderttausendmal geben müssen: »Ich nehme mir die Ideen nicht. Sie kommen zu mir! Ich muss sie nur noch auffangen.«

»Passiert es Ihnen manchmal, dass Sie etwas von anderen Autoren *auffangen*?«

Caroline hielt die Luft an – so provokant hätte sie Wennberg nicht eingeschätzt. Etwas blitzte in Rosvolds Augen auf, doch er riss sich schnell zusammen und reagierte dann gelassen.

»Ich glaube nicht, dass ich es nötig habe, bei anderen Autoren abzuschreiben, wenn Sie das meinen«, erklärte er. »Es war ohnehin alles schon einmal da, wie wir wissen. Gewisse Überschneidungen kommen immer wieder vor.«

Caroline fand, dass sich Rosvold ziemlich ausführlich verteidigte. Steckte da mehr dahinter?

»Interessant«, entgegnete Wennberg. »Angenommen, jemand von uns hat eine ganz tolle Idee und erzählt Ihnen davon. Und ganz zufällig landet diese Idee dann in Ihrem neuen Roman. Völlig unrealistisch?«

Wennberg sah Caroline an. Wollte er vielleicht, dass sie darauf einstieg und ihn unterstützte? Dazu hätte sie weder die

Lust noch den Mut gehabt. Und überhaupt … von welchen Ideen sprach er? Sie hatte keine Ideen. Nur eine unglückliche Beziehung, die sie so wütend machte, dass sie darüber schreiben musste.

»Ich für meinen Teil kann nur sagen, dass ich mir meinen Einreichungstext habe schützen lassen«, brach Gjelstad das Schweigen. »Ich hoffe, ihr habt das auch getan!«

»Nein«, erklärte Rosvold. »Ich brauche Ihre Texte natürlich nicht. Seien Sie versichert, dass ich das nicht nötig habe. Meine Ideen reichen für fünf Schriftstellerleben! Der Grund für diesen Wettbewerb ist ein ganz anderer … Wissen Sie, ich habe schon so viel Erfolg gehabt, dass es mir langsam langweilig wird. Welchen Sinn hat Erfolg, wenn man ihn mit niemandem teilen kann?«

Caroline überlegte, ob sie seinen Worten trauen sollte. *Erfolg teilen?* Das klang zu gut, um wahr zu sein.

»Also habe ich beschlossen, mein Wissen weiterzugeben«, fuhr Rosvold fort. »Ich will Sie ganz bewusst während dieses Wettbewerbs zu meinen Mitbewerbern machen. Dazu werde ich versuchen, Ihnen beizubringen, was ich weiß.«

»Wie soll das genau funktionieren?«, fragte Wennberg, halb interessiert, halb spöttisch.

Rosvold schenkte sich einen Kaffee ein. »Ich glaube, es ist Zeit, das herauszufinden.«

»Ich lese als Erster«, erinnerte Gjelstad an seine unverschämte Forderung zu Beginn.

»Ich muss Sie leider enttäuschen«, sagte Rosvold. »Sie werden Ihre Texte nicht lesen.«

Caroline fiel ein Stein von Herzen.

»Warum nicht?«, fragte Gjelstad entgeistert. Er war offensichtlich bis in die Haarspitzen auf diesen Auftritt vorbereitet.

»Ihre Einreichungstexte haben ihren Zweck erfüllt«, erklärte er. »Sie wurden ausgewählt. Nun wollen wir das Neue beginnen.«

»Das geht doch nicht!«, ereiferte sich Gjelstad. »Ich habe viel Arbeit in diesen Text investiert, ich habe nicht vor, von vorne anzufangen.«

Rosvold zuckte mit den Schultern. »Niemand zwingt Sie dazu.«

Da war plötzlich Angst in Gjelstads Augen. Rosvold stellte ihn vor vollendete Tatsachen: Er konnte nach den Regeln spielen oder aussteigen. Nach einigem Zögern setzte sich Gjelstad wieder hin und ließ seinen Stapel Papier demonstrativ laut auf den Tisch fallen.

»Vergessen Sie die Texte, die Sie mitgebracht haben«, forderte Rosvold. »Vergessen Sie alles, was Sie bisher geschrieben haben. Für das, was wir in der nächsten Zeit vorhaben, ist das ohnehin nicht gut genug. Ich will Sie mit auf meine Reise nehmen. Auf dieselbe Reise, die ich damals gemacht habe, bevor ich *Wasserklang* schrieb. Ich will es nicht beschönigen, es ist kein einfacher Weg, den Sie vor sich haben. Aber mir hat es Weltruhm gebracht. Ich denke also, es ist auch für Sie wert, es auszuprobieren. Womit wir zur Verkündigung dessen kommen, was es für eine oder einen von Ihnen auf dieser Insel zu gewinnen gibt.«

Plötzlich war es völlig still im Raum.

Rosvold genoss die Spannung noch etwas, bevor er sagte: »Wer gewinnt, schreibt das nächste Buch mit mir.«

Caroline schnappte unwillkürlich nach Luft. Sie versuchte, es mit einem Räuspern zu überspielen, scheiterte aber kläglich. Sie warf Ulven einen schnellen Seitenblick zu. Ihr stand der Mund offen. Und auch den Männern war die Überraschung anzusehen. Ein Buch mit Aleksander Rosvold zu schreiben – für jeden Einzelnen von ihnen wäre das mit der Gewissheit verbunden, es geschafft zu haben. Ein riesiger Vorschuss, der Name in großen Lettern auf dem Buch und in der Werbung, die Medienpräsenz – das war für einen gewöhnlichen Schriftsteller wie ein Lotto-Jackpot.

»Und was kommt jetzt?«, unterbrach Gjelstad die Stille, dem die Sache hörbar unheimlich wurde.

»Jetzt? … Jetzt geht es los! Also, vergessen Sie alles, was Sie über die Schriftstellerei zu wissen glauben. Sie sind Autoren, deshalb habe ich Sie geholt. Doch das genügt nicht. Ich will, dass Sie mehr sind.«

»Aha«, sagte Wennberg, dem die Theatralik offenbar zu viel war. »Was sollen wir Ihrer Meinung nach sein? Assistenten?«

Rosvold lächelte geheimnisvoll. »Schreiben Sie nicht über Mörder. Ich will, dass Sie selbst zu Mördern werden!«

5

Der Anruf erreichte Nils Mikkelsen, als er sich gerade hingesetzt hatte. Er hatte wie immer englischen Tee gekocht und dann den Schreibtischsessel umgedreht, sodass er seine Füße, die in dicken Wollsocken steckten, zum Heizkörper strecken konnte. Die Fenster waren undicht und mussten wieder hergerichtet werden. Seine Mutter hatte ihm eine Decke gegeben, die er zusammengerollt auf die Fensterbank gelegt hatte, doch es half nur wenig. Die Polizeiwache des Dorfs Tåkesund war klein und abgelegen und der für die Provinz zuständige Polizeioberst knausrig wie ein Schotte. Dabei konnten sie froh sein, dass es die Wache überhaupt noch gab. Ob sie neue Fenster bekamen oder nicht, war zweitrangig.

Mikkelsen war nicht der Typ Mensch, der sich gern aufregte. Obwohl er mit fünfundzwanzig Jahren einer der jüngsten Polizisten seines Dienstgrades in Norwegen war, war es bei ihm mit jugendlichem Elan nicht weit her. Er mochte es lieber gemütlich. Gab es etwas zu tun, arbeitete er gern und fleißig, aber er war keiner, der versuchte, beschäftigt zu wirken, wenn nichts zu tun war. Dann saß er lieber am Heizkörper und trank Tee.

Den Anruf nahm er sofort entgegen.

»Hallo Jansen. Ist alles gut bei dir?«

Er nickte zweimal ruhig, während er zuhörte, was der Anrufer zu sagen hatte.

»Verstehe. Hast du das Gelände schon abgesperrt? Gut. Wo genau ist das, sagst du?«

Er nahm einen Zettel und schrieb die Adresse auf, obwohl er genau wusste, wo er hinmusste.

»Ich komme gleich«, sagte er und legte auf.

Von außen deutete nichts auf das hin, was Mikkelsen eben erfahren hatte. Andere Polizisten wären womöglich hektisch aufgesprungen und mit Blaulicht und Sirene zur aufgeschriebenen Adresse gerast. Mikkelsen blieb ganz ruhig. Er behielt die Nervosität, die in ihm aufkam, für sich.

Er nahm einen großen Schluck Tee, um sich zu wärmen, und ging an die Arbeit.

Der Hafen lag verlassen da, als Mikkelsen seinen Dienstwagen, einen alten Volvo, vor einer Mole parkte. Er hätte längst ein neues Auto bekommen müssen, doch er wollte genauso wenig darum streiten wie um neue Fenster für die Wache. Außerdem mochte er den Volvo. Er hatte mit den Jahren die Gemütlichkeit eines Wohnzimmers angenommen.

Jansen hatte die Absperrungen vorschriftsmäßig angebracht und einen Mann aus dem Dorf aufgefordert, sie zu bewachen, obwohl das nicht nötig gewesen wäre. Weit und breit waren keine Schaulustigen zu sehen.

Als Mikkelsen den Job angetreten hatte, hatte es das eine oder andere Mal Streit mit Jansen gegeben. Dieser stand kurz vor der Pensionierung und sah nicht ein, warum er gewisse Dinge anders machen sollte als bisher und dann auch noch einen Jüngling an die Seite gestellt bekam. Mikkelsen hatte ihn irgendwann zu einer Aussprache gebeten. Obwohl er nicht gern trank, hatte er eine Flasche guten russischen Wodka mitgebracht. Nach ein paar Gläsern war das Eis zwischen ihnen gebrochen und die Sache erledigt gewesen. Seither respektierten sie einander.

Die Fischer waren alle draußen, nur ein einziges Boot lag an der Mole. Der Besitzer des Bootes stand etwas abseits, in einer orangefarbenen, wasserdichten Jacke, und seine Arme hingen kraftlos an den Seiten herab. Er hatte sich von der Szenerie abgewandt.

Direkt beim Boot stand Jansen, der sich gerade umdrehte und Mikkelsen mit einem Winken begrüßte, während er ihm entgegenkam.

»Zeig es mir«, bat Mikkelsen gleich.

»Hier«, sagte Jansen und deutete auf die Seite des Bootes.

Es war Mikkelsen nicht sofort aufgefallen, aber mit dem Boot stimmte etwas nicht. Ein Netz war nicht ganz eingeholt worden, es hing noch über der offenen Reling. Eine rote, vom Wetter verblichene Boje baumelte knapp über dem Wasser. Nun sah Mikkelsen, was Jansen gemeint hatte: Im Netz hing ein menschlicher Körper. Er war unnatürlich verrenkt, weil sich eine Hand im Netz verfangen hatte. Offensichtlich hatte der Fischer das Netz nicht ganz eingeholt. Als er bemerkt hatte, was sich darin befand, war er so in den Hafen zurückgefahren. Ob Aberglaube oder Vorsicht dazu geführt hatten, die Leiche nicht an Bord zu holen – aus Sicht der Polizei war es am besten, sie unangetastet zu lassen.

»Weiblich, zwischen zwanzig und vierzig Jahre alt. Sie kann noch nicht lange tot sein.«

Mikkelsen vermutete, dass Jansen recht hatte. Wasserleichen wurden schnell unansehnlich, und diese hier war es nicht. Der Tod war wohl keine zwei Tage her. Die Frau trug

Winterkleidung. Aus Mund und Nase war rötlicher Schaum ausgetreten. Sonst war die Leiche auf den ersten Blick unversehrt. Die Augen waren geschlossen und das Gesicht wirkte beinahe friedlich.

»Wissen wir, wer sie ist?«, fragte Mikkelsen. Eine berechtigte Frage in einem so kleinen Ort wie Tåkesund. Mikkelsen selbst glaubte nicht, ihr schon einmal begegnet zu sein. Auch Jansen, der alle Bürger Tåkesunds und Umgebung beim Namen kannte, schüttelte den Kopf.

»Sie ist nicht von hier, nein«, sagte Jansen bestimmt.

»Ruf Hanne an«, forderte Mikkelsen.

Hanne Molstad war Ärztin. Sie wurde üblicherweise kontaktiert, wenn es galt, jemandes Tod festzustellen. Eine Formalität, die hier sinnlos schien, aber nichtsdestotrotz erledigt werden musste. Mikkelsen hielt sich bei diesen Dingen streng an die Vorschriften.

»Ist schon erledigt. Sie müsste jeden Moment hier sein.«

Mikkelsen nickte.

»Wie geht es dem Fischer?«

»Er heißt Ole Bergem. Gut, würde ich sagen, den Umständen entsprechend. Ich habe ihn schon befragt, aber vier Augen sehen mehr als zwei.«

Mikkelsen bedankte sich und ging zu Bergem.

»Guten Tag. Darf ich Ihnen ein paar Fragen stellen?«

Ole Bergem schluckte. Er hatte ein wettergegerbtes Gesicht und einen dicken Bauch. Ein kräftiger Mann, den so schnell nichts umhauen konnte. Die Verunsicherung wirkte seltsam an ihm, fast komisch. Aber klar: Trotz seiner schweren, oft genug brutalen Arbeit war er das hier nicht gewohnt. »Ich hab aber schon alles gesagt!«

»Nur zur Sicherheit. Es dauert auch nicht lang«, sagte Mikkelsen beruhigend.

»In Ordnung«, antwortete Bergem.

»Wo haben Sie sie gefunden?«

Bergem nannte ihm den Ort, eine Stelle in südlicher Richtung, nicht weit von der Küste. Die Zeit wusste er noch genau, er hatte instinktiv auf die Uhr geschaut, es war 6.35 Uhr gewesen. Er war dann sofort zurück in den Hafen gekommen und hatte die Polizei gerufen. Sonst konnte er nicht viel erzählen. Wie gedacht hatte er nichts verändert und die Leiche außen am Boot hängen lassen. Bergem fragte, ob das ein Fehler gewesen war, Mikkelsen verneinte und hängte ein paar Worte an, dass er richtig reagiert habe und sich keine Sorgen machen müsse. Sobald sie fertig seien, könne er sein Boot wiederhaben. Die Stelle im Meer solle er sich aber genau merken – noch besser, er solle später noch auf die Polizeiwache kommen und den Ort auf einer Karte einzeichnen. Bergem versprach es ihm und war erleichtert, dass das Gespräch zu Ende war.

»Wirst du Kristiansand einschalten?«, fragte Jansen, als Mikkelsen zu ihm zurückkehrte.

Mit Kristiansand meinte er die dortige Mordkommission. Mikkelsen dachte nach. »Hängt davon ab, was Hanne sagt«, erklärte er dann. »Und ob wir sie identifizieren können.«

Mikkelsen zwang sich, noch einen Blick auf die Leiche zu werfen, die gerade von einem Kollegen Jansens fotografiert wurde. Er sah sich die Beine der Toten an, bei denen ihm etwas komisch vorkam.

»Darf ich kurz?«, fragte Mikkelsen. Der Mann, der zur Bewachung des Bootes abgestellt war, machte Platz.

Mikkelsen stellte sich an die Kante und beugte sich so weit vor wie möglich, um sich die Beine genauer anzusehen. Er hob ein Hosenbein etwas an. Die Strumpfhose darunter war hier zerfetzt, als hätte etwas daran gerieben. Wenn er sich nicht täuschte, sah er auch Druckstellen auf der Haut, regelmäßig, wie ein Muster. War das normal? Schwer zu sagen bei einer Wasserleiche.

»Mach davon bitte ein paar Fotos, Jansen.«

Dieser nickte.

Mikkelsen verabschiedete sich. Auf dem Weg zum Auto fröstelte ihn. Die eine Frage ging ihm nicht aus dem Kopf: Konnte es ein Unfall gewesen sein?

6

Nachdem Rosvold seine merkwürdige Forderung aufgestellt hatte, *zu Mördern zu werden*, war unübersehbar, dass er das Treffen für beendet erachtete. Er war schon aufgestanden, als ausgerechnet Ulven als Erste die Sprache wiederfand. »Wir sollen zu Mördern werden? Wie ist denn das jetzt zu verstehen?«, stellte sie die Frage, die wohl allen auf der Zunge lag.

Rosvold sah sie an und lächelte. »Sie alle haben bestimmt schon unzählige Kriminalromane und Thriller gelesen«, antwortete er. »Manche von Ihnen haben auch welche geschrieben. Aber haben Sie sich schon einmal überlegt, einen Mord zu begehen? Einen echten Mord? Wie würden Sie das machen? Wie würde sich das für Sie anfühlen? Wären Sie überhaupt dazu in der Lage? Sie selbst?«

»Ich weiß nicht, ob ich das kann«, meinte Ulven leichtsinnig. Sie trug ihr Herz offensichtlich auf der Zunge.

Rosvold zuckte nur mit den Schultern und ging zur Treppe. »An die Arbeit. Morgen treffen wir uns wieder. Da sollten Sie schon erste Anhaltspunkte haben«, gab er im Gehen zurück.

»Morgen schon?«, fragte Gjelstad entgeistert.

Rosvold hielt inne und sah ihn an. »Dachten Sie etwa, Sie sind zum Spaß hier?«, sagte er und verschwand.

»Was war denn das jetzt?«, fragte Gjelstad gereizt. »Spricht er in Metaphern? Wir sollen also einen Krimi schreiben, oder?«

Ulven fand ihre Selbstsicherheit wieder. »Natürlich sollst du einen Krimi schreiben, was denn sonst?«

»Aber warum sagt er es dann nicht so?«

Ich will, dass Sie selbst zu Mördern werden. Caroline fand auch, dass Rosvold unnötig pathetisch geworden war. Sie waren Schriftsteller und keine Mörder. Doch obwohl Rosvold offensichtlich übertrieben hatte, fühlte sich Caroline, als wäre sie gerade Teil eines abgedrehten Experiments geworden. Es gefiel ihr nicht.

Ob die anderen dasselbe dachten? Ulven wohl nicht, denn sie begann sofort, sich Notizen zu machen. Man konnte förmlich sehen, wie die Ideen in ihrem Kopf Gestalt annahmen. Gjelstad und Wennberg betrachteten sie skeptisch. Es schien ihnen nicht zu passen, dass ausgerechnet die Self-Publisherin mit den Vorgaben des Starautors etwas anfangen konnte.

Caroline hielt ihren Block in der Hand und war ratlos. Dass sie ihren Einreichungstext nicht verwenden konnte, kümmerte sie wenig. Sie hatte ihn in Eile heruntergeschrieben. Sie konnte es besser, das wusste sie. Aber könnte sie einen Mord begehen? Sie selbst? Wollte sie sich so etwas überhaupt vorstellen?

Sie durfte sich keine Blöße geben und tat so, als wollte sie etwas notieren, doch der Kugelschreiber war wie auf dem Blatt festgeklebt. Das Kritzeln Gjelstads machte sie nervös. Sie durfte nicht versagen. Musste vorwärtskommen. Ihr Leben wieder in den Griff kriegen. Automatisch musste sie dabei an die Dinge denken, die in den letzten Wochen geschehen waren …

»Was ist los mit dir?«, hatte Hans-Petter gefragt. »Du gehst mir aus dem Weg.«

»Ich geh dir aus dem Weg?«, blaffte sie. »Wir haben doch gerade erst das ganze Wochenende zusammen verbracht!«

Sie waren gemeinsam nach Amsterdam geflogen, nur für zwei Tage, und hatten es sich gut gehen lassen. Hans-Petter hatte ihr Seiten der Stadt gezeigt, die sie noch nicht gekannt hatte. Er liebte Amsterdam, wäre gern jedes Wochenende hierhergeflogen. Im Gegensatz zu ihr hätte er es sich auch leisten können. Caroline hingegen war gerade wieder besonders knapp bei Kasse. Ihr Konto war hoffnungslos überzogen, was sie ihm aber nicht unter die Nase reiben wollte, weil es keinen Sinn hatte. Er würde sie mit schlauen Tipps zum Geldverdienen zumüllen, für die sie keine Verwendung hatte. Zeit für Urlaub hatte sie auch keine. Sie hatte das Studium vernachlässigt und sollte eigentlich für eine Prüfung lernen. Doch es hatte einen Streit gegeben. Hans-Petter hatte erklärt, dass er mit ihrer Beziehung unglücklich war. Sie lebten nebeneinanderher, ohne große Überschneidungen. Er hatte genau Buch geführt, wann sie das letzte Mal gemeinsam etwas unternommen hatten, das war Monate her gewesen. Außerdem schliefen sie kaum noch miteinander. Auch das hatte er protokolliert. Sie hatte akzeptiert, dass an dieser Amsterdam-Reise kein Weg vorbeiführte. Also hatte sie sich Geld von einer Freundin geliehen, weil der Überziehungsrahmen des Kontos ausgeschöpft war. Sie waren gefahren. Hatten auf einem kleinen Boot die Grachten bewundert. Das Abendessen am ersten Abend in Amsterdam war ausgezeichnet gewesen. Sie beide in Abendkleidung, er charmant wie schon lange nicht mehr – sie hatte sich wieder daran erinnert, was sie an ihm liebte. Doch dann war die Rechnung gekommen, die er natürlich nicht zur Gänze übernommen hatte. Als modernes Paar war es bei ihnen üblich, dass sie getrennt bezahlten. Dennoch war sie davon ausgegangen, dass er um ihre angespannte finanzielle Lage Bescheid wusste. Sie hatte sich getäuscht – er holte genau die Hälfte der Summe aus seiner Börse. Also hatte sie ihr letztes Bargeld auf den Tisch gelegt und war mit ihm zurück ins Hotel gegangen. Als sie später miteinander schliefen, konnte sie an nichts anderes denken. Er merkte, dass sie nicht bei der Sache war.

Der Urlaub hatte Carolines Schulden auf einen neuen Höchststand anwachsen lassen. Doch zwei Wochen später kam Hans-Petter mit einer neuen Idee zu ihr. London. Sie hatte nicht gewusst, was sie sagen sollte.

»Du gehst mir aus dem Weg.«

Diesmal platzte ihr der Kragen. Sie erklärte, wie es wirklich aussah, dass sie sich seinen Luxus nicht leisten könne, dass sie zu arbeiten habe.

»Die Flüge nach London sind die billigsten auf der Welt«, erklärte er schroff. »Dir kommt das nur wie Luxus vor, weil du arm bist wie eine Kirchenmaus!«

»Weil ich studiere«, gab sie zurück. »Du bist ja schon fertig.«

»Wenn du dein Stipendium nicht verloren hättest, weil du zu viel Zeit in deine Schreiberei statt ins Studium investierst, hättest du genügend Geld«, erwiderte er. »Aber du kannst dich offensichtlich auf nichts konzentrieren. Immer bist du mit dem Kopf woanders. So wie letztens in Amsterdam. Warum bist du denn nicht einmal bei der Sache? Ein einziges verdammtes Mal?«

Dann kam die Diskussion aufs Schreiben. Wie so oft. Caroline hatte vor zwei Jahren ein paar Texte veröffentlicht. Sie hatte lange gezögert, sie einzuschicken, doch sie waren von einem Osloer Literaturmagazin sofort akzeptiert worden. Mit dem Honorar waren sie gut essen gegangen. Das waren die glücklichsten Tage ihres Lebens gewesen. Doch dann war schnell der Alltag zurückgekehrt. Das Lernen fürs Studium hatte sich als zäher denn je erwiesen.

Hans-Petter war damals noch ruhiger. Da waren Mitleid und Verständnis gewesen. Etwas, das sie bei ihm schon lange nicht mehr gespürt hatte.

»Lass es doch einfach sein«, war sein Rat dann vor wenigen Wochen gewesen.

Ein Geräusch ließ Caroline auffahren. War sie etwa eingedöst? Als sie aufblickte, sah sie, dass sie mit Wennberg allein im Kaminzimmer war. Er blickte gerade nachdenklich auf einen imaginären Punkt vor sich. Als er Carolines Bewegung bemerkte, lächelte er sie an und sah dabei irgendwie traurig aus.

Bisher hatte sie sein Verhalten nur einmal irritiert, als er Rosvold fast streitlustig attackiert und dabei womöglich auf ihre Unterstützung gehofft hatte. Im Moment jedoch fühlte sie sich wohl in seiner Gegenwart. Er schien jemand zu sein, der umgänglich war und auf andere achtete.

Aber etwas beschäftigte ihn. Caroline vermutete, dass es mit seinem Angriff auf Rosvold zu tun hatte. »Glaubst du wirklich, Rosvold würde unsere Ideen stehlen wollen?«, riss sie ihn aus seiner Lethargie. »Das hat er doch nicht nötig, oder?«

Wennberg sah sie streng an. »Sei nicht naiv«, sagte er. »Genau das nutzt er doch aus.«

»Ich glaube nicht, dass jemand wie *er* etwas von *mir* stehlen könnte. Ich habe ja noch nicht einmal einen Ansatz.«

Da lachte Wennberg humorlos. »Kreative Menschen – warum unterschätzen sie sich selbst immerzu? Es ist die reinste Seuche.«

»Wie meinst du das?«

»Du tust ihm einen Gefallen, wenn du dich unter deinem Wert verkaufst«, antwortete Wennberg. »Ich weiß, wovon ich rede. Ich habe das lange genug getan.«

Caroline nickte. Ja, da steckte eindeutig eine Geschichte dahinter!

»Wie kommst du überhaupt darauf?«

Wennberg blickte zu Boden. Kurz dachte Caroline, er würde abwinken, doch dann begann er. »Er hat es schon einmal getan.«

»Wie bitte?«

Wennbergs Ausdruck veränderte sich. Als er weitersprach, war es, als erzählte er von einer großen Niederlage, für die er lange Zeit gebraucht hatte, um sie zu verdauen.

»Ich kenne Rosvold seit meiner Jugend. Wir veröffentlichten damals beide unsere ersten Texte in Osloer Literaturmagazinen.«

»Ihr kennt euch? Aber warum hat er vorhin nicht ... und wieso lädt er dich überhaupt ... oh, entschuldige bitte, ich wollte dich nicht kränken.«

»Lass nur. Ich habe mich dasselbe gefragt. Es ist ein Spiel, glaube ich. Er tut so, als würde er mich nicht kennen. Und ich habe beschlossen, einfach mitzuspielen.«

»Aber – ihr kennt euch seit eurer Jugendzeit?«

Wennberg nickte. »Beide waren wir voll jugendlichem Übermut, schüchtern und eingebildet zugleich. Wir wollten die Größten sein, und wir waren vollkommen davon überzeugt, es zu schaffen. Zum ersten Mal begegneten wir uns bei der Preisverleihung für einen kleinen Kurzgeschichtenwettbewerb, zu dem wir beide Texte eingereicht hatten. Er lud mich auf ein Bier ein und ich nahm es an. Wir saßen uns wachsam gegenüber und sprachen nur sehr wenig. Zwei Kämpfer, die sich in Kürze in der Arena gegenüberstehen würden. Ich hatte seinen Text gelesen und fand ihn sehr gut. Dennoch war ich völlig davon überzeugt, dass ich der bessere Autor war. Ich war mir sicher, dass ich ihn schlagen würde. Er schien genauso von sich überzeugt und meinte nur, der Bessere möge gewinnen. Am Ende gewann keiner von uns beiden, sondern eine kleine, mollige Frau mit Brille, die wir gar nicht beachtet hatten. Sie lebt heute in Amerika als Drehbuchautorin und verdient fast so gut wie Rosvold. Damit war der Wettkampf zwischen uns eröffnet, von da an kamen wir beide bei fast jedem skandinavischen Literaturwettbewerb in die engere Auswahl. Wir wussten, es konnte auf lange Sicht nur einen geben.«

»Du dachtest, du seist besser als Rosvold?«

Er lächelte humorlos. »Wenn ich ehrlich bin, glaube ich es heute noch. Und es wurde auch bestätigt. Es dauerte eine Weile, aber dann begann ich zu gewinnen. Ich weiß nicht genau, wie es passiert ist, aber als ich erst einmal einen Preis geholt hatte, kamen zwei, drei andere wie von selbst. Irgendwann verschwand Rosvold und ich verlor ihn aus den Augen. Ich hatte gewonnen, er hatte verloren.«

Caroline nickte. »Ein guter Start für eine Schriftstellerkarriere, denke ich mir.«

»Sollte man meinen, nicht wahr? Es war aber nicht so. Ein halbes Jahr lang konnte ich von den Preisgeldern leben und beschloss, nun alles auf eine Karte zu setzen. Ich wollte einen großen Roman schreiben, der mich unsterblich machen sollte. Aber genau daran scheiterte ich.«

»Wie bitte?«

»Ich hatte eine Idee, von der ich überzeugt war, dass sie perfekt war, und begann zu schreiben. Zuerst ging alles gut, ich zeigte die ersten Seiten meinen Freunden und wartete gebannt auf ihre Rückmeldung, wobei ich mir sicher war, dass sie nur gut ausfallen konnte. Aber die Euphorie, die ich empfand, blieb beim Testpublikum aus. Das verunsicherte mich zutiefst. Ich verwarf alles, was ich bisher geschrieben hatte, und begann von Neuem. Meine Texte zeigte ich nun niemandem mehr. Die Zweifel kamen ganz von selbst. Nach einem Monat warf ich auch diese Sachen weg und begann ein drittes Mal. Doch ich hatte bereits verloren. Die Arbeit an meinem großen Roman zog sich ewig hin. Erst zwei Jahre später konnte ich mir eingestehen, dass ich versagt hatte. Bis dahin war mir längst das Geld ausgegangen. Ich arbeitete eine Zeit lang als Kellner, bevor ich begann, PR-Texte zu schreiben. Und das ist es, was ich heute noch mache.«

»Aber du sagtest vorhin in der Runde, du hast einen Roman geschrieben und einen Preis damit gewonnen«, bemerkte Caroline.

»Stimmt.«

»Also hast du dein Ziel doch erreicht.«

»Das ändert doch nichts an dem, was darauf folgt. Das Buch, das den Preis gewinnt, verkauft sich nur eine Zeit lang besser, und bald schon bist du vergessen. Nur der Druck ist nach einem Preis größer als jemals zuvor. Genau das wurde mir zum Verhängnis.«

Caroline dachte darüber nach. Ja, sie konnte sich gut vorstellen, dass Preise auch Verantwortung mit sich brachten, gesteigerte Erwartungshaltungen, den Zwang, abzuliefern, wie es so schön hieß. »Eines verstehe ich immer noch nicht«, sagte sie dann. »Was hat das mit Rosvold zu tun?«

Wennberg zögerte. Sie erkannte, dass er nicht gern darüber sprach. Er war der Sache bisher ausgewichen, aber nun führte kein Weg mehr daran vorbei.

»Ich habe dir doch erzählt, dass ich Leseproben an Freunde und Vertraute geschickt habe … Auch Rosvold war darunter.«

Caroline nickte gebannt. »Du hast deinem größten Konkurrenten einen deiner Texte geschickt?«

Er bestätigte. »Seine Meinung war mir besonders wichtig. Außerdem hat er seine Entwürfe auch an Freunde geschickt. Unser Freundeskreis war fast identisch. Du musst verstehen, wir waren niemals Feinde. Wir liebten beide das Schreiben und waren überzeugt von uns. Er musste meinen Erfolg respektieren. Deshalb war ich auch sicher, dass er meinen Text nüchtern beurteilen würde und niemals auf die Idee käme, etwas zu klauen.«

»Und dann?«, fragte Caroline, die sich den Rest schon denken konnte.

»Er schrieb nicht zurück. Doch in seinem dritten Thriller fand ich Passagen aus meinem Text wieder.«

Wenn das stimmte, war das eine Bombe, die Rosvolds Ruf ruinieren könnte. Bestimmt behauptete Wennberg das alles nicht bloß, sondern konnte es auch beweisen. Aber irgendwie verwirrte sie diese Sache auch.

»Und jetzt bist du hier?«, fragte sie. »Warum?«

»Ich habe einen Text eingeschickt und er hat mich eingeladen.«

»Habt ihr diese … *Sache* je ausdiskutiert?«

Er schüttelte den Kopf. »Noch nicht.«

»Du hast ihn nie darauf angesprochen?«

»Nein. Wir warten beide noch, dass einer den ersten Schritt tut. Ich weiß, dass es ihn beschäftigt. Dass er mich eingeladen hat, ist für mich der Beweis. Nun warte ich. Und ich habe Zeit.«

Caroline nickte abwesend. Sie war sich nicht sicher, ob sie das verstand. Warum gingen die beiden ihrem größten Konflikt aus dem Weg?

Sie stand auf. Auf dem Weg nach draußen spürte sie die Überwachungskameras geradezu an sich kleben. Ging es auf dieser Insel, bei diesem Wettbewerb vielleicht nur darum, ihre Ideen zu stehlen? Der Gedanke war einfach zu absurd. Aber auch wenn sie Wennbergs Bedenken nicht vollständig nachvollziehen konnte, so hatte sie doch einen interessanten Ratschlag von ihm bekommen.

Verkauf dich nicht unter deinem Wert.

Im selben Moment, als sie daran dachte, kam ihr die Idee, wie ihre Geschichten aussehen könnten.

Nach einem Abstecher in ihr Zimmer, wo sie sich dick anzog, ging sie hinaus ins Freie. Den Schreibblock, den sie wie alle anderen von Rosvold zur Verfügung gestellt bekommen hatte, klemmte sie unter den Arm und suchte sich eine ruhige, windgeschützte Stelle auf der Schäreninsel. Sie fand eine

Holzbank an der Wand links vom Eingang des großen Hauses. Tiefe Wolken zogen schnell am Himmel vorbei, zwischendurch kam immer wieder die Sonne heraus. Sie schrieb und schrieb. Nach einer halben Stunde hatte Caroline ihre Ideen skizziert.

Als sie damit fertig war, begann es sie zu frösteln, und sie stand auf. Ein kleiner Spaziergang würde sie aufwärmen.

In der Nacht hatte sie es nicht so genau gesehen, doch nun wurde ihr wieder bewusst, wie winzig klein diese Insel war. Caroline entfernte sich von den Häusern, so weit sie konnte, und es tat ihr gut. Ein paar weitere Schären wie diese hier lagen zwischen ihr und dem Festland. In der Ferne, vielleicht drei Kilometer weit entfernt, sah sie ein paar Häuser, die zum Dorf Tåkesund gehörten. Autos standen davor. Auch den kleinen Fischereihafen konnte sie erkennen.

Ein Teil von ihr sehnte sich aufs Festland zurück. Weg von den merkwürdigen Geschehnissen und Personen hier. Doch wo sollte sie hin? Sie hatte nicht einmal genug Geld, sich etwas zu Essen zu kaufen. Hier wurde sie verpflegt und hatte ein Dach über dem Kopf. Es war die Gelegenheit, ein paar ungemütliche Entscheidungen noch ein wenig hinauszuschieben.

Caroline spazierte wieder zurück. Sie fand es interessant, wie die Schäre geformt war. Die anderen Inseln, die sie gesehen hatte, erhoben sich kaum einen Meter über das Meer und waren flach wie Flundern. Die Klippe, bei der sich der Anlegeplatz befand, war hingegen zwei, drei, vielleicht sogar vier Meter darüber. Der Teil, der sich dem offenen Meer zuwandte – wo die Häuser und der Leuchtturm standen –, ragte sogar noch weiter aus dem Wasser. Ob das alles natürlich war? Ihr Forscherdrang war geweckt.

Caroline spazierte über die Felszunge hinaus und erreichte wieder die Metallleiter, an der sie angekommen war, stieg nach unten und nahm die äußere Felswand in Augenschein, als wäre sie eine Geologin. Sie hatte sich getäuscht – alles sah natürlich aus. Da war eine Vertiefung, wie eine Höhle, die offensichtlich vom Meer ausgewaschen wurde, aber nicht tief.

»Na, brauchst du auch frische Luft?«

Caroline erschrak und legte den Kopf in den Nacken. Am oberen Rand der Klippe stand Ulven und sah zu ihr herunter.

»Ich kann mich nicht konzentrieren«, sagte Caroline.

»Macht doch nichts«, beruhigte Ulven. »Du machst das sehr gut.«

Caroline stieg die Treppe hinauf und blieb vor Ulven stehen. »Und was genau mache ich gut?«, fragte sie. Der Schreck, der ihr in den Gliedern steckte, ließ sie kein Blatt vor den Mund nehmen.

»Jeder hat es gesehen«, erklärte Ulven.

Caroline glaubte, sich verhört zu haben. »*Was* gesehen?«

»Wie du ihn angemacht hast!«

Sie war perplex und überlegte, was um alles in der Welt Ulven damit meinen könnte, doch kam auf keinen grünen Zweig.

Ihre Konkurrentin lachte. »Jetzt tu doch nicht so! Es war klar, dass er sich zuerst auf dich stürzen würde.«

»Ach ja?« Caroline schüttelte den Kopf. »Ich habe nichts bemerkt.«

»Wie süß!«, sagte Ulven. »Das unschuldige Mädchen. Die anderen kaufen dir das vielleicht ab, aber nicht ich.«

Caroline zuckte mit den Schultern. Das Gespräch war ihr zuwider. Dabei war überdeutlich, dass Ulven eine Antwort erwartete. Aber da konnte sie lange warten.

Caroline schaute aufs Meer hinaus und dachte nach. *Angemacht* … sie hatte Rosvold doch nicht angemacht! Selbst wenn sie das gewollt hätte, hätte sie es sich vorhin doch gar nicht getraut.

Die Begegnung mit Ulven wurde ihr zu dumm. »Glaub, was du willst«, sagte sie und ließ die aufgetakelte Frau einfach stehen.

7

Montag, 11 Uhr – Dorf Tåkesund

»Hallo Hanne«, sagte Nils Mikkelsen und wandte sich gleich wieder ab. Er ertrug ihr Lächeln nur schwer. Es machte ihn nervös. Wenigstens wurde er nicht mehr rot, das war schon ein Fortschritt.

Hanne Molstad übte auf ihn eine Faszination aus, der er sich nicht entziehen konnte. Sie war nur wenig älter als er und das, was man eine echte nordische Schönheit nannte. Einmal hatte er sie zum Essen eingeladen und er hatte das Gefühl, dass sie ihn mochte. Doch mehr hatte sich nicht ergeben. Dann war da dieser Fall gewesen, eine stark verweste Leiche, und Hanne hatte danebengekniet, ihre Untersuchungen durchgeführt, ohne den geringsten Ekel. Vielleicht sogar ehrlich interessiert. Seither ließ ihn dieses Bild nicht mehr los. Hanne war offensichtlich kein schlechter Mensch, sie war aufmerksam, mitfühlend und hatte ein bezauberndes Lächeln. Trotzdem erwartete etwas in Mikkelsen, dass sie sich schlecht fühlte, wenn sie es mit einem toten Menschen zu tun hatte, dem Schlimmes widerfahren war. Dazu hatte Mikkelsen kein Recht, das wusste er, und er schämte sich dafür. Vermutlich war diese Sache der einzige Grund, warum sie sich bisher nicht nähergekommen waren. Und diese Sache lag mehr an ihm als an ihr.

»Hallo Nils!«

Hanne trug einen weißen Ärztinnen-Kittel. Ihre Praxis hatte heute eigentlich geschlossen. Sie hatte sich an ihrem freien Tag Zeit genommen. Als Jansen angerufen hatte, war sie sofort zum Hafen gekommen und hatte sich die Leiche angesehen. Nachdem sie aus dem Fischernetz befreit war, hatte Jansen noch ein handschriftliches Protokoll erstellt und alles fotografiert. Dann hatte Hanne den Bestatter gebeten, den Leichnam in ihre Praxis zu bringen. Dort lag er nun aufgebahrt auf der Patientenliege, entkleidet und bis zum Hals zugedeckt. Obwohl Mikkelsen selbst gesehen hatte, dass der Körper nicht lange im Wasser gewesen sein konnte, verbreitete er schon einen Geruch, gegen den sich Mikkelsen heimlich Tigerbalsam unter seine Nase schmierte. Hanne schien Derartiges nicht zu benötigen. Morgen würden hier wieder die Patienten liegen. Hanne würde die Liege natürlich zuvor professionell reinigen und die Patienten würden nie davon erfahren.

Mikkelsen wusste, wie schnell andere Ärzte eine natürliche Todesursache auf den Totenschein schrieben. Hanne tat das nicht. Sie wollte sich alles genau ansehen, bevor sie ein Urteil abgab.

»Was sagst du?«, fragte Mikkelsen und warf einen bedauernden Blick auf die tote Frau.

»Dass sie ertrunken sein dürfte, siehst du ja selbst«, sagte sie und wies auf den Schaumpilz, der sich über dem Mund gebildet hatte.

Mikkelsen nickte. »Wie lange?«, stellte er die nächste Frage. Der Anblick der Leiche machte es ihm unmöglich, ausführlicher zu sein. Er hoffte, Hanne würde es verstehen.

»Ich bin keine Rechtsmedizinerin, wie du weißt, aber meiner Erfahrung nach nicht lange. Ein, zwei Tage höchstens.«

»Gewalteinwirkung?«

»Du hast es auch schon gesehen, stimmt's? Jansen hat es mir gesagt.«

»Das Bein?«, vermutete Mikkelsen weiterhin wortkarg und musste schlucken.

Hanne nickte und schlug das Tuch über dem Körper etwas zur Seite, sodass die Unterschenkel sichtbar wurden. Mikkelsen sah sich die Stellen nochmals an. Jetzt, in all dem Licht, sah er deutlich, dass er sich nicht getäuscht hatte. Um die Fesseln herum befand sich ein durchgängiges, regelmäßiges Muster, fast wie ein Tattoo.

»Ist das im Wasser passiert? Hat sich der Körper irgendwo verfangen?«

»Du meinst die typischen Treibspuren? Nein, die sehen ganz anders aus. Noch dazu ist es vor ihrem Tod passiert.«

»Sonstige Hinweise auf einen gewaltsamen Tod?«

»Das kann ich dir nicht sagen. Dazu muss man sie obduzieren … Weißt du schon, wer sie ist?«

Mikkelsen schüttelte den Kopf. »Jansen sagt, er hat keinen Ausweis gefunden. Hast du irgendwas?«

»Nein, leider.«

Mikkelsen seufzte. »Dann müssen wir ein Foto vom Gesicht und von den Kleidern machen.«

»Schon erledigt«, entgegnete Hanne und reichte ihm einen USB-Stick. Dann lächelte sie.

Mikkelsen lächelte zurück. Ein Reflex, vielleicht auch mehr. »Danke«, sagte er, dann verabschiedete er sich.

Nachdem der Fischer, der die Leiche gefunden hatte, bei ihm gewesen war und die genaue Position seines Schiffs in eine Karte eingezeichnet hatte, saß Mikkelsen alleine in seinem Büro und verglich Hannes Foto mit den Vermisstenmeldungen aus dem System. Hanne hatte gute Arbeit geleistet. Das Gesicht der Toten wirkte friedlich, was die weitere Arbeit erleichtern würde. Mikkelsen war nicht zart besaitet, aber Todesfälle belasteten jeden.

Seine Bemühungen blieben erfolglos. Er konnte das Foto nicht zuordnen.

Er holte die Fotos der Kleider auf den Bildschirm. Immer wieder wurden Tote gefunden, die auf der Straße erfroren waren. Manchmal waren es Alkoholiker oder alte Menschen, die davongelaufen waren. Doch diese Frau hier war anders, nicht nur, weil es sich um eine Wasserleiche handelte, was Gottlob wesentlich seltener vorkam. Ein gewaltsamer Tod war genauso wahrscheinlich wie die Theorie, dass sie von außerhalb kam. Mikkelsen stellte sie sich als Stadtbummlerin vor, die sich hier mit jemandem getroffen hatte. Wie war sie dann ins Wasser gekommen? Und wo? Und was hatte es mit den Spuren am Bein auf sich? Er brauchte weitere Anhaltspunkte.

Mikkelsen checkte seine E-Mails. Bevor er bei Hanne gewesen war, hatte er eine Mail an das lokale Fährunternehmen geschrieben, aber noch keine Antwort erhalten.

Er stand auf und nahm seine Jacke vom Garderobenständer.

Mikkelsen sah die Kräne des Hafens von Kristiansand schon von Weitem. Er hatte sich an Grethe erinnert, mit der er in die Schule gegangen war und die beim Hafen arbeitete. Sie war eine Klasse über ihm gewesen und sie hatten sich damals gut verstanden. Die Mitschüler hatten sie sogar gehänselt, weil sie geglaubt hatten, die beiden müssten verliebt sein, doch in Wirklichkeit hatten sie nur gern miteinander gesprochen. Dabei war Grethe schon sehr reif gewesen und hatte sich für Jungs interessiert, lange bevor Mikkelsen in die Pubertät gekommen war. Sie hatte ihm sogar davon erzählt. Mikkelsen hatte das alles sehr interessant gefunden, ohne wirklich viel davon zu verstehen. Sie hingegen war froh gewesen, es einfach loswerden zu können.

Grethe wusste, dass Nils Mikkelsen jemand war, der sie deswegen nicht gleich in irgendeine Schublade stecken oder über sie lästern würde. Später hatte Mikkelsen manchmal bereut, sie nicht gefragt zu haben, ob sie mit ihm gehen wollte. Eine Zeit lang hatte er sich ausgemalt, dass er durchaus Chancen gehabt hätte. Nach der Schule hatten sie sich ein paar Mal wiedergetroffen und festgestellt, dass sie sich immer noch gut verstanden. Sie hatten darüber gelacht, wie froh sie beide waren, die Pubertät hinter sich zu haben.

Mikkelsen näherte sich dem Hafen, der ihn mit einem schwer zu fassenden Gefühl der Unruhe erfüllte. Alles hier war riesig, und wenn man nicht aufpasste, war so ein Menschenkörper wie eine Ameise, die ganz schnell zwischen gewaltige Maschinen geraten und von ihnen zerquetscht werden konnte. Häfen waren für Mikkelsen faszinierende, aber auch feindliche Orte, die für Maschinen gemacht waren, nicht für Menschen.

Er folgte den Hinweisschildern, die den Weg zu den Fähren wiesen, und fand sich irgendwann in einer Schlange von Autos wieder, die auf die nächste Fahrt warteten. Als Mikkelsen sich nach links drehte, sah er, dass ein großes Fährschiff gerade im Begriff war, Heck voran in den Hafen zu manövrieren. Mikkelsen erblickte zu seiner Rechten ein paar Parkplätze und scherte aus der Reihe aus. Jemand hupte ihn an, weil er offensichtlich glaubte, Mikkelsen wollte sich vordrängen. Er beachtete den Fahrer nicht und stellte sein Auto ab.

Mikkelsen ging zu einem mehrstöckigen, backsteinfarbenen Gebäude mit großer Glasfront – es handelte sich um das Verwaltungsgebäude des Hafens. Dort fragte er einen jungen Mann nach Grethe.

Dieser wusste sofort, von wem er sprach, und deutete hinaus. »Irgendwo auf Inspektion. Sie finden sie schon«, meinte er.

Mikkelsen bedankte sich, obwohl er Zweifel hatte, Grethe auf dem riesigen Gelände einfach so zu finden.

Doch als er sich dem Heck des Schiffs näherte, das inzwischen angelegt hatte und gerade im Begriff war, die riesige Luke zu öffnen, entdeckte er eine Frau mit langen Locken, die einen Bauarbeiterhelm und eine Jacke mit Leuchtstreifen trug. Er erkannte sie sofort.

»Grethe!«

Sie hörte ihn zuerst nicht und ging an der Seite des Schiffs entlang. Mikkelsen musste lauter rufen, bis sie sich zu ihm umdrehte. Sofort war ein Lächeln auf ihrem Gesicht.

Obwohl sie einander zwei Jahre nicht gesehen hatten, war die Begrüßung herzlich. Grethe schalt ihn scherzhaft, dass er sie nie besuchen käme, und Mikkelsen entschuldigte sich verschämt.

»Hast du kurz Zeit?«, fragte er. »Oder störe ich gerade?«

»Kein Problem«, sagte sie und nahm ihn mit zum Gebäude, in dem er eben gewesen war. Sie gingen in einen Büroraum im ersten Stock, den Grethe laut Türschild exklusiv für sich hatte. Sie setzte ihren Helm ab und zog ihre Jacke aus, stellte ungefragt Teewasser auf und setzte sich an ihren Schreibtisch, Mikkelsen ihr gegenüber.

Sie hatte zugenommen, seit sie sich das letzte Mal gesehen hatten, aber es stand ihr, fand er. Eine Frau in einem klassischen Männerberuf, wo auch einmal angepackt werden musste. Für sie war das nie etwas Besonderes gewesen.

»Du hast eine neue Handynummer?«, fing Mikkelsen an.

»Wie?«

»Ich hab dich vorhin nicht erreichen können.«

»Ach so, ja … seit einer Weile. Haben wir so lang nicht mehr miteinander telefoniert?« Noch während sie es sagte, holte sie ihr Telefon hervor und rief Mikkelsen an, damit er die neue Nummer hatte. Nach dem ersten Klingeln drückte er den Anruf weg und ordnete die neue Nummer zu.

71

»Was brauchst du?«, fragte sie dann. »Du bist doch nicht wegen der Telefonnummer hier, oder?«

Mikkelsen musste kurz lächeln, dann wurde er ernst und erzählte von der toten Frau, die sie gefunden hatten.

Grethe nickte nachdenklich und fragte: »Wie lange soll das her sein?«

»Ein, zwei Tage höchstens«, wiederholte er Hannes Auskunft.

»Hast du beim Fährunternehmen angefragt?«, wollte sie wissen.

Mikkelsen nickte. »Aber mich hätte interessiert, ob du etwas weißt.«

»Ich weiß nur, dass sie dir offiziell sagen werden, dass es seit zehn Jahren keinen Unfall mehr gab. Die Passagierlisten werden immer korrekt geführt, ein Irrtum ist ausgeschlossen.«

»Und inoffiziell?«, fragte Mikkelsen.

»Inoffiziell ist es so, dass sie keine Ahnung haben.«

»Überhaupt keine?«

Sie zuckte mit den Schultern. »Weißt du, sie registrieren die Autofahrer natürlich, wenn sie aufs Schiff kommen. Genau wie die Passagiere ohne Fahrzeug. Kameras gibt es auch. Aber lückenlos ist diese Überwachung nicht. Sobald das Schiff anlegt, ist alles sehr hektisch und kontrolliert wird nicht mehr. Es könnte also jemand fehlen, ohne dass man es merken würde.«

»Es wäre also möglich, dass gestern oder vorgestern jemand über Bord gegangen ist.«

Sie wiegte den Kopf. »Gesehen hat niemand etwas, davon wüsste ich. Aber diese Leute sieht man meistens nicht.«

Diese Information war Mikkelsen neu. Was meinte sie damit?

»Es gibt öfter Leute, die ertrinken?«

»Selbstmörder haben wir immer wieder. Sie springen einfach über Bord. Viele Passagiere fahren ohne Auto, das fällt dann nicht auf. Du weißt, das kommt praktisch nie in den Medien, um keine Nachahmer zu animieren. Aber, ja: Es kann schon passieren.«

Mikkelsen nickte. »Kannst du mir einen Gefallen tun und dich etwas umhören?«

Grethe schien skeptisch. Sie schlug vor, den offiziellen Weg zu gehen. Hinter vorgehaltener Hand sei man doch sehr kooperativ.

Mikkelsen versprach, es zu versuchen.

»Wo wurde die Tote denn gefunden?«, fragte Grethe plötzlich.

Mikkelsen stand auf und trat an eine Karte heran, die sich an der Wand hinter Grethe befand. »Hier«, sagte er und legte die Spitze seines Zeigefingers an die Stelle, die ihm der Fischer eingezeichnet hatte.

Grethe dachte einen Moment lang nach. »Hm«, machte sie dann nur.

»Was? ... Was überlegst du?«

»Ein, zwei Tage getrieben – das passt eigentlich nicht mit den Strömungen zusammen.«

»Du meinst die Fähren, oder?«

»Genau. Schau, die Meeresströmung müsste in der Zeit so gewesen sein«, sagte sie, schnappte sich seinen Zeigefinger und fuhr damit auf dem Plan herum. Neben der unerwarteten Berührung wurde Mikkelsen auch deutlich, dass sie recht hatte – es war die falsche Richtung.

»Sicher, dass der Fischer nicht gerade in anderen Gewässern war?«

»Er war da ziemlich glaubwürdig«, erinnerte sich Mikkelsen.

»Dann käme – je nachdem, wie lange die Leiche im Wasser trieb – am ehesten dieser Bereich hier infrage«, sagte sie. Dieses Mal nahm sie ihren eigenen Zeigefinger, um einen Kreis um Tåkesund und die vorgelagerten Schäreninseln zu ziehen.

Mikkelsen erschrak.

»Dein Städtchen«, kommentierte sie.

»Meinst du wirklich?«, fragte er überflüssigerweise, weil er genau wusste: Wenn jemand die aktuellen Meeresströmungen von Sørlandet einschätzen konnte, dann war es die Frau, die neben ihm stand. Aber er wollte nicht wahrhaben, dass die Tote nicht nur in seinem Revier gefunden worden war, sondern auch direkt in seinem Zuständigkeitsbereich ertrunken sein sollte.

»Ziemlich sicher.«

Mikkelsen brauchte ein paar Momente, um die Erkenntnis zu verdauen. Sein Blick blieb starr auf der Karte, auf seinem Dorf, den Inseln, dem Leuchtturm. Dann gab er sich einen Ruck und sagte: »Ich habe ein Foto von ihr dabei. Das möchte ich eigentlich nicht offiziell weitergeben. Ich will nicht, dass es in falsche Hände gerät.«

Grethe nahm den Ausdruck mit ernster Miene entgegen. Sie versprach ihm, es nur vertrauenswürdigen Leuten zu zeigen. »Aber an deiner Stelle würde ich mir keine großen Hoffnungen machen.«

Als Mikkelsen später mit eingezogenen Schultern über die große Asphaltfläche ging, die nach dem Ablegen der Fähre wie ausgestorben schien, dachte er über ihren letzten Satz nach. Das war es, was den Ausschlag gab. Mikkelsen hatte seine Möglichkeiten ausgeschöpft. Er holte sein Handy heraus und rief die Kriminalpolizei in Kristiansand an. Er erklärte, dass ein Gewaltverbrechen nicht auszuschließen sei. Dann stieg er in seinen Volvo, um zurück nach Tåkesund zu fahren.

Bevor er in Richtung Dorf abbog, hielt Mikkelsen an der Küste und sah aufs Meer hinaus. Er vergrub die Hände in den Taschen seines Mantels und grübelte. Die See war immer noch völlig ruhig, der Nebel war wiedergekommen und verbarg alles unter einem Schleier.

Normalerweise liebte Mikkelsen diese Stimmung, wenn die Wasserfläche glatt dalag und alles zu schlafen schien. Sie erfüllte ihn mit Frieden. Doch heute war es anders. Heute erschien sie ihm trügerisch, fast bedrohlich. Hier irgendwo sollte die Frau also ertrunken sein.

Vielleicht war es doch ein Unfall gewesen. Oder Selbstmord. Dass niemand etwas gesehen hatte, hatte nichts zu bedeuten. Und für die Druckspuren am Bein gab es möglicherweise auch eine einfache Erklärung. Mikkelsen hoffte, dass die Kripo bald Entwarnung geben würde. Dass hier kein Mörder herumlief. Doch die düstere Vorahnung hatte ihn längst beschlichen und ließ ihn nicht mehr los.

In diesem Moment lichtete sich der Nebel ein wenig. Draußen auf dem Meer wurde ein Schatten sichtbar, nur kurz.

Der Leuchtturm Tåkesund.

Der Turm war ein Relikt aus vergangenen Zeiten. Damals plante man Wohnraum für zwei Familien von Leuchtturmwärtern mit ein, ganz anders als das Klischee vom einsamen Leuchtturmwärter. Vermutlich sorgte man sich, er könnte dort draußen in der Einsamkeit der vorgelagerten Insel den Verstand verlieren. Mikkelsen hielt das für realistisch. Seit den Neunzigern musste niemand mehr dort Dienst schieben, das Licht bewegte sich automatisiert.

Mikkelsen wusste, dass der Leuchtturm in Privatbesitz war. Der Inhaber stammte aus Norwegen, doch Mikkelsen hatte noch nie mit ihm zu tun gehabt. Er musste nachsehen, wie sein Name lautete.

Da sah er, dass in einigen Räumen auf der Insel Lichter brannten.

8

14 Uhr – Dorf Täkesund

Der Rechtsmediziner hieß Sivertson, war an die sechzig und trug einen schwarzen Mantel und einen schwarzen Hut. Er sah fast selbst aus wie der Tod. Aufgrund seiner Größe musste er den Kopf einziehen, als er die Praxis von Hanne betrat. In der Hand hielt er einen großen Lederkoffer.

»Danke, dass Sie gekommen sind. Mein Name ist Mikkelsen, ich bearbeite den Fall.«

Sivertson nickte und gab ihm die Hand. Er warf einen Seitenblick auf Hanne, die neben den beiden stand.

»Das ist Hanne Molstad, Allgemeinmedizinerin hier aus dem Ort. Sie hat den Tod festgestellt.«

Sivertson und Hanne beäugten einander nur.

»Und die Tote?«, fragte Sivertson.

»Gleich hier«, sagte Mikkelsen und führte ihn in das Behandlungszimmer.

Sivertson sah sich in dem Raum um. »Wo soll die Obduktion denn stattfinden?«, fragte er.

Mikkelsen verstand die Frage zuerst nicht. »Frau Doktor Molstad hat sich bereit erklärt, ihre Praxis zur Verfügung zu stellen.«

»Warum haben Sie das nicht gesagt? Ich hätte die Leiche nach Kristiansand überstellen lassen.«

Hanne, die an der Tür stand, verschränkte die Arme.

Sivertson seufzte. »Dann werde ich mir nur ansehen, ob sich die Überstellung auch lohnt.« Es lag ein latenter Vorwurf in seinem Satz – aber das kannte Mikkelsen schon. Die Rechtsmediziner fühlten sich sehr oft umsonst gerufen.

Sivertson schob einen Gummihandschuhspender auf einer Anrichte neben dem Behandlungstisch beiseite, um Platz für seinen Koffer zu machen. Als er ihn aufklappte, wurden darin allerlei blitzende chirurgische Instrumente sichtbar.

»Erwarten Sie heute Patienten, Frau Molstad?«, fragte er.

»Ich habe für heute allen abgesagt.«

»Gut. Ich will nicht gestört werden. Die Sache wird vielleicht etwas dauern.«

Er holte eine Papiertüte aus dem Koffer und legte sie auf einen freien Platz daneben. Sein Mittagessen, wie es schien.

»Hanne kann Ihnen assistieren«, bot Mikkelsen an. »Sie hat da vielleicht etwas am Bein entdeckt.«

Sivertson drehte sich um und betrachtete Mikkelsen erstaunt.

»Ich habe den Kollegen in Kristiansand davon erzählt«, erklärte Mikkelsen. »Das sollten Sie sich unbedingt ansehen.«

»Sie haben doch nichts verändert, oder?«, fragte Sivertson scharf.

»Natürlich nicht, Herr Kollege, ich –«

»Gut, das will ich Ihnen auch geraten haben. Sie beide dürfen jetzt gehen, ich mache das alleine.«

Hanne wandte sich ab. Mikkelsen hingegen blieb unschlüssig stehen.

»Normalerweise ist doch immer ein Polizeibeamter bei der Obduktion anwesend«, sagte er pflichtbewusst, hoffte jedoch, keine Einladung zum Bleiben zu bekommen.

»Falsch«, berichtigte ihn Sivertson. »Manchmal ist ein Mitglied der Mordkommission dabei. Aber nicht immer. Es kann dauern, wie gesagt.«

Er stand da und wartete, bis Mikkelsen sich entfernte.

Draußen wartete Hanne auf ihn, die ihre Augen verdrehte. »Ich hoffe, er macht keine Sauerei. Du kannst gehen, ich bleibe hier. Ich ruf dich an, wenn er fertig ist.«

Mikkelsen fuhr zurück zur Wache. Nun konnte er nichts tun, als sich seinen anderen Aufgaben zuzuwenden. Es gab ein paar kleinere Angelegenheiten, nichts Eiliges, aber es musste eben erledigt werden. Ein alter Besitzer einer Bäckerei hatte Anzeige erstattet, ihm sei die Geldbörse aus seinem Auto, das vor dem Laden gestanden habe, gestohlen worden. Mikkelsen bezweifelte die Geschichte, er vermutete, dass sich da eine ganz andere Tragödie abspielte. Es wurde gemunkelt, dass der Mann unlängst verzweifelt das Auto gesucht hatte – er hatte nicht mehr gewusst, wo er es abgestellt hatte. Die Geldbörse hatte er aller Wahrscheinlichkeit nach nur verlegt. Hier in Tåkesund wurde nichts gestohlen, seit Jahren hatte sich jede Anzeige in Luft aufgelöst. Doch der Alte konnte sich selbst nicht eingestehen, dass er anfing, Dinge zu vergessen. Mikkelsen würde ihm trotzdem einen Besuch abstatten müssen.

Zuvor wollte er sich aber noch einen Tee kochen. Er war zu durcheinander, konnte sich nicht konzentrieren. Immer wieder tauchten Bilder der Leiche vor seinem inneren Auge auf. Das Teeritual würde ihn beruhigen, ablenken, dann konnte er sich mit dem Alten beschäftigen.

Mikkelsen hob den Wasserkocher hoch, um ihn aufzufüllen, doch er merkte, dass dieser bereits mit warmem Wasser gefüllt war. Er hatte schon vorhin welches aufgekocht und dann einfach vergessen.

Früher als erwartet kam eine SMS von Hanne: *Sivertson ist fertig. Komm schnell.*

Mikkelsen rannte zum Auto hinaus.

Als er Hannes Praxis erreichte, trat Sivertson gerade aus der Tür. Er hatte seine Sachen gepackt und war im Begriff, in ein Taxi einzusteigen.

»Und?«, fragte Mikkelsen schnell.

Sivertson musterte ihn abschätzig.

»Ich bin fertig«, erklärte er nur. »Die Leiche kann jetzt abgeholt werden.«

»Ist sie freigegeben?«, fragte Mikkelsen und überlegte, wo sie untergebracht werden könnte, bis ihre Identität feststand.

»Auf keinen Fall«, gab Sivertson zurück, als wäre der Gedanke lächerlich. »Sie tun gar nichts. Wir bringen sie nach Kristiansand. Jemand von der Mordkommission wird sich bei Ihnen melden.«

Dann stieg er ins Taxi und war verschwunden.

Mikkelsen sah Hanne an, die mit den Schultern zuckte.

»Ich weiß auch nichts Näheres«, sagte sie.

»Aber die Leiche ist nicht freigegeben«, sagte er mehr zu sich selbst.

Sie beide wussten, was das hieß.

Für Sivertson war die Todesursache zumindest unklar. Wenn er nicht gar schon an Mord dachte.

Mikkelsen beschloss, einer Sache nachzugehen, die ihm keine Ruhe ließ. Er machte sich auf direktem Weg zum kleinen Fischereihafen des Ortes.

Das Polizeiboot mit nur einem Außenbordmotor hatte schon bessere Zeiten gesehen. Es war, wie der Dienstwagen, in die Jahre gekommen. In Kristiansand würde ihm auch ein größeres Boot zur Verfügung stehen, doch das war ihm unheimlich. Mikkelsen hatte den Bootsführerschein nur mit Mühe bestanden. Das große Polizeiboot verfügte über gleich zwei starke Motoren, die sicherstellen sollten, dass die Polizei von Kristiansand jeder erdenklichen Verfolgungsjagd gewachsen war. Mikkelsen sah sich da eher in einen Steg krachen. Überdies war ein Boot in seinem Dienst normalerweise überhaupt nicht nötig. Keine der Schäreninseln vor Tåkesund war bewohnt, und auch sonst gab es nichts in seinem Zuständigkeitsbereich, das nicht über normale Straßen erreichbar war.

Nichts außer dieser Leuchtturminsel, auf der offensichtlich ziemlicher Betrieb herrschte.

Also tuckerte er hinaus. Er spürte den Fahrtwind im Haar. Den Leuchtturm konnte man schon vom Hafen aus sehen.

Mikkelsen konzentrierte sich so auf den Leuchtturm und die beleuchteten Gebäude, dass er das andere Boot erst bemerkte, als der Motorenlärm unüberhörbar war. Plötzlich war es links von ihm aufgetaucht. Er konnte nicht sagen, woher es gekommen war. Es handelte sich um ein großes Schlauchboot mit Außenborder, das stehend über ein Steuerrad gelenkt wurde.

Der gedrungene, kräftig wirkende Mann am Steuer kam ihm irgendwie bekannt vor.

Das Boot kam schnell von der Seite auf ihn zu. Gleich würden sie kollidieren. Eigentlich musste der andere ausweichen, Mikkelsen kam von der Steuerbord-Seite. Doch Mikkelsen hatte es nicht eilig, er drosselte den Motor, damit der andere seinen Kurs beibehalten konnte.

Doch der fuhr keineswegs geradeaus weiter: Er passte seinen Kurs an und hielt nun wieder auf Mikkelsen zu!

Wollte der ihn etwa rammen?

Mikkelsen brachte das Boot zum Stillstand, dann stellte er sich aufrecht hin. Er hob und senkte die ausgestreckten Arme. Er sah ihn doch, verdammt!

Da bekam es Mikkelsen mit der Angst zu tun. Er stürzte nach hinten zum Motor und gab wieder Gas, vermutlich zu schnell, denn der Außenborder hustete einmal und starb dann ab. Im selben Moment hörte er, wie der andere seinen Antrieb drosselte und beidrehte. Die Außenwände der beiden Boote berührten sich nur leicht. Unverkennbar, dass der Mann sein Handwerk beherrschte.

»Sind Sie wahnsinnig? Das ist ein Polizeiboot!«, empörte sich Mikkelsen. »Und ich bin Polizist, sehen Sie das nicht?« Er deutete auf die Uniform. »Ich könnte Sie festnehmen!«

»Wo wollen Sie denn hin?«, fragte der Mann ungerührt.

»Das würde ich gern von Ihnen wissen!«, gab Mikkelsen zurück.

»Ich will nur sehen, wer da zum Leuchtturm fährt.«

»Mikkelsen, Polizeiwache Tåkesund.«

»Omdal«, stellte der Mann sich vor. »Sicherheitsdienst. Was haben Sie beim Leuchtturm zu schaffen?«

»Eine polizeiliche Ermittlung durchführen!«, erwiderte Mikkelsen schroff. »Bei der Sie mich behindern!«

»Das tut mir leid«, erklärte der Mann gelassen. »Aber die Insel ist in Privatbesitz. Sie müssen einen Termin machen.«

»Einen Termin? Brauch ich vielleicht auch noch ein Visum?«, spottete Mikkelsen.

Der andere blieb still.

»Wem gehört die Insel denn, wenn er so wichtig ist?«

»Das kann ich nicht sagen«, erwiderte Omdal kryptisch.

»So, das reicht. Wir fahren jetzt zurück zum Hafen, Sie und ich, und dort kommen Sie mit auf die Wache. Und denken Sie gar nicht daran, davonzufahren. Es ist schon schlimm genug für Sie.«

Nun wirkte der Mann zum ersten Mal verunsichert.

»Ich mache nur meine Arbeit«, erklärte er. »Ich darf hier niemanden durchlassen.«

Mikkelsen stellte erleichtert fest, dass er den anderen jetzt an der Angel hatte. »Wir kennen uns doch irgendwoher, oder nicht? Ich komme gerade nicht drauf.«

Da grinste Omdal auf eine Weise, die Mikkelsen sofort an seine Kindheit erinnerte. Und da wusste er, woher er ihn kannte.

»Sie haben doch diese Bootstouren durch die Schären gemacht!«

Mikkelsen hatte diese Touren geliebt, als er ein kleiner Junge gewesen war. Auf einer Insel hatte ein verlassenes Haus gestanden, das einen herrlichen Abenteuerspielplatz abgegeben hatte. Er erinnerte sich nun an einen jungen Mann, der das Boot gesteuert hatte. Mikkelsen meinte, dass es sogar ihm gehörte. Seine Eltern hatten Omdal Geld in die Hand gedrückt, das wusste Mikkelsen noch.

Omdal nickte zufrieden. Es schienen gute Erinnerungen zu sein, auch wenn er das Geschäft offensichtlich aufgegeben hatte.

»Lässt du mich jetzt weiterfahren?«, fragte Mikkelsen, der froh war, die künstliche Höflichkeit hinter sich lassen zu können.

Omdal überlegte. »Ich wüsste nicht, wie ich dich aufhalten sollte«, erklärte er dann. »Aber ich bin dann vermutlich meinen Job los. Mir wäre es wirklich lieber, wir könnten das anders lösen.«

Mikkelsen schluckte seinen Ärger hinunter. Omdal schien es ernst zu meinen. »Was schlägst du vor?«

»Wie wär's, wenn wir zurückfahren und ich dich im *Hummer* auf was zu trinken einlade?«

Mikkelsen verstand nicht. »Du willst mich mit Alkohol erpressen? Das ist nicht dein Ernst!«

»Nicht doch«, besänftigte ihn Omdal. »Aber dort können wir in Ruhe reden, hier draußen nicht. Wenn du dann immer noch zum Leuchtturm fahren willst, halte ich dich nicht auf. Es kostet dich vielleicht eine Stunde. Machen wir es doch bitte so!«

Mikkelsen überlegte, was dagegensprach. Ein Gespräch mit Omdal brachte ihm vermutlich mehr als ein ungeplanter Besuch auf einer Insel, wo er gar nicht wusste, was ihn erwartete. Außerdem schuldete ihm Omdal jetzt etwas. Mikkelsen würde keine Ruhe geben, bis er wusste, wer der Besitzer des Leuchtturms war und wer sich gerade dort aufhielt.

9

16 Uhr – Küste vor Tåkesund

Der *Hummer* war eine echte Seefahrerkneipe, ein Relikt aus
früheren Zeiten. Hierher kamen die Fischer nach ihrer Arbeit,
wenn sie die Ware ausgeliefert hatten, um noch einen zu trinken. Die wenigen Touristen in Tåkesund hatten sie noch nicht
entdeckt, und das war gut so. Der Wirt, ein echter Seebär, der
wegen Knieproblemen die Seefahrerei an den Nagel hatte hängen müssen, hatte kein Interesse an neuer Kundschaft. Wenn es
nach ihm ging, sollte alles so bleiben, wie es war.

Omdal schien öfter hier zu sein. Er und der Wirt grüßten
sich herzlich. Mikkelsen wurde etwas kühler empfangen, was
für ihn in Ordnung ging. Nicht nur der Wirt, auch andere musterten ihn von oben bis unten. Er wünschte, er wäre in Zivil.
Es gab immer wieder Menschen, die sich in der Gegenwart
von Polizisten unwohl fühlten. Vielleicht steckte der Betreiber
hin und wieder ein paar Kronen in seine Tasche, ohne sie bei
der Steuer anzugeben, schmuggelte Alkohol oder hatte wegen
sonst was ein schlechtes Gewissen. Aber Mikkelsen hatte gerade
andere Sorgen.

Der einzige Gastraum der Kneipe war etwa zur Hälfte gefüllt. Sie setzten sich in eine leere Ecke. Omdal bestellte ein Bier, Mikkelsen Tee.

»Was ist eigentlich aus deinen Bootstouren geworden?«, fragte Mikkelsen. »Lief das Geschäft nicht mehr?«

Omdal zuckte mit den Schultern. »Es lief nie richtig gut«, erklärte er. »Fürs Überleben reichte es und es hat auch Spaß gemacht. Solange das Boot in Ordnung war, habe ich es gemacht. Weißt du, die meisten Kinder sitzen heutzutage vor dem Fernseher oder starren auf ihr Handy. Aber ein paar wie dich gibt es immer, die gern draußen sind und alles erforschen wollen.«

Mikkelsen musste lächeln, als die Erinnerungen hochkamen. Normalerweise mochte er es nicht, auf seine Jugend angesprochen zu werden. Er forderte lieber den Respekt ein, der ihm als Polizist gebührte. Aber gegenüber Omdal ließ er sich erweichen.

»Und dann ist dir das Boot kaputtgegangen?«

»Genau. Der Diesel hatte einen Totalschaden. Ein Austausch wäre zu teuer gewesen. Und ein anderes Boot konnte ich mir nicht leisten. Also habe ich mich nach etwas anderem umsehen müssen.«

Mikkelsen zog den Teebeutel aus der Tasse und tunkte ihn wieder ein.

»Aber Sicherheitsdienst? Wie bist du darauf gekommen?«

Nun schien Omdal überlegen zu müssen, wie viel er erzählen konnte.

»Ich habe gehört, dass der Leuchtturm Tåkesund einen neuen Besitzer hat. Und dann habe ich mich dort vorgestellt.«

»Wann war das?«, fragte Mikkelsen.

»Vor zwei Jahren.«

»Ich habe Licht hinter den Fenstern gesehen. Es scheint einiges los zu sein. Wer wohnt dort? Und wer ist jetzt der Besitzer?«

»Das kann ich dir wirklich nicht sagen«, erklärte Omdal zerknirscht. »Steht in meinem Vertrag.«

»Hör zu, Omdal, ich hab auch einen Vertrag. Ich muss die Leute beschützen. Und heute hat ein Fischer eine Frauenleiche aus dem Wasser gezogen. Die Frau muss irgendwo hier reingefallen und ertrunken sein. Möglicherweise sogar in der Nähe des Leuchtturms. Wir konnten sie nicht identifizieren, keiner weiß, wer sie ist.«

Omdal erbleichte. »Das … das wusste ich nicht«, stotterte er. »Wurde sie –?«

»Ermordet? Wir können es nicht mit Sicherheit sagen. Wir haben keine Ahnung, wo sie herkommt. Hast du eine Idee?«

Omdal schüttelte energisch den Kopf.

»Es gibt keine Erklärung«, fuhr Mikkelsen fort. »Und dann sehe ich zufällig Licht in den Leuchtturmhäusern. Und es gibt ein Riesengeheimnis um den Besitzer. Du verstehst mein Problem?«

»Jaja, ich verstehe schon, aber –«

Mikkelsen ließ ihn nicht ausreden.

»Ich habe Kristiansand eingeschaltet, die Leiche wird obduziert werden. Ich könnte die Mordermittler informieren, dass ich da eine Theorie habe. Die würden dann beim Leuchtturm aufkreuzen und offiziell ermitteln. Das käme wahrscheinlich in die Medien. *Tote bei Leuchtturm gefunden* oder so. Oder du sagst mir einfach, wer der neue Besitzer ist, und ich kann dann entscheiden, ob es Sinn macht, in diese Richtung zu ermitteln.«

Omdal seufzte tief und nahm einen Schluck von seinem Bier. Dann sagte er: »Der Leuchtturm gehört Aleksander Rosvold und … und er ist zurzeit selbst da.«

Hatte er sich doch richtig erinnert, dass irgendein berühmter Norweger den Turm samt Insel gekauft hatte. Mikkelsen versicherte Omdal, ihn nicht zu verraten. Niemand würde erfahren, dass er ihm diese Auskunft gegeben hatte. Aber er bat Omdal, ihn anzukündigen. Die Polizei von Tåkesund wollte auf einen Besuch vorbeikommen. Omdal nahm Mikkelsens Karte entgegen und versprach es. Als sie den *Hummer* verließen und sich verabschiedeten, wirkte er erleichtert.

Mikkelsen hingegen grübelte. Abends, bevor er ins Bett ging, warf er einen Blick auf sein Bücherregal. Dort stand ein Buch von Aleksander Rosvold. *Wasserklang.* Eine Freundin hatte es ihm geschenkt, als es gerade in den Bestsellerlisten gewesen war. Gelesen hatte er es nie. Er griff hin, um es herauszunehmen, entschied sich dann aber dagegen.

Es lag nicht in seiner Hand, erinnerte sich Mikkelsen. Falls es weder ein Unfall noch Selbstmord war, würde er die Ermittlungen abgeben müssen. Andere würden den Fall übernehmen. Spezialisten, die dafür ausgebildet waren. Doch aus irgendeinem Grund beruhigte ihn das nicht.

Er wusste, dass er heute Nacht nicht schlafen würde. Das war immer so, wenn ihn etwas beschäftigte. Sollte er wirklich warten, bis Omdal ihn angekündigt hatte? Wie lange mochte das dauern?

Er beschloss, Omdal zu ignorieren. Er würde morgen wieder zur Insel fahren. Vielleicht löste sich seine verrückte Idee dann ja in Luft auf.

10

Dachten Sie etwa, Sie sind zum Spaß hier?

Caroline saß im Kaminzimmer und arbeitete intensiv an ihren Ideen. Sie hatte sich über Rosvolds Worte geärgert. So funktionierte das Schreiben nicht. Es fiel einem etwas ein oder eben nicht.

Aber jetzt fiel ihr gerade eine ganze Menge ein.

Sie saß in einem Lehnsessel am Kamin, in dem die Flammen loderten, und genoss das warme Gefühl an den Zehen. Außer ihr befand sich nur noch Gjelstad im Raum. Er hockte mit einem Notizblock auf einem der Sofas und schrieb sich die Finger wund. Caroline beobachtete ihn seit einiger Zeit verstohlen aus den Augenwinkeln. Je länger sie ihm zusah, desto komischer erschien ihr sein Mienenspiel. Man konnte sehen, wann ihm etwas einfiel und wann er unzufrieden war. Ein enormer innerer Kampf musste in ihm vorgehen. Sie stellte sich einen Hubschrauberpiloten vor, der ein schwieriges Manöver fliegen musste. Er würde wahrscheinlich so ähnlich dreinschauen. Aber bei einem jungen Mann auf einer Couch sah es einfach nur komisch aus.

Ihre anderen Mitbewerber waren ausgeflogen. Wo Ulven sich aufhielt, wusste sie nicht, aber Wennberg hatte sie vorhin gehört. Er hatte sich im oberen Stockwerk laut mit Rosvold unterhalten. Endlich hatten die beiden Zeit für ihre *unangenehme Sache* gefunden und prompt zu diskutieren begonnen. Was genau sie sich gegenseitig an den Kopf geworfen hatten, hatte sie nicht verstanden.

Gjelstad blickte zu Caroline auf. Er hatte gemerkt, dass er beobachtet wurde, und es war ihm sichtlich nicht recht, doch auch nicht so unangenehm, dass er sich stören ließ. Sofort konzentrierte er sich wieder auf seinen Schreibblock und strich gleich eine halbe Seite durch, wobei er den Stift so kraftvoll aufsetzte, dass es raschelte. Dann warf er den Block neben sich auf das Sofa. Einen Moment lang schien er über etwas nachzudenken, dann schüttelte er den Kopf und wandte sich Caroline zu. Diese machte sich schon darauf gefasst, eine Standpauke zu bekommen – wie konnte sie nur den großen Nachwuchsautor bei seiner Arbeit stören?

Doch in seinen Augen war kein Vorwurf. »Was hältst du von dem ganzen Theater hier?«, fragte er.

Sie musste schmunzeln. »Theater?«

»Ja, Theater!«, setzte er nach. »Weißt du, wie viel Arbeit ich in diesen Einreichungstext investiert hatte?«

Sie musste sich zusammenreißen, nicht die Augen zu verdrehen. »Viel, nehme ich an?«

Er schien ihre Ironie nicht zu bemerken. »Ja, verdammt viel sogar! Es wäre perfekt gewesen! Niemandem außer Rosvold hätte ich diesen Stoff anvertraut. Dass wir etwas Neues schreiben sollen, davon war nie die Rede!«

Caroline überlegte. »Es war aber auch nie die Rede davon, dass wir die Einreichungstexte verwenden können, wenn ich mich recht erinnere.«

Er sandte ihr einen finsteren Blick, schien aber anzuerkennen, dass sie recht hatte. Sie rückte den Lehnsessel ein wenig in seine Richtung, damit sie den Kopf nicht so sehr verrenken musste.

Er fuhr fort: »Ich meine nur, solche Bewerbungsverfahren im Allgemeinen – findest du das nicht demütigend? Man reißt sich den Arsch auf, gibt sein Bestes, und was ist der Lohn? Man darf sich noch einmal den Arsch aufreißen, mehr noch, man muss sogar! Und wehe, man bringt nicht noch einmal etwas Vergleichbares zustande! Dann ist man weg, einfach so.« Er schnippte mit den Fingern, um das Verschwinden zu illustrieren.

Caroline erinnerte sich daran, dass er der Sohn eines wichtigen Politikers war. Er war es bestimmt nicht gewohnt, sich mit anderen messen zu müssen. Es tat Caroline irgendwie gut, ihn so kämpfen zu sehen. Andererseits kochte auch die Wut in ihr hoch. »Vielleicht solltest du deinen Vater anrufen«, lästerte sie. »Aber ohne Handy ist das schwierig, oder?«

Er blieb erstaunlich ruhig. »Ach, mein Vater. Weißt du, wie oft ich das höre? Ich verrate dir ein Geheimnis. Ich wäre schon viel weiter in meiner Karriere, wenn das Gespräch nicht ständig auf meinen Vater käme, sondern auf das, was ich tue.«

»Seine Kontakte haben dir also rein gar nichts genützt? Niemals?«

»Doch, natürlich haben sie mir genützt. Aber das war vor Jahren. Alles, was ich jetzt habe, hab ich mir selbst aufgebaut. Also komm mir nicht so.«

Vielleicht hatte er recht. Es war bestimmt nicht immer einfach, das Kind eines prominenten Politikers zu sein.

»Wie geht es dir mit deinem Text?«, fragte er.

»Gut«, sagte sie knapp.

»Dich stresst all das wohl überhaupt nicht?«

Caroline zuckte mit den Schultern und bewegte ihre Zehen, die inzwischen wohlig warm waren.

»Warum bist du dann hier?«, fragte er. »Willst du nicht gewinnen?«

»Das weiß ich selbst nicht so genau.«

»Aber jeder will doch gewinnen«, sagte er fassungslos.

»Hm.«

»Probleme?«

Es war etwas in der Unaufgeregtheit seines Tons, das sie antworten ließ.

»Schätze schon, ja.«

Er nickte und verzichtete zum Glück darauf, nachzubohren. »Es war ja recht kurzfristig bei dir. Warum eigentlich?«

»Das weiß ich auch nicht genau.«

Darüber hatte sie tatsächlich nicht nachgedacht. Aber sie fand die Frage interessant. Warum war sie so knapp vorher verständigt worden? »Ich glaube, da war ursprünglich jemand anderes eingeladen«, sprach sie ihre Vermutung aus und erinnerte Gjelstad an den falschen Namen auf dem Kuvert.

»Hast du Rosvold danach gefragt?«, wollte er wissen.

»Noch nicht«, antwortete sie.

Ein Kopfnicken später schien das Thema für ihn erledigt zu sein. Sie hätte ihm noch von dem Koffer in ihrem Zimmer erzählen können, doch sie zögerte selbst, das mit dem falschen Kuvert in Zusammenhang zu bringen. Es ergab auch keinen Sinn – warum sollte der Koffer schon da sein und der Gast noch nicht? Bestimmt hatte es nichts zu bedeuten.

Caroline blieb noch über eine Stunde sitzen und verfeinerte ihre Entwürfe, dann packte sie ihre Notizen zusammen und zog sich zurück. Als sie in ihr Zimmer kam, legte sie den Schreibblock auf das Bett, um ihren Kulturbeutel und ein Handtuch zu schnappen und sich auf den Weg ins Badezimmer zu machen. Das erwies sich als schwieriger als gedacht: Der Reißverschluss ihrer Reisetasche klemmte. Mehrere Minuten lang kämpfte sie damit, ihn gängig zu machen, ohne die Tasche zu beschädigen.

Sie ging gerade in dem Moment auf, als Caroline schon eine Schere zu Hilfe nehmen wollte.

Später, als sie sich das Gesicht gewaschen hatte und sich selbst im Spiegel ansah, bemerkte sie, was sie irritierte. Ja, der Reißverschluss verklemmte sich gern, genau deshalb verschloss sie ihn immer sehr vorsichtig. Sie hätte schwören können, dass sie das auch heute Morgen getan hatte. Normalerweise war sie nicht so unachtsam. Das ließ einen Gedanken in ihr wachsen, der ihr zuerst absurd erschien, sich aber nicht mehr vertreiben ließ.

Jemand war in ihrem Zimmer gewesen und hatte ihre Sachen durchsucht.

11

Der Motor brummte auf, als Mikkelsen ablegte und auf das Meer hinausfuhr. Omdal rechnete nach dem Gespräch vom Vortag bestimmt nicht damit, dass er die Abmachung brach. Dieses Überraschungselement wollte er nutzen.

Am Morgen hatte er eine E-Mail von Grethe in seinem Posteingang gefunden. Sie schrieb, dass niemand die Frau auf dem Foto erkannt hatte. Was die Meeresströmungen betraf, hatte sie zur Sicherheit einen Freund gebeten, die Sache durch ein Simulationsprogramm laufen zu lassen. Das Ergebnis war genau dasselbe, wie sie es sich spontan im Kopf zusammengereimt hatte: Es kam nur die Region um Tåkesund infrage.

Mikkelsens Herz klopfte, als er an das Bevorstehende dachte. Er war schon einmal auf der Leuchtturminsel gewesen. Als Kind hatte ihn sein Vater dorthin mitgenommen.

»Nils, warte! Was hab ich dir gesagt?«, hatte sein Vater gerufen.

Nils hatte versprochen, ganz brav zu sein und auf seinen Vater zu hören. Dieser wusste um die unbändige Energie seines Sohnes, wenn es darum ging, unbekanntes Terrain zu erforschen.

Mit seinem kaputten Knie konnte er ihm nicht überallhin folgen, doch er brachte es nicht übers Herz, seinem Sohn eine
Bitte abzuschlagen. Schon lange hatte Nils gebettelt, einmal auf
die Insel mit dem verlassenen Leuchtturm zu fahren. Es war
Sonntag und sie hatten nichts vor, ein Besuch bei Freunden war
abgesagt worden. Sein Vater hatte einfach keine Ausrede gehabt,
den Ausflug schon wieder zu verschieben. Doch er machte sich
Sorgen und hatte Nils deshalb das Versprechen abgenommen,
dass sie immer zusammenbleiben müssten.

Als sein Vater jedoch das Schiff an dem kleinen Pier vertäut
hatte, vergaß Nils die Versprechungen und verschwand binnen
Sekunden über alle Berge.

Die Leuchtturminsel war sogar noch abenteuerlicher als
das alte Fort, das sie unlängst auf Akerøya gesehen hatten!
Die Gebäude standen offensichtlich alle leer, Nils drückte sich
die Nase an ungeputzten Scheiben platt und versuchte, im
dunklen Inneren etwas zu erkennen. Er sah nur, dass da noch
Möbel in den Räumen standen. Vielleicht fand er Spuren von
den Menschen, die hier gelebt hatten? Sein Vater hatte ihm
von einer Leuchtturmwärter-Familie erzählt, die diese Anlage
bedient hatte. Das war eine verantwortungsvolle Aufgabe gewesen, denn wenn ein Leuchtturm ausfiel, dann liefen Schiffe
auf Grund oder sanken sogar. Selbst als der Leuchtturm auf
Elektrik umgestellt worden war, hatte noch jahrzehntelang
eine Familie laufend die Funktion überwacht. All das hatte sein
Vater ihm erzählt, wenn sie mit dem Boot die Küste entlang-
fuhren und der Leuchtturm Tåkesund in Sicht kam. Was sein
Vater über den Verbleib der Familie erzählt hatte, wusste Nils
nicht mehr, aber er hatte sich inzwischen ohnehin seine eigene
Version der Geschichte zusammengereimt. Er war fest davon
überzeugt, dass der Leuchtturmwärter in der Einsamkeit den
Verstand verloren hatte. Je nach Laune variierte der Ausgang der
Tragödie: Manchmal schaffte es die Frau, mit den Kindern das

Boot zu nehmen und zu fliehen. Der Leuchtturmwärter blieb irre kreischend auf der Insel zurück und war heute noch manchmal als Geist unterwegs. Manchmal vermutete Nils aber auch, dass der Wärter seiner Familie schlimme Dinge angetan hatte und sie alle heute noch als Geister umgingen. Zu Hause im weichen Bett, bei eingeschalteter Nachttischlampe, waren das aufregende Fantasien, die ihm eine wohlige Gänsehaut bereiteten. Doch nun war er sich gar nicht so sicher, ob sie ihm nicht doch Angst machten.

Nils stand vor einer Tür zum Hauptgebäude, die schief in den Angeln hing. Insgeheim hatte er gehofft, alle Türen verschlossen vorzufinden, doch diese hier stellte kein Hindernis dar. Er konnte einfach hindurchschlüpfen, ins dunkle Innere.

Er musste das natürlich nicht tun. Sein Vater rief bereits nach ihm und dem Klang nach zu urteilen, näherte er sich schnell. Nils musste einfach nur warten und wäre sicher.

Doch dann bekäme er eine Standpauke und durfte erst recht nicht ins Haus. Diese einmalige Chance würde ungenutzt bleiben, und er würde nie wissen, wie es in dem Leuchtturm aussah. Deshalb gab es gar keine andere Möglichkeit: Nils bückte sich und zwängte sich durch den Spalt der kaputten Tür.

Drinnen roch es sehr eigenartig. Seine Augen gewöhnten sich schnell an das Zwielicht. Er sah, dass dieser Raum bis auf einen Sessel und einen gemauerten Kamin leer geräumt worden war. Eine Treppe führte nach oben, außerdem gab es zwei Türen.

»Nils, jetzt warte doch! Ich werde nie wieder mit dir irgendwo hinfahren, wenn du nicht sofort zurückkommst, hörst du?«

Nils ignorierte die Worte, die lauter und dann wieder leiser wurden. Sein Vater suchte ihn immer noch draußen.

Was tat er denn hier? Sein Vater machte sich Sorgen! Er musste ihm wenigstens sagen, wo er war!

Ja, das musste er. Gleich. Und vorher würde er sich noch ein klein wenig umsehen.

Nils überlegte, die Treppe hochzugehen, als er die beiden Türen genauer in Augenschein nahm. Die linke stand einen Spalt offen. Dort würde er noch nachsehen, sagte er sich. Nur dort. Dann würde er zurück zu seinem Vater gehen. Das war ein vernünftiger Kompromiss. Falls es ihm zu unheimlich wurde, konnte er ja jeden Moment umdrehen.

Mit weichen Knien näherte er sich der Tür. Drinnen war es sehr finster, nur eines sah er sofort: Stufen. Sie führten nach unten.

Nils war aufgeregt. Vielleicht stimmte seine Theorie vom verrückten Leuchtturmwärter ja wirklich? Wenn, dann hatte er seine Familie bestimmt dort hinuntergestoßen.

Nils drückte die Tür ganz auf, wobei ein schauerliches Quietschen erklang, wie der Klagelaut einer gemarterten Seele. Er wollte gerade den Fuß auf die erste Stufe setzen, als etwas aus der Dunkelheit kam und dicht an seinem Ohr vorbeiflatterte. Nils stieß einen Schrei aus und erkannte im selben Moment, dass er sich umsonst fürchtete: Es war nur eine Fledermaus, die er beim Schlafen gestört hatte. Doch über den Schreck hatte er sein Gleichgewicht verloren und kippte nach vorne.

Nils griff nach den Wänden – da musste doch irgendetwas sein, an dem er sich festhalten konnte! Doch da war nichts. Wie in Zeitlupe rotierte sein Körper in die Dunkelheit hinab. Er machte einen Schritt, um die nächste Stufe zu finden und sich daran abzufangen, doch diese war etwas tiefer, als er sie erwartet hatte. Die steinerne Treppe war offensichtlich nicht ganz regelmäßig gemauert. Nils rutschte aus – und fiel.

Der Aufprall war hart, doch irgendwie schaffte er es, sich abzurollen. Er machte sich darauf gefasst, noch tiefer die Treppe hinabzukullern, doch plötzlich war da wieder ebener Boden. Er landete auf dem Rücken und blieb benommen liegen. Die

Geister waren plötzlich ganz weit weg. Nils hatte überhaupt keine Angst mehr. Alles war wie betäubt. Er bewegte sich vorsichtig und in seinem Ellbogen tobte ein stechender Schmerz. Mit der anderen Hand stützte er sich ab und richtete sich auf. Die Hüfte tat ihm weh, aber es schien nichts gebrochen zu sein. Nur mit dem Ellbogen stimmte etwas nicht. In diesem Moment hörte er, wie sein Vater die schiefe Eingangstür aufriss.

»Ich bin hier!«, schrie Nils.

Was hatte er getan? Er konnte selbst nicht fassen, wie er so dumm hatte sein können. Er hatte Angst, was sein Vater sagen würde.

Sein Vater sagte gar nichts. Er hatte ihn wortlos zum Boot gebracht und sie hatten die Leuchtturminsel nie wieder besucht.

Und nun war die Insel wieder bewohnt, dachte Mikkelsen, der die alten Erinnerungen abschüttelte. Von niemand Geringerem als dem großen Schriftsteller Aleksander Rosvold.

Mikkelsen musste zugeben, dass er nicht viel von ihm wusste. Der ganze Starkult hatte ihn nicht interessiert, er hatte die Hochglanzmagazine, von deren Covers Rosvold als grau melierter Mann mit tiefgründigem Blick lachte, nie angerührt. Das bereute er nun. Aber bestimmt würde er in Kürze alles aus erster Hand erfahren.

Wenn er bis zum Leuchtturm durchdrang.

Wie erwartet, fehlte von Omdal jede Spur. Er hätte längst mit seinem Sicherheitsboot die Verfolgung aufnehmen müssen. Jetzt hatte Mikkelsen keine Zweifel mehr, die Insel ungestört erreichen zu können.

Er steuerte das Polizeiboot zur Anlegestelle, die an einer Felszunge lag, welche sich steil aus dem Meer erhob. Andere Boote waren nicht zu sehen. Als er sein Gefährt vertäut hatte und sich gerade umdrehen wollte, um die Leiter hinaufzusteigen, hörte er ein Geräusch, das er kannte und das ihm das Adrenalin in die Adern schießen ließ.

Mikkelsen hob die Hände über den Kopf. Dann drehte er sich um. Oben stand ein hagerer Mann mit einem Jagdgewehr im Anschlag. Mikkelsen kannte das Geräusch, wenn eine Patrone in den Lauf geschoben wurde. Zumindest zielte der Mann nicht auf ihn, aber dennoch hatte Mikkelsen eine Gänsehaut.

Der Mann wirkte ganz ruhig. »Was willst du hier? Das ist Sperrgebiet«, sagte er.

»Wirklich?«, fragte Mikkelsen, der den Bewaffneten nicht reizen wollte. Norwegische Polizisten waren gewöhnlich unbewaffnet, aber selbst wenn, war das hier kein Western – er war dem Mann, der ihn bedrohte, unterlegen.

»Ich bin von der Polizei«, sagte Mikkelsen. »Sieht man doch, oder? Ich will zu Rosvold!«

»Verschwinde!«

»Tut mir leid«, sagte Mikkelsen. »Aber das kann ich nicht tun. Wie gesagt, ich muss mit Rosvold sprechen.«

Der Bewaffnete schien plötzlich verunsichert. Er versuchte offensichtlich abzuwägen, ob er das glauben konnte.

»Ich würde dir ja meinen Ausweis zeigen, wenn die Uniform nicht reicht«, erklärte Mikkelsen lächelnd. »Aber dazu müsste ich den Reißverschluss meiner Jacke öffnen. Nicht, dass du glaubst, ich hätte eine Waffe drin.«

Der andere grübelte, als hätte Mikkelsen ihm eine Matheaufgabe zu lösen gegeben.

Worauf wartete er?

Mikkelsen dachte nach. Hatte Omdal ihm vielleicht etwas Falsches erzählt? Gehörte der Leuchtturm in Wahrheit gar nicht Rosvold, sondern jemand anderem? Geschah hier etwas, das verborgen bleiben sollte? Wurden hier Drogen verschifft? Oder gar Schlimmeres? In diesem Fall wäre es ein Leichtes gewesen, ihn zu beseitigen und verschwinden zu lassen. Niemand wusste, dass er hier hinausgefahren war. Nur Omdal hätte es vermuten können. Mikkelsen hatte Jansen mitnehmen wollen, aber dieser hatte sich krankgemeldet – seine Lunge machte ihm zu schaffen. Wahrscheinlich würde er die ganze restliche Woche ausfallen. Weitere Verstärkung gab es nicht.

»Herr Rosvold will niemanden sehen«, sagte der Mann. »Du musst einen Termin machen.«

Das mit den Terminen musste Rosvold seinen Angestellten eingebläut haben, ohne zu merken, wie dämlich es klang. Ein Termin für den Besuch einer Schäreninsel?

Als er sah, wie der Hagere das Gewehr senkte, entspannte er sich.

»Ich werde hier warten«, verkündete Mikkelsen und verschränkte die Arme.

»Nein, wirst du nicht. Das habe ich dir doch gerade erklärt.«

So standen sie da, wie zwei Böcke im Revierkampf. Keiner wollte nachgeben.

»Lass gut sein, Käpten«, ertönte plötzlich eine Stimme hinter dem unfreundlichen Mann.

Dann trat Aleksander Rosvold neben ihm hervor und schaute interessiert zu Mikkelsen hinunter.

Der Wachhund holte mit einer geübten Bewegung die Patrone aus dem Lauf, steckte sie in die Hosentasche, murmelte noch eine Unfreundlichkeit und verschwand.

»Tut mir leid«, sagte Rosvold. »Bitte, kommen Sie mit.«

Oben beim Leuchtturm hatte Caroline das Gespräch mitangehört. Viel hatte sie nicht verstanden, nur das Wort *Sperrgebiet*. Und plötzlich verstärkte sich das ungute Gefühl, hier gefangen zu sein.

12

»Jetzt bin ich aber gespannt«, eröffnete Mikkelsen das Gespräch. »Was gibt's denn so Geheimes hier, dass man gleich mit derart schweren Geschützen auffahren muss?«

»Du brauchst gar nichts zu sagen!«, ging Arne Haugerud dazwischen, der neben Rosvold stand.

Sie befanden sich in Rosvolds Arbeitszimmer. Mikkelsen war offensichtlich ungelegen gekommen. Auf dem Weg ins Büro waren sie an zwei Männern und einer Frau vorbeigekommen, die in einer Sitzecke lümmelten und ihn verdutzt anstarrten. Rosvold hatte ihn in den zweiten Stock geführt. Dort war plötzlich ein beleibter Mann aufgetaucht, der sich als Rosvolds Manager Arne Haugerud vorgestellt hatte. Er hatte Rosvold davon abgeraten, Mikkelsen ins Arbeitszimmer zu führen, doch Rosvold hatte ihn ignoriert.

Das Zimmer des Schriftstellers sah ein wenig aus wie das Büro von Indiana Jones. Es gab Regale mit Reisesouvenirs. Afrikanische Masken lagen da, indische Shiva-Statuen und eine asiatische Winke-Katze, deren Batterie wohl den Geist aufgegeben hatte. Rosvold schien viel Zeit auf Reisen zu verbringen.

Es war gerade noch genug Platz für einen alten Schreibtisch, der vor dem Fenster stand. Darauf lag ein großer Stapel Papier. Daneben eine leere Kaffeetasse mit mindestens fünfzehn identischen Kugelschreibern darin. Rosvold schrieb wohl mit der Hand. Der Starautor saß auf seinem Drehsessel und machte eine finstere Miene. Er sah aus, als fühlte er sich unwohl. Polizeiliche Befragungen war er offensichtlich nicht gewohnt.

Der Manager sagte: »Eigentlich sollten Sie gar nicht so weit kommen. Wir haben Leute …«

»Omdal«, unterbrach ihn Mikkelsen. »Er hat seine Arbeit gut gemacht, nur dass Sie das wissen. Beim ersten Versuch hat er mich aufgehalten. Aber seien Sie versichert: Wenn ich kommen will, dann komme ich.«

Haugerud machte eine finstere Miene. Offensichtlich ging er im Geist durch, was er alles mit Omdal anzustellen gedachte. Rosvold hingegen seufzte tief und sagte: »Arne, du kannst gehen. Ich mache das hier.«

»Aber Aleksander!«, begann Haugerud, doch Rosvold unterbrach ihn mit einer Geste. Haugerud machte sich mit rotem Kopf aus dem Staub.

»Sie wissen, was ich beruflich tue?«, fragte Rosvold, als sie allein waren.

»Ich hab sogar ein Buch von Ihnen gelesen«, flunkerte Mikkelsen. Eigentlich war er kein Freund von Spannungsromanen – die Wirklichkeit war für ihn schon spannend genug.

»Dann können Sie sich auch vorstellen, wie wichtig mir Ruhe ist? Zuerst wünscht man sich, ein Star zu sein. Man tut alles dafür. Und natürlich ist es schön, keine finanziellen Sorgen mehr zu haben. Aber manchmal sehne ich mich danach, wieder ein Niemand zu sein. Ich möchte in Oslo durch die Stadt bummeln, ohne alle paar Meter um ein Autogramm gebeten zu werden. Können Sie das nachvollziehen?«

Mikkelsen fand das fast sympathisch. »Ja, der Gedanke ist nachvollziehbar. Trotzdem gibt es keinen Grund, jemanden mit einer Schusswaffe zu bedrohen. Schon gar nicht einen Polizisten. Ist die Schrotflinte überhaupt angemeldet?«

Rosvold schwieg zerknirscht.

Mikkelsen hatte nicht vor, die Sache anzuzeigen. Zumindest nicht, wenn Rosvold sich kooperativ zeigte.

»Worum geht es denn?«, fragte er, anstatt zu antworten.

»Eine weibliche Leiche wurde aus dem Meer gefischt. Ich vermute, dass sie hier von der Insel stammt.«

Rosvold schien einen Moment zu brauchen, bis er das Gehörte verarbeitet hatte. Der Ärger über Mikkelsen war gewichen.

»Wie ist das passiert?«, fragte Rosvold.

»Das müssen wir noch klären. Die Leiche wird obduziert werden. Aber ein Tod durch Ertrinken ist sehr wahrscheinlich. Es ist gut möglich, dass jemand nachgeholfen hat.«

Rosvold nickte gedankenverloren. »Dann sind Sie von der Kriminalpolizei?«, fragte er und schaute demonstrativ auf Mikkelsens Uniform.

Damit hätte er rechnen müssen. Rosvold wusste, wie bei solchen Todesfällen vorgegangen wurde. Routinemäßig wurde immer die Kripo in Kristiansand eingeschaltet, und die trugen keine Uniformen. Erst wenn ein gewaltsamer Tod ausgeschlossen werden konnte, zog sich die Kripo zurück. Dann gab es meistens auch für die Dorfpolizei keinen Grund mehr, Fragen zu stellen.

»Die Kollegen sind auf dem Weg. Man hat mich vorgeschickt.«

Rosvold nickte unbestimmt.

Unwahrscheinlich, dass die Notlüge durchging. Mikkelsen überlegte, wie er die Initiative über das Gespräch zurückgewinnen könnte. Wie konnte er Rosvold unter Druck setzen? Er wollte ihn verunsichern, und jetzt war es umgekehrt.

Mikkelsen seufzte und fragte: »Herr Rosvold, klären Sie mich doch auf, was hier läuft. Ich habe Leute gesehen. Wer sind die, und wie viele befinden sich insgesamt auf der Insel? Was veranstalten Sie hier eigentlich?«

»Haben Sie denn gar nichts von der Ausschreibung gehört?«, fragte Rosvold irritiert.

Mikkelsen schüttelte den Kopf. »Sollte ich?«

Der Autor sah ihn genervt an. Dann erklärte er wortkarg: die landesweite Ausschreibung für Nachwuchsautoren, das enorme Medienecho, viele Tausend Einsendungen. Der große Literaturwettbewerb.

Mikkelsen zuckte nur mit den Schultern. »Und die Sieger haben Sie hierher eingeladen?«

Rosvold nickte.

»Wie viele?«, fragte er und gab damit zu erkennen, dass er nicht die leiseste Ahnung von diesem Wettbewerb hatte.

»Vier.«

»Und wozu?«

»Um gemeinsam mit ihnen zu arbeiten! Wozu denn sonst?«

»Was erwarten Sie sich davon?«

»Das ist meine Sache«, erwiderte Rosvold schroff.

»In Ordnung«, sagte Mikkelsen. »Ich will nur wissen, ob Sie jemanden vermissen.«

»Glauben Sie, ich hätte mich nicht gemeldet?«

»Keine Ahnung.«

»Ich befürchte, das ist alles, was ich Ihnen sagen kann. Es geht uns gut, wir arbeiten. Niemand wird vermisst.«

»Ich würde gern noch mit den anderen sprechen.«

Das gefiel Rosvold nicht. »Wozu?«

»Vielleicht haben sie eine Idee, wer die Tote sein könnte.«

»Warum denn bitte?«, fragte Rosvold. »Warum sollten die Autoren etwas wissen? Sie kommen doch nicht einmal aus der Gegend. Sie alle sind hergekommen, um ungestört zu schreiben. Lassen wir sie doch.«

Mikkelsen dachte nach. »Werden Sie ihnen berichten, was passiert ist?«

»Wozu?«

»Damit sie es nicht aus der Zeitung erfahren, was weiß ich.«

»Das muss ich mir noch überlegen«, sagte Rosvold und stand auf. »Hier gibt es keine Zeitung und es hat ja nicht direkt etwas mit uns zu tun, oder?«

»Nicht direkt«, gab Mikkelsen zu.

»Gut. Sonst noch was?«

Mikkelsen musste kurz an das Buch denken. Wenigstens die Inhaltsangabe hatte er überflogen. Sollte er Rosvold von seinen Gedanken erzählen? Doch jetzt, da er vor ihm stand, war es einfach zu verrückt. »Ich denke, das reicht fürs Erste. Ich lasse Ihnen meine Karte da, falls Ihnen noch etwas einfällt.«

Rosvold schien erleichtert. Er hob das Tischtelefon ab, wählte eine Nummer und ließ es lange läuten. Dabei schnaubte er verärgert. Als er gerade auflegen wollte, hob doch noch jemand ab.

»Wo bleibst du?«, blaffte Rosvold. »Ich brauche dich hier!«

Dann legte er auf, ohne die Antwort abzuwarten.

Aus dem Augenwinkel nahm Mikkelsen wahr, dass Rosvold ihn beobachtete, wie er die Einrichtung dieses Raums musterte.

»Ich muss jetzt weiterarbeiten«, sagte er. »Bitte warten Sie draußen. Der Käpten wird Sie abholen.«

»In Ordnung. Sollte ich weitere Fragen haben, komme ich wieder. Dann würde ich mir die Sache mit der Schrotflinte gern ersparen.«

»Mir wäre es recht, wenn Sie anrufen. Wegen des Käptens und Omdal. Sie machen sich sonst unnötig … *Sorgen.*«

»Das ist aber sehr rücksichtsvoll«, sagte Mikkelsen. »Es wird auch so gehen.«

Sie nickten sich zu wie zwei Ritter, die gleich die Visiere senkten und aufeinander zuritten. Dann ging Mikkelsen aus dem Raum.

Er sollte auf den Assistenten warten, der ihn hinausbrachte. Er zog es tatsächlich in Betracht, doch da war wieder dieser Forscherdrang, der schon als Kind immer mit ihm durchgegangen war. Er sah eine Tür, an der ein *Betreten verboten*-Schild hing. Genau wie bei einem Kind, das vor einem Stück Schokolade saß und nicht zugreifen durfte. Verbotsschilder wurden schon seit Menschengedenken dazu verwendet, die interessantesten Dinge zu markieren. Dabei wusste der erwachsene Mann, der er war, dass sich hinter dieser Tür nur die Mechanik des Leuchtturms befinden konnte. Dafür interessierte er sich nicht. Sein Spürsinn sagte ihm, dass die interessanten Dinge auf dieser Insel woanders verborgen waren. Sollte er riskieren, Hals über Kopf hinausbefördert zu werden? Wer wusste schon, was der zwielichtige Typ mit dem Gewehr tat, wenn er ihn irgendwo antraf, wo er nicht sein sollte, Uniform hin, Uniform her?

In diesem Moment registrierte Mikkelsen etwas anderes. Er fühlte sich beobachtet. Vielleicht nahm er unbewusst ein Geräusch oder eine Bewegung im Augenwinkel wahr, vielleicht war es Einbildung. Wo steckte der Typ mit dem Gewehr – dieser Käpten? Wartete er hinter einer Ecke nur darauf, dass Mikkelsen sich entfernte, damit er das Gewehr wieder auf ihn richten konnte?

Blödsinn, seine Fantasie ging mit ihm durch!

Da hörte er ein kurzes, scharrendes Geräusch und er verstand, dass er sich nicht getäuscht hatte. Da war wirklich jemand. Es konnte nur nicht der Hagere sein.

»Wer ist da?«, fragte er in die Stille, leise genug, dass Rosvold ihn in seinem Arbeitszimmer nicht hören konnte. »Komm endlich heraus, ich habe dich längst bemerkt.«

Als da tatsächlich jemand um die Ecke trat, staunte Mikkelsen. Es war eine junge Frau, die den Kopf gesenkt hatte und sich offensichtlich darüber ärgerte, dass sie nicht vorsichtig genug gewesen war.

»Wer sind Sie?«, fragte er.

»Caroline Sund«, sagte sie verschämt. »Und Sie?«

»Nils Mikkelsen. Polizei, wie Sie sehen. Und Sie sind eine Autorin, hab ich recht?«

Sie lächelte säuerlich. »Ich gebe vor, eine zu sein«, sagte sie.

»Ich wollte gerade gehen. Begleiten Sie mich nach unten? Hier auf der Insel kann man sich glatt verlaufen, wenn man nicht aufpasst.« Er zwinkerte ihr zu und warf einen letzten Blick auf das Verbotsschild.

»Okay«, sagte sie kleinlaut.

Sie verließen das Gebäude, ohne jemandem zu begegnen. Die kleine Gruppe von zwei Männern und einer Frau, die er vorhin gesehen hatte, hatte sich zerstreut. Draußen an der frischen Luft hatten sie beide es nicht eilig, zum Polizeiboot zu kommen.

»Ist etwas passiert?«, fragte Caroline.

Mikkelsen überlegte, wie viel er ihr erzählen sollte. Wollte er, dass sich unter den Autoren herumsprach, was passiert war? Er kam zum Schluss, dass ihm das nur nützen konnte.

»Wir haben eine Ertrunkene gefunden«, erklärte er. »Wir wissen leider nicht, wer sie ist. Aber sie könnte hier ins Meer gefallen sein.«

Mikkelsen war neugierig auf ihre Reaktion. Sie erschrak, aber nicht auf die Art, wie jemand schockiert war, der von einer Toten erfuhr. Ihre Augen wurden groß wie bei jemandem, der sich so etwas schon gedacht hat. Warum?

»Was ist mit Ihnen? Geht es Ihnen gut?«

»Jaja«, sagte sie schnell. »Ich habe nur etwas Falsches gegessen.«

»Ist das Essen nicht gut?«, fragte Mikkelsen, den die Ausrede nicht überzeugte.

»Der Koch«, begann sie. »Haben Sie gesehen, wie dünn er ist?«

Mikkelsen nahm an, dass sie den Hageren meinte, den Flintenmann, den Rosvold Käpten genannt hatte. Er musste lachen. Sie lachte nicht mit.

»Und wissen Sie schon, wer die Tote ist?«

Er schüttelte den Kopf. »Das wird noch ermittelt. Ich hoffe, ich erfahre mehr, wenn ich zurück bin.«

Caroline wirkte unschlüssig.

»Wissen Sie etwas?«, fragte Mikkelsen geradeheraus.

»Warum sollte ich etwas wissen?«, fragte sie zurück.

»Vielleicht fehlt ja jemand? Fahren oft Boote hin und her? Sind hier zu viele Leute, als dass man alle kennen könnte?«

Sie schüttelte den Kopf und biss sich kurz auf die Unterlippe, als wollte sie sich einen Satz verkneifen. »Wissen Sie schon, wie es passiert ist?«, fragte sie dann.

»Es deutet manches auf einen Unfall hin«, antwortete er. »Aber nicht alles.«

Die Antwort beruhigte sie natürlich nicht.

Jetzt standen sie vor der Klippe, unter der Mikkelsens Boot lag. Mikkelsen würde wegfahren und sie allein lassen. Er spürte, dass sie verletzlich war. Sie wollte nicht hier sein. Warum war sie dann gekommen?

»Läuft er gut, der Wettbewerb?«

Nun lächelte sie. Er musste zugeben, dass es ein bezauberndes Lächeln war.

»Ich denke schon«, sagte sie.

Als ihm klar wurde, dass sie nicht mehr darüber sagen würde, beschloss er, es dabei zu belassen. Er steckte ihr schnell seine Visitenkarte zu. Dann stieg er in sein Boot. Bevor er den Motor startete, warf er einen letzten Blick zum Leuchtturm. Stand da oben jemand an einem der Fenster oder reflektierte nur das Glas? Er konnte es nicht erkennen und fuhr zurück zum Festland.

13

Während sie sich auf die erste Besprechung ihrer Ideen vorbereitete, ging Caroline immer wieder das Gespräch mit dem Polizisten Mikkelsen durch den Kopf. Eine Tote, und noch wusste niemand, wer sie war und wie sie gestorben war. *Es könnte sein, dass sie hier ins Meer gefallen ist.* Woher wollte er das so genau wissen? Und was mochte sich hier zugetragen haben, wenn es wirklich so war?

Da kam ihr noch eine andere Idee: Was, wenn das zu Rosvolds großem Plan gehörte? Wie konnte sie sicher sein, ob Mikkelsen ein richtiger Polizist war? Sie sollten zu Mördern werden. Waren sie vielleicht Teil eines großen Theaterspiels? Sie überlegte kurz, tat den Gedanken dann aber als zu verrückt ab und konzentrierte sich wieder auf ihre Einfälle.

Sie hatte drei Vorschläge erarbeitet. Einer spielte im Künstlermilieu in Oslo, wo ein alternder Maler einen jungen, talentierteren Kollegen dazu drängte, ein Selbstportrait zu malen. Danach wollte er den Jungen umbringen, das Portrait als seine eigene Arbeit ausgeben und so den Ruhm ernten, den er sich immer schon ersehnt hatte. Eine zweite Geschichte spielte auf einem Öltanker, wo sich seltsame Todesfälle ereigneten. Schließlich stellte sich heraus, dass sich die psychisch kranke Geliebte des Kapitäns auf das Schiff geschlichen hatte und jeden umbrachte, der dem Kapitän zu nahe kam. Die dritte Idee drehte sich um einen Polizisten, der selbst zum Mörder wurde, weil er es nicht ertrug, dass ein Mörder, den er überführt hatte, freigesprochen wurde. Plots, von denen Caroline noch vor ein paar Stunden vollkommen überzeugt gewesen war. Doch je näher die Besprechung rückte, desto unsicherer wurde sie. Sie suchte nach einer weiteren, der alles entscheidenden, zündenden Idee, die aber nicht kommen wollte. Als sie auf dem Bett lag und letzte Korrekturen vornahm, hätte sie beinahe die Zeit übersehen. Hastig packte sie ihre Zettel zusammen und eilte ins Kaminzimmer, wo die anderen schon warteten. Auch Rosvolds Manager Arne Haugerud war da. Nur vom Meister selbst fehlte jede Spur.

Caroline fühlte sich wie auf einer Bühne, als sie eintrat – alle starrten sie an. Sie wich den Blicken aus und schlich möglichst unauffällig zu einem freien Platz auf dem Sofa, wo sie sich hinsetzte. Sie hatte feuchte Hände. Vorlesen hasste sie mehr als alles andere. Sie wusste, das gehörte dazu, und sie würde ihr Bestes geben, doch sie konnte es nicht erwarten, dass es vorbei war. Am besten meldete sie sich gleich als Erste.

Doch dann kam alles anders.

Aleksander Rosvold kam die Treppe herunter, dann blieb er hinter Haugerud stehen. Dieser blickte sich kurz um, nickte und ergriff das Wort.

»Danke, dass Sie alle hier sind. Ich möchte Sie nun bitten, mir Ihre Notizen auszuhändigen, damit Herr Rosvold sie sich ansehen kann.«

»Waaas?«, brachte Gjelstad hervor.

Wennberg grinste nur. Er hatte offenbar schon mit so etwas gerechnet.

»Bitte machen Sie schnell, damit wir nicht unnötig warten müssen.«

»Bis wann bekommen wir eine Rückmeldung?«, fragte Ulven.

»Ich sehe mir das gleich an«, sprach Rosvold aus dem Hintergrund.

Widerwillig übergab Gjelstad seine Notizen an Haugerud. Auch Ulven und sogar Wennberg folgten der Aufforderung. Zuletzt legte Caroline ihre Blätter auf den Stapel. Sie ließ sich nicht anmerken, wie erleichtert sie war, nicht lesen zu müssen.

Haugerud übergab die Papiere an Rosvold, der sich einen Platz auf der Couch erbat. Caroline erhob sich bereitwillig, auch Ulven und Wennberg, die dort saßen, standen auf, obwohl das nicht notwendig gewesen wäre. Es war ihnen sichtlich unangenehm, neben Rosvold zu sitzen. Dieser begann an Ort und Stelle, die Seiten durchzulesen. Seine Mimik war undefinierbar und sein Tempo beeindruckend – Caroline vermutete, dass er die Technik des Schnelllesens beherrschte.

Fast zehn Minuten warteten sie im Kaminzimmer. Dann sagte Wennberg: »Ich hole mir Kaffee«, und machte sich auf den Weg in den ersten Stock. Die anderen folgten ihm, dankbar, der erdrückenden Stille des Raums entkommen zu können.

Rosvold sah kurz auf, starrte Wennberg an, bis er zu verstehen schien und nickte.

Schweigend saßen sie dann am Esstisch, Wennberg und Ulven mit Kaffee, Caroline und Gjelstad ohne. Sie schwiegen sich an und alle schienen sich über die sonderbare Vorgehensweise zu wundern. Es dauerte noch einmal zwanzig Minuten, bis Haugerud auftauchte.

»Er ist jetzt fertig«, sagte er streng.

Wennberg und Ulven tranken ihre Tassen leer, dann stiegen sie alle im Gänsemarsch die Treppe hinunter, wie eine Reihe Verurteilter, die zum Richtplatz geführt wurden.

Rosvold erwartete sie mit finsterer Miene und Caroline hatte ein beklommenes Gefühl. Was immer er gelesen hatte, hatte ihm nicht gefallen.

Sie setzten sich zögerlich um ihn herum, nachdem er auf die freien Plätze gezeigt hatte.

»Ich weiß nicht so recht, wo ich beginnen soll«, sagte Rosvold. »Ich würde Ihnen zu gern sagen, dass die Ansätze vielversprechend sind, dass Sie nur noch daran arbeiten müssen, aber das wäre nicht gut. Ich würde Ihnen und – noch schlimmer – mir selbst etwas vormachen.« Er machte eine Atempause. »Kurz gesagt: Das, was Sie mir da geliefert haben, können wir nicht verwenden. Es wäre wohl am besten, wir starten von vorn. Was halten Sie davon?«

Caroline konnte sehen, wie Gjelstads Kopf rot wurde. »Davon halte ich nichts«, sagte er.

Rosvold blickte ihn überrascht an. »Sie wollen doch nicht sagen, dass Sie *das hier* ernst meinen?«

»Meinen Einreichungstext habe ich ernst gemeint. Sehr ernst sogar. Nun habe ich etwas Neues versucht, weil Sie das wollten.«

»Ja, Sie haben es *versucht*!«, fuhr Rosvold ihn an. »Aber versuchen genügt hier nicht.«

Caroline beobachtete, wie Haugerud im Hintergrund von einem Fuß auf den anderen trat.

»Aleksander«, mischte er sich ein.

»Was?«, blaffte Rosvold ihn an. »Ich verstehe schon, ich kann nicht sofort meine hohen Maßstäbe anlegen. Sie sind alle keine Bestsellerautoren. Aber dass Ihnen so wenig einfällt, enttäuscht mich dann doch. Vielleicht war dieser Wettbewerb doch keine gute Idee.«

Ein Raunen ging durch die Anwesenden.

»Reiß dich zusammen, Aleksander!«, ermahnte ihn Haugerud plötzlich ungewöhnlich streng. »Du übertreibst, und das weißt du! Wie sollen sie arbeiten, wenn du ihnen kein Feedback gibst?«

»Wenn es nicht gut ist!«, erwiderte Rosvold aufgebracht. »Das müssen Sie doch sehen! Oder vielleicht nicht?«

Nach dem letzten Satz sah er Caroline und die anderen an, als verstünden sie überhaupt nichts.

»Okay, die Sachen gefallen dir nicht«, sagte Haugerud milder. »Dann erkläre ihnen, woran sie arbeiten müssen, und lass es sie noch einmal probieren. Sonst hat das keinen Sinn.«

Caroline konnte sehen, wie Rosvold mit sich kämpfte. Gjelstad schien knapp vorm Explodieren und auch Haugerud ließ erkennen, dass er dem Zirkus nicht mehr lange wortlos zusehen wollte.

»Also?«, drängte der Manager.

»Ist ja gut«, gab sich Rosvold zerknirscht. »Also gehen wir diese Sachen meinetwegen durch.«

Rosvold begann mit Gjelstads Entwurf, der von einem Mordfall in einer Osloer Bank handelte. Der Starautor hatte tatsächlich nicht nur Schlechtes zu sagen. Er fand die Psychologie der Charaktere interessant, allerdings kritisierte er den schablonenhaften Plot und das Setting, das eher an einen Fernsehthriller der Neunziger erinnerte.

»Wer soll das heute noch lesen und warum?«, fragte er.

Caroline wartete gespannt auf Gjelstads Antwort, doch dieser nahm die Kritik erstaunlich ruhig auf. Am Ende nickte er sogar. Es schien, als fühlte er sich ertappt und gäbe Rosvold recht.

»Ich probiere etwas Neues«, sagte er schließlich. Hinter ihnen atmete der Manager auf.

Als Nächstes kam gleich Caroline dran. Rosvold war nun sanfter. Er beteuerte, die Sachen interessant zu finden, aber es reiche eben nicht. Die Ideen seien austauschbar. »In meiner Position kann ich mich mit so etwas nicht zufriedengeben«, sagte er. Caroline versuchte, ihn zu verstehen. Bestimmt war sein Anspruch an sich selbst riesig. Jedes seiner Bücher hatte ein Weltbestseller zu sein. Dabei war er auch nur ein normaler Mensch. »Aber du entwickelst dich weiter«, sagte er. »Diese Sachen sind schon besser als das, was du zum Wettbewerb eingereicht hast. Es muss nur noch *viel* besser werden! Und es muss mit dir zu tun haben.«

»Was meinst du?«

»Das gilt für alle hier. Ihr seid keine Maler, ihr seid nicht auf einem Öltanker, ihr seid keine Banker und Polizisten auch nicht. Wenn ihr also nicht einen verdammt guten Grund habt, ausgerechnet über das zu schreiben, was ihr mir hier präsentiert habt, lasst es.«

Nach einem Moment kollektiver Stille – die Botschaft sackte – sagte Caroline: »Ich kann es probieren.«

»Tu das«, drängte Rosvold und rang sich ein Lächeln ab.

Das Weitere bekam Caroline nur noch halb mit. Wennberg und Ulven wurden ähnlich behandelt wie sie, aber Caroline dachte längst an neue Ideen, statt zuzuhören.

Es musste mit ihr zu tun haben … was hätte wohl mit ihr zu tun, das auch jemand lesen wollte?

Nach der Besprechung fühlte sich Caroline aufgewühlt. Etwas von Rosvolds innerer Unruhe hatte auf sie abgefärbt. Sie fand das wahnsinnig anstrengend.

Mach dein Ding, ermahnte sie sich. Sie durfte sich nicht von ihm und den anderen unterkriegen lassen.

Seltsamerweise fühlte sie sich schon bald darauf mutiger denn je. Sie sollte über etwas schreiben, das mit ihr selbst zu tun hatte. Sie würde einen Plot abliefern, der so gut war, dass Rosvold und die anderen von den Socken wären.

Ja, so würde es sein.

14

Mikkelsen hatte kaum sein Büro betreten, als es klingelte. Der Bereitschaftsdienst der Polizeidienststelle in Kristiansand rief an. Der Mann erklärte ihm knapp, dass die Tote identifiziert worden war. Ihr Name war Sara Borgen. Er versprach, ihm weitere Informationen zu schicken.

Mikkelsen legte auf. Sein Herz klopfte. Sara Borgen. Gleich würde er mehr wissen. Sofort googelte er den Namen. Mehrere Personen tauchten auf. Aber keines der Fotos passte zu dem Gesicht, das er im Gedächtnis hatte.

Dann sah er sie plötzlich.

Sara Borgen, Buchhändlerin in Bergen.

Mikkelsen ließ sich in seinem Sessel zurückfallen. Eine Buchhändlerin, hier an der Schärenküste? Während im Leuchtturm gerade so ein Schriftstellerding stattfand? Das konnte doch kein Zufall sein.

Und plötzlich fiel ihm auf, was ihn die ganze Zeit schon beschäftigt hatte: Rosvold hatte nicht nach der Identität der Toten gefragt. War es ihm egal gewesen? Oder wusste er längst, wer die Ertrunkene war? Andererseits ... wenn er niemanden vermisste, hätte er auch keinen Grund, nach dem Namen zu fragen. So oder so war eine Sache klar: Er musste wieder zum Leuchtturm.

Einen Moment später kam die E-Mail aus Kristiansand. Er öffnete den Link, der in einen verschlüsselten Bereich des Polizeiservers führte. Aufmerksam las er den Bericht und griff anschließend zum Telefonhörer.

»Ich muss mit Kommissar Bach reden … nein, jetzt sofort. Danke.«

Es dauerte fast fünf Minuten, in denen Mikkelsen in einer Warteschleife mit unangenehm säuselnder Musik hing, dann meldete sich eine Männerstimme.

»Bach?«

»Nils Mikkelsen von der Polizeiwache Tåkesund. Ich habe den Fall der toten Sara Borgen gemeldet.«

»Ach ja, Mikkelsen«, sagte Kommissar Bach. »Danke für Ihre gute Arbeit.«

»Ja, äh …«

»Was gibt's?«

»Ich habe gerade Ihre Akte gelesen und wollte mich informieren, wie es jetzt weitergeht.«

Mikkelsen hörte dumpfe Geräusche, als würde Bach gerade den Hörer zuhalten und etwas zu jemand anderem sagen.

»Tut mir leid, so, jetzt bin ich da. Was haben Sie gesagt?«

»Wie geht es im Fall Sara Borgen weiter?«

»Hm … ich sehe da keinen Handlungsbedarf. Laut Obduktionsbericht …«

»Da steht, dass es keine sicheren Anzeichen für Fremdverschulden gibt«, half ihm Mikkelsen.

»Das ist richtig«, bestätigte Bach.

»Was ist mit den Spuren an den Beinen?«

»Was meinen Sie?«

»Das steht in dem Bericht. Sie hatte seltsame Male, wie von einem groben Strick.«

»Ach so, das.«

»Hat der Rechtsmediziner nichts dazu gesagt?«

»Doch«, sagte Bach. »Natürlich ist ihm das aufgefallen. Aber das wäre nur ein Indiz. Außerdem könnte sie sich das auch selbst beigebracht haben.«

»Selbst ... beigebracht?« Mikkelsen konnte kaum glauben, was er hörte.

»Die Forensik kann nicht mit Bestimmtheit sagen, wie lange diese Male schon bestehen und ob diese nicht eventuell von eigener Seite stammen. Sie sind definitiv nicht ursächlich für den Tod.«

»Wir hatten hier sehr wohl den Eindruck, dass sie etwas mit ihrem Tod zu tun haben.«

»Wer ist *wir*?«

»Die Ärztin, die den Tod festgestellt hat, und ich.«

»Und was hätte das sein sollen?«

Mikkelsen spürte, wie er sich mehr und mehr aufs Glatteis begab.

»Wir glauben, dass sie sich vielleicht irgendwo verfangen hat. In einem Seil zum Beispiel, das sie nach unten gezogen hat.«

»Das kann schon sein«, gab Bach zu. »Jemand, der ins Wasser fällt, verfängt sich hier oder da. Es ist nur logisch.«

»Aber Sie und Ihre Kollegen glauben nicht, dass es wichtig ist?«

»Wie gesagt, nein.«

»Wissen Sie schon, wo sie ins Meer gefallen ist?«, versuchte Mikkelsen, Bachs Kompetenz abzuklopfen.

»Ihr Auto parkte am Hafen hier in Kristiansand, das stand in dem Bericht.«

Mikkelsen wurde es plötzlich kalt. »Und, glauben Sie jetzt, sie ist ins Hafenbecken gefallen? Warum finden wir sie dann hier draußen?«

Bach wurde langsam ungeduldig. »Das wissen wir nicht. Wir werden es auch nicht erfahren, denke ich.«

Da erkannte Mikkelsen, dass Bach überhaupt nicht gewillt war, im Tod der Buchhändlerin einen Fall für die Mordermittler zu sehen.

»Sie werden das nicht verfolgen?«, machte er seine Vermutung konkret.

Mikkelsen hörte ein Seufzen.

»Wussten Sie, dass Borgen vor drei Jahren einen Selbstmordversuch unternommen hat?«

Mikkelsen schluckte. »Sie glauben, es war Selbstmord?«

»Das ist die plausibelste Erklärung.«

Mikkelsen wollte sagen, dass das nicht stimmte, dass man so eine Sache doch unmöglich zu den Akten legen konnte, nur weil jemand vor Jahren einen Selbstmordversuch begangen hatte. Was war mit den Hinweisen? Den Zusammenhängen mit der Leuchtturminsel?

»Gibt es sonst noch etwas?«, fragte Bach. »Wir haben hier viel zu tun.«

So viel, dass keine Zeit mehr bleibt, verdächtige Todesfälle zu untersuchen?

Er entschloss sich, seinen Verdacht auszusprechen.

»Ja. Sie wissen, was gerade im Leuchtturm Tåkesund stattfindet?«

»Nein«, sagte Bach.

»Ein Wettbewerb für Schriftsteller.«

Bach wartete.

»Die Tote war Buchhändlerin«, versuchte er, dem Kripo-Beamten auf die Sprünge zu helfen.

»Wird dort jemand vermisst?«, fragte dieser.

»Angeblich nicht.«

»Na dann.«

Ärger stieg in Mikkelsen auf. »Warten Sie! Da ist noch etwas. Der Leuchtturm gehört dem Schriftsteller Aleksander Rosvold. Sie wissen schon, *Wasserklang*, der Bestseller.«

Bach machte eine Pause. Er schien Rosvold zu kennen. Jeder in Norwegen kannte ihn.

»Ich verstehe. Das wäre eventuell interessant. Behalten Sie das im Auge. Aber unauffällig. Wir können keine schlechte Presse gebrauchen.«

»Und was tun Sie?«

»Ich werde nochmals mit meiner Kollegin sprechen. Einstweilen gehen wir von Selbstmord aus.«

15

»Was hältst du davon?«, fragte Mikkelsen.

Er saß mit Hanne Molstad in einer Konditorei im Zentrum von Tåkesund. Hanne nippte an ihrem Kaffee. Mikkelsen hatte vergessen, den Teebeutel herauszunehmen, während er erzählt hatte. Der Tee war bitter geworden und er hatte ihn seither nicht mehr angerührt.

»Glaubst *du* an Selbstmord?«, fragte er weiter.

Sie schüttelte den Kopf, ohne von ihrer Kaffeetasse aufzusehen. So ernst hatte Mikkelsen sie selten gesehen.

Er war erleichtert. Nach dem Gespräch mit Kristiansand hatte er begonnen, an sich zu zweifeln. Nun fühlte er sich bestätigt und fragte: »Was denkst du, was passiert ist?«

Sie hob den Blick, sah an ihm vorbei in die Luft, schien nachzudenken oder sich an etwas zu erinnern.

»Verletzungen gab es ja sonst keine«, bohrte er nach.

»Nein, gab es nicht. Aber … erinnerst du dich an die Tote, die sie vor ein paar Jahren aus dem Hafenbecken von Grimstad gefischt haben? Sie war nackt. Später hat man ihr Auto gefunden, wo sie ihre Kleider fein säuberlich zusammengelegt hatte, zusammen mit einem Abschiedsbrief mit genauen Instruktionen für die Auflösung ihres Mietverhältnisses. Sie wollte alles geregelt haben.«

»Was willst du damit sagen, Hanne?«

»Ich meine nur, wenn jemand Schluss machen will, dann tut er das auf seine eigene Art.«

»Jeder Selbstmord ist anders.«

»Genau. Andererseits springt niemand einfach so ins Wasser, von einem Moment auf den anderen. Dass sie schon einmal versucht hat, sich umzubringen, mag ein Hinweis sein. Aber man muss sich genau ansehen, wie sie was hinterlassen hat, wenn man die Suizidtheorie bestätigen will.«

Mikkelsen dachte nach. »Wie sollen dann die Male an den Beinen dazu passen?«

»Das kann ich dir nicht sagen, Nils. Natürlich hab ich drüber nachgedacht. Es gibt Leute, die sich suizidieren, indem sie Gewichte an sich binden und damit ins Wasser springen. Der Ballast könnte sich von selbst gelöst haben.«

»So schnell? Sie war doch nur kurz im Wasser, oder?«

Hanne nickte.

»Möglicherweise erzählen sie uns aber auch nicht alles. Vielleicht gibt es ja schon andere Hinweise.«

»Vielleicht«, stimmte Hanne zu. »Und ich bin keine Rechtsmedizinerin, wie ich dir schon oft gesagt habe. Ich mutmaße, weil du mich gefragt hast.«

Er nickte. »Danke.«

»Wieso glaubst du eigentlich, dass der Leuchtturm etwas damit zu tun hat?«, fragte Hanne.

Mikkelsen erzählte von Grethe und den Meeresströmungen.

Hanne nickte. Sie schien mit dem Gehörten nicht glücklich zu sein.

»Was ist?«, fragte Mikkelsen.

»Du kennst Aleksander Rosvold?«, vergewisserte sie sich.

»Ja, ich hab ein Buch zu Hause. *Wasserklang*.«

»Gelesen?«

Mikkelsen verneinte.

»Er beschreibt darin, wie eine Frau ertrinkt. Sie wird von einem Anker nach unten gezogen.«

Mikkelsen bekam große Augen. »Glaubst du, das war so?«, fragte er.

Sie schüttelte den Kopf, als müsste sie einen Gedanken verscheuchen. »Vermutlich nicht.«

»Komm«, bohrte er. »Sag mir, was du gerade denkst!«

»Die Spuren könnten schon von einem Ankerseil stammen.«

Mikkelsen nickte und grübelte. Er war so sehr in Gedanken, dass er nun doch einen Schluck von seinem Tee nahm. Als er das Bittere schmeckte, zog er eine Grimasse und stellte die Tasse zurück. »Das könnte ein Zufall sein«, bemerkte er.

»Stimmt. Das ist sogar wahrscheinlich.«

Mikkelsen seufzte.

»Der Gedanke, dass Rosvolds Buch etwas damit zu tun haben könnte, ist völlig absurd«, legte sie nach, und kurz schien es Mikkelsen, als wollte Hanne Partei für den Schriftsteller ergreifen. Verehrte sie ihn gar?

»Trotzdem werde ich den Leuchtturm genau im Auge behalten.«

»Ja?«, fragte Hanne. »Wieso?«

»Da war eine Autorin. Caroline Sund. Sie hat eigenartig reagiert, als ich von der Toten erzählt habe.«

»Wie, eigenartig?«

»Ich glaube, sie wusste etwas, das sie nicht erzählen wollte.«

Hanne brauchte einen Moment, um das Gehörte zu verarbeiten. »Dann solltest du wirklich dranbleiben«, stellte sie fest. »Wenn du recht hast, könnte diese Autorin in Gefahr sein.«

»Oder sie hat etwas damit zu tun«, mutmaßte Mikkelsen.

Hanne widersprach nicht.

»Danke«, sagte Mikkelsen schließlich. »Dann werde ich gleich weitermachen.«

Er stand auf und rief nach der Bedienung. Zuerst wollte er die Rechnung bezahlen, doch Hanne ließ ihn nicht. Sie bestand darauf, ihn einzuladen.

»Beim nächsten Mal darfst du zahlen«, sagte sie.

Mikkelsen nickte, auch weil er wusste: Sie würden sich bald wieder treffen. Diese Sache war noch nicht ausgestanden.

Auf dem Weg zurück zur Polizeiwache konnte Mikkelsen nicht aufhören, über Rosvolds Erfolgsroman nachzudenken. Als er die Wache beinahe erreicht hatte, kehrte er um und fuhr zu seiner Wohnung. Zu Hause angekommen, nahm er das Buch in die Hand und setzte sich damit auf die Couch.

Sie hörte ein Glucksen, ganz leise nur. In der Dunkelheit hatte sie ihr Zeitgefühl verloren. Aber ihr war kalt, sehr kalt.

Mikkelsen tauchte in die Geschichte ein. Er erinnerte sich nun, dass er irgendwann den Anfang gelesen hatte, doch die Szene war ihm nicht in Erinnerung geblieben. Er tat sich schwer, das Gelesene mit der Wasserleiche im Fischernetz in Verbindung zu bringen. Für ihn lagen Welten zwischen dieser Beschreibung und der nackten, harten Realität.

Dann kam er zu der Stelle, die Hanne gemeint hatte:

Dafür erkannte sie nun, was da neben ihr lag: Es handelte sich um einen alten eisernen Anker, an den ein dickes Hanfseil gebunden war. Wo führte das Seil hin? Sie glaubte, es zu wissen.

Mikkelsen las schneller.

Sie sah noch, wie die Person mit den Stiefeln dem Anker einen Tritt versetzte und er plötzlich nach unten kippte. Sie spürte, wie etwas an ihren Beinen riss. Dann tauchte sie ein.

Er legte das Buch weg.

Der Gedanke gefiel ihm nicht, aber Hanne hatte recht. Das könnte tatsächlich eine Erklärung für die Male sein, die sie an der Toten gefunden hatten.

16

15 Uhr – irgendwo zwischen Lillesand und Grimstad

Omdals Haus lag ein paar Kilometer in Landesinneren. Eine unscheinbare Abzweigung führte in einen Fichtenwald. Auf einer Lichtung stand ein kleines, einstöckiges Haus mit begrüntem Dach. Mikkelsen fand dieses Haus fast malerisch, obwohl ihm die Einsamkeit hier unheimlich war. Der Wald schien sich über das Gebäude hermachen zu wollen. Mikkelsen mochte offene Landschaften lieber. Die Küste ganz besonders.

Omdals Auto, ein Toyota-Geländewagen, stand da. Doch die Fenster des Hauses waren dunkel. War er überhaupt zu Hause? Oder machte er gerade einen Spaziergang in den Wäldern?

Weil er keine Klingel fand, klopfte Mikkelsen an die Tür.

»Hallo? Omdal? Ich will mit dir reden!«

Er erhielt keine Antwort. Mikkelsen ging zu einem der Fenster und spähte hinein. Er sah einen Tisch und einen Ofen. Ein Lehnsessel stand vor einem alten Fernseher. Mikkelsen umrundete das Haus und suchte nach Hinweisen, wo Omdal hingegangen sein könnte, doch er fand nichts. Als er gerade zurück zum Auto gehen wollte, warf er einen Blick über die

Schulter und sah, wie sich hinter einem der Fenster ein Vorhang bewegt hatte. Entweder hatte Omdal ein Haustier, ein Windstoß hatte den Vorhang gebläht oder es war doch jemand zu Hause. Mikkelsen vermutete Letzteres.

Er ging zurück zur Eingangstür und hämmerte mit der Faust dagegen.

»Omdal, komm schon, ich hab dich gesehen. Mach endlich auf!«

Nichts.

»Ich gehe hier nicht weg, bevor wir nicht miteinander gesprochen haben.«

Wieder hämmerte Mikkelsen. Keine Reaktion. Er wartete also, fünf Minuten, zehn Minuten. Er setzte sich auf die Stufe, die Haustür in seinem Rücken, und kramte sein Handy hervor.

Mikkelsen hörte Omdal nicht kommen, bis er direkt neben ihm auf der Veranda stand.

»Was?«, blaffte er.

Mikkelsen sah erschrocken auf. Omdals Blick war feindselig.

»Ich muss mit dir über den Leuchtturm reden.«

»Ich weiß von nichts.«

»Nicht so schnell, Omdal.«

Dieser sah sich um, als würden sie beobachtet. Dann sagte er: »Komm rein. Aber mach schnell.«

Mikkelsen folgte, Omdal schloss hinter ihm die Tür ab.

Im Inneren des Hauses roch es modrig. Omdal dachte gar nicht daran, das Licht einzuschalten. Er führte Mikkelsen in eine winzige Küche, in der gerade einmal ein schmaler Tisch und zwei Stühle Platz fanden. Dort blieb Omdal stehen und bot ihm weder einen Stuhl noch etwas zu trinken an.

»Was willst du?«, fragte er.

»Ich will wissen, was los ist.«

»Ich kann dir aber nicht helfen.«

»Hör zu, da stimmt etwas nicht! Die Tote wurde identifiziert. Sie stammt aus Bergen. Den Wasserströmungen nach dürfte sie beim Leuchtturm ins Wasser gefallen und ertrunken sein. Siehst du, was ich meine? Ich kann mir nicht vorstellen, dass du Rosvold vor der Verfolgung durch den Staatsanwalt schützen musst, oder? Was bindet dich denn noch an ihn?«

»Eine Verschwiegenheitserklärung«, erwiderte Omdal kühl. »Er kann mich auf alles verklagen, was ich habe, wenn ich den Mund über irgendwas aufmache.«

Mikkelsens Neugier wuchs. »Vor Gericht kannst du nicht schweigen«, sagte Mikkelsen. »Hier geht es um mehr, verstehst du das nicht? Es sind noch andere Leute auf der Insel. Schweben sie vielleicht auch in Gefahr?«

Omdal senkte den Kopf. Mikkelsen konnte zusehen, wie es in ihm arbeitete. Dann sagte er: »Da ist nichts, Nils. Du bildest dir etwas ein. Und hör auf, Aleksander Rosvold solche Unterstellungen zu machen, wenn du nichts beweisen kannst. Da verbrennst du dir nur die Finger.«

Dann drängte er Mikkelsen grob aus seinem Haus.

17

Caroline wusste, sie verdankte es Mikaela, dass sie hier war. Sie erinnerte sich an ihre erste Begegnung vor zwei Jahren in Oslo …

Caroline hatte versucht, sich auf das Konzert zu freuen. Die eher triste Mehrzweckhalle am Stadtrand Oslos war ausverkauft, eine Vorband hatte brav ihr Aufwärmprogramm gespielt, nun wartete man auf den Hauptact. Slow Fever, eine finnische Rockband, Caroline freute sich seit Monaten darauf, sie endlich live zu sehen. Vor bald drei Jahren war sie darauf aufmerksam geworden, ihr hatten die melancholischen, aber nie theatralischen Texte und die einfachen Harmonien gefallen. Eine ganz junge Band, die sehr reif wirkte, wie Caroline fand. Damals war sie ein absoluter Geheimtipp gewesen. Caroline hatte geplant, auf ein Konzert zu gehen, doch dann war etwas dazwischengekommen. Mittlerweile hatte die Band ihren Durchbruch gehabt, Kritiker lobten die Texte und die Melodien, und seit anderthalb Jahren füllte sie nun Säle wie diesen. Die Bandmitglieder waren zu Stars geworden. Caroline hatte Hans-Petter gegenüber erwähnt, dass sie hingehen wollte, und eines Tages hatten sie beschlossen, gemeinsam zu gehen. Doch als es dann so weit war, sagte er ihr ab, entschuldigte sich nach allen Regeln der Kunst, so kannte sie ihn gar nicht. Er beteuerte, genau zu wissen, wie wichtig ihr das war, und versprach, es wiedergutzumachen. Caroline verzieh ihm und meinte, dass sie dann eben allein hingehen würde. Darauf reagierte er komisch.

»Allein?«, fragte er.

Caroline fragte, was ihm daran nicht passte. Da ließ er durchblicken, dass sie doch schon länger einmal wieder etwas gemeinsam machen wollten. Er habe geglaubt, es gehe ihr darum. Caroline wollte nicht laut aussprechen, dass sie natürlich gern mit ihm hingegangen wäre, dass es sich aber um ihre Lieblingsband handelte. Dass sie mehr Geld ausgegeben hatte als geplant. All das sagte sie nicht, weil sie ein schlechtes Gewissen hatte. Er hatte etwas Gemeinsames machen wollen, und sie hatte nur an sich gedacht. War sie so egoistisch?

Nun stand sie hier und hatte plötzlich überhaupt keine Lust mehr auf dieses Konzert. Sie wusste nicht mehr, worauf sie Lust hatte. Auf ein anderes Leben, vielleicht. Irgendwo ganz weit weg. Darauf, an einem Strand zu liegen und zu schreiben. Welche Konsequenzen das hätte, darüber dachte sie nicht nach – Trennung von ihrem Partner, Abbruch ihres Studiums, Schulden machen, um überhaupt an den Strand zu kommen. Sie gab sich einfach diesem Gedanken hin und erschrak, wie gut er sich anfühlte.

»Na, wo bist du denn gerade?«, fragte eine Stimme neben ihr. »Es geht gleich los!«

Die Frau war etwa in ihrem Alter, hatte dunkles Haar und etwas Gewitztes. Sie sah Caroline prüfend, aber nicht aufdringlich an. Trotzdem war Caroline kurz davor, dass alles aus ihr herausbrach. Vielleicht, weil die andere vertrauenswürdig aussah. Sie wollte ihr alles erzählen, es sich von der Seele reden, doch sie hielt sich natürlich zurück. Das hier war eine völlig Fremde. Eine, die einfach irgendwelche Leute ansprach.

»Wie heißt er denn?«, fragte die Frau.

Caroline brauchte einen Moment, um die Frage zu verstehen. »Hans-Petter«, antwortete sie.

Die Frau nickte wissend. »Vergiss ihn«, sagte sie. »Er ist es nicht wert.«

Caroline wollte zurückgeben, dass sie ihn ja nicht kannte, und woher sie überhaupt wissen wollte, dass Hans-Petter ihr Freund war. Doch stattdessen musste sie plötzlich lachen. Die Frau hatte die Situation tatsächlich sofort durchschaut. Die Begegnung war erfrischend.

Mikaela war Journalistin, und bald trafen sie sich regelmäßig. Caroline hatte gezögert mit der Erwähnung der Tatsache, dass sie ebenfalls schrieb.

Irgendwann ließ es sich nicht mehr verheimlichen und nach ein paar Treffen begannen sie, Texte auszutauschen, die sie geschrieben hatten. Caroline war beeindruckt: Mikaela schrieb blumig und leidenschaftlich. In Carolines Geist entstanden sofort Bilder. Es demoralisierte sie. Sie selbst war bei Weitem nicht so gut, fand sie. Doch als Caroline das einmal gesagt hatte, hatte Mikaela ihr empört widersprochen und eingestanden, ihren Stil lange perfektioniert zu haben, aber das Erzählen liege ihr nicht. Sie wünsche sich Carolines Fantasie, hatte sie gemeint.

Das hatte Carolines Plänen neuen Schwung gegeben. Als die Einladung zum Leuchtturm gekommen war, hatte sie, völlig irrational natürlich, damit gerechnet, hier auch Mikaela zu treffen. Wenn sie gut genug war, wäre Mikaela doch bestimmt auch gut genug. Doch Mikaela war nicht eingeladen worden. Wie die allermeisten nicht.

Caroline lag auf dem Bett in ihrem Zimmer und ließ resigniert ihren Block auf den Schoß sinken. Ihre Gedanken wanderten überallhin, zu Mikaela, zu Hans-Petter, zu ihren Eltern. Sie dachte an alles außer an das, worauf es ankam: neue, bessere Ideen. Dabei wollte sie es allen zeigen! Rosvold hatte sie sogar bestärkt, indem er ihr attestierte, dass sie sich verbesserte. Je länger sie hier war, desto mehr kam sie zu der Überzeugung, dass dies die große Chance war, auf die sie insgeheim gewartet hatte. Dass sie etwas draufhatte. Und nun fiel ihr nichts Besseres ein als das?

Sie sah es jetzt selbst, dass die drei Ideen, die sie präsentiert hatte, zu schwach waren. Zu beliebig und austauschbar. Sie hatte doch gestern Abend noch ein paar andere Dinge aufgeschrieben. Wo hatte sie die?

Caroline blätterte den Schreibblock durch. Ihre Augen schmerzten vom Schreiben im diffusen Licht. Müde rieb sie darüber. Währenddessen fiel ihr ein, wo die Notizen waren: Sie hatte sie in den Papierkorb geworfen.

Caroline stand auf und ging zu dem blechernen Korb, der hinter der Tür stand. Zuerst glaubte sie, ihren Augen nicht zu trauen: Der Papierkorb war leer.

Wer sollte ihn ausleeren? Schließlich war den Hausregeln nach jeder Bewohner selbst für die Sauberkeit in seinem Zimmer verantwortlich. Zimmerpersonal gab es keines, und es hatte auch niemand etwas hier drin verloren!

Wütend schnappte sie sich eine Jacke und verließ das Zimmer. Als sie mit schnellen Schritten den Gang durchquerte, fiel ihr zum ersten Mal die Kamera auf, die alle Zimmertüren im Blick hatte.

»Was glotzt du so?«, sagte Caroline zur Kamera.

Wenig später stand sie vor Rosvolds Büro im zweiten Stock und hämmerte mit der Faust gegen die Tür.

»Herr Rosvold, ich muss mit Ihnen reden. Es ist dringend!«

Niemand antwortete ihr. Caroline probierte es nochmals, doch sie musste sich eingestehen, dass ihr Zorn ins Leere ging. Rosvold war wohl einfach nicht da.

Da hörte sie Schritte hinter sich.

»Was machen Sie denn für einen Lärm?«, stellte Arne Haugerud sie zur Rede, der die Treppe hochgekommen war.

»Ich will wissen, was hier los ist!«, entlud Caroline ihre Wut an dem Manager. »Wir werden videoüberwacht, unsere Zimmer werden durchsucht und wie es scheint, sogar unser Gepäck! Finden Sie nicht, dass das zu weit geht? Ich habe mich für einen Schreibwettbewerb angemeldet, aber langsam kommt mir das eher vor wie irgendein Experiment. Sind im Duschraum vielleicht auch Kameras? Schauen Sie und Rosvold mir zu, wenn ich dusche? Macht Sie das an?«

»Hören Sie auf, hier Unwahrheiten zu verbreiten!«, brüllte Haugerud zurück. »Was sind denn das für Unterstellungen?«

»Sagen Sie mir doch einfach: Wofür sind die Kameras? Und wozu mussten wir die Handys abgeben?«

»Das ist alles zu Ihrer Sicherheit«, antwortete er schlicht.

Caroline konnte es nicht fassen. »Unsere Sicherheit? Was soll denn passieren? Haben Sie Angst, dass wir uns verlaufen könnten auf dieser riesigen Insel?«

»Sie sollten sich zusammenreißen«, gab Haugerud kühl zurück. »Dieser Wettbewerb ist ein Angebot, ein ganz besonderes Angebot, wie ich betonen möchte. Jedes Kräftemessen hat seine Regeln, und diese Regeln sind für alle gleich. Es macht Sinn, sich nicht mit der Außenwelt austauschen und im Internet herumsurfen zu können, wissen Sie? Nur so können wir Sie unverfälscht kennenlernen. Aber niemand muss hier mitmachen. Wir können Sie gern an Land bringen lassen, wenn Sie das möchten.«

»Was ich möchte, ist, dass mein Zimmer nicht durchsucht wird! Wie wäre es mit etwas mehr Privatsphäre?«

»Niemand durchsucht Ihr Zimmer! Sind Sie noch bei Trost?«

»Aber der Papierkorb wurde ausgeleert!«

»Und wenn schon! So etwas soll vorkommen, wenn man einen fleißigen Hausdiener wie den Käpten hat.«

»Ich will, dass weder er noch sonst jemand in mein Zimmer kommt«, konterte Caroline. Damit wandte sie ihm den Rücken zu und lief polternd die Treppe hinunter.

Hier war etwas nicht in Ordnung, so viel stand fest. Aber sie dachte nicht daran, aufzugeben. Im Gegenteil, sie würde hierbleiben.

Und sie würde herausfinden, was hier los war.

18

»Und Sie meinen wirklich, das bedeutet nichts?«, fragte Mikkelsen ungläubig.

Er hatte Bach telefonisch von seinem Besuch bei Omdal erzählt und nach einigem Zögern auch die seltsame Mordszene aus Rosvolds Thriller-Erstling erwähnt. Inzwischen bereute er vor allem Letzteres.

»Ich sage nicht, dass es nichts bedeutet, ich erkläre Ihnen hier nur, dass sich unsere Ermittlungen derzeit auf andere Dinge konzentrieren.«

»Auf Selbstmord«, sagte Mikkelsen resigniert.

»Genau.« Bach seufzte. »Sehen Sie, Mikkelsen, ich weiß Ihr Engagement zu schätzen, aber ich mache das hier schon eine ganze Weile. Zum gegenwärtigen Zeitpunkt und bei unserer Faktenlage ist es sinnlos, sich so viele Gedanken zu machen.«

Mikkelsen wollte gerade etwas erwidern, als Bach weitersprach: »Ach, da wäre noch etwas anderes. Vielleicht können Sie mir wirklich helfen. ... Sagt Ihnen der Name Caroline Sund etwas?«

Natürlich erinnerte er sich sofort an die junge Frau auf der Insel, die versucht hatte, sich vor ihm zu verstecken. »Ich habe heute mit ihr gesprochen. Sie ist eine Schriftstellerin, die an dem Wettbewerb teilnimmt.«

»Da bin ich erleichtert«, sagte Bach. »Ihr Freund hat sie nämlich als vermisst gemeldet und eine Einladung nach Tåkesund erwähnt. Allerdings hielt er das für ein Hirngespinst. So kam die Sache auf meinen Schreibtisch.«

»Hirngespinst?«

»Das können Sie ihn selbst fragen. Sein Name ist Hans-Petter Friis. Danke, dass Sie sich die Zeit nehmen.«

Gleich nachdem Bach ihm die Nummer genannt hatte, rief Mikkelsen ihn an.

Es läutete nur ein einziges Mal, dann meldete sich eine aufgeregte Männerstimme: »Ja?«

»Hans-Petter Friis?«

»Geht es ihr gut?«

»Mein Name ist Mikkelsen von der Polizei Tåkesund. Wenn Sie Caroline Sund meinen, dann kann ich bestätigen, dass sie sich auf der Leuchtturminsel Tåkesund aufhält.«

»Woher wollen Sie das wissen?«, fragte Friis eilig.

»Weil ich mit ihr gesprochen habe.«

Friis blies die Luft aus. Nach einem Moment der Besinnung fragte er: »Aber wie? Ihr Handy ist ausgeschaltet!«

»Ich habe sie zufällig getroffen.«

Nun schnaubte Friis verärgert. »Soso. Zufällig getroffen. Und sie hat nicht einmal den Anstand, mir, ihrem Freund, Bescheid zu sagen, dass sie noch lebt? Ich bin hier tausend Tode gestorben. Das ist wieder einmal typisch.«

»Sie ist bei diesem Wettbewerb für Schriftsteller«, erklärte Mikkelsen. »Und es scheint, als dürfe sie dort kein Handy verwenden.«

»Der Wettbewerb, jaja.« Friis lachte. »Das ist so eine Fantasie von ihr. Das dürfen Sie nicht so ernst nehmen. Sie ist psychisch labil. Deshalb habe ich mir auch solche Sorgen gemacht.«

»Psychisch labil? Wie meinen Sie das?«

»Sie lebt in ihrer Fantasiewelt und hat jeden Realitätsbezug verloren. Sie glaubt, dass sie eine große Schriftstellerin ist. Ich mache mir Sorgen, was sie tut, wenn sie erkennt, dass das nicht der Wahrheit entspricht.«

»Sie sprechen ihr kein schriftstellerisches Talent zu?«, fragte Mikkelsen, statt den Mann aufzuklären.

Dieser schnaubte verächtlich. »Glauben Sie mir, ich habe mir die Sachen angesehen. Das reicht nicht einmal für die Schülerzeitung.«

Mikkelsen dachte an sein Treffen mit Caroline Sund. Er konnte die aufgeweckte junge Frau, die er getroffen hatte, beim besten Willen nicht mit der Person in Einklang bringen, von der Friis ihm erzählte.

»Ich kann Sie jedenfalls beruhigen«, erklärte Mikkelsen, um das Gespräch zu beenden, das ihm langsam auf die Nerven ging. »Caroline Sund geht es gut. Den Wettbewerb, von dem sie gesprochen hat, gibt es wirklich. Er wird von Aleksander Rosvold abgehalten. Auch dem bin ich dort begegnet. Wie ich das verstehe, wurde ihr Text unter vielen Tausend Einsendungen ausgewählt.«

»Wie? Das ist völlig unmöglich.«

»Es ist die Wahrheit. Am besten, Sie warten einfach. Sie wird sich schon bei Ihnen melden, wenn sie mit Ihnen reden will. Wenn Sie mich jetzt bitte entschuldigen würden, ich habe zu tun.«

Mikkelsen beendete das Gespräch, bevor Friis noch etwas sagen konnte.

Der Typ war ihm mehr als nur unsympathisch gewesen. Dennoch. Caroline Sund, psychisch labil? Mikkelsen konnte es nicht ausschließen.

Er musste das im Auge behalten.

19

Später beim Abendessen herrschte eine heitere und gelöste Stimmung. Diesmal war noch ein zweiter Wein geöffnet worden. Gjelstad hatte ausgiebig getrunken und war aufgetaut. Er unterhielt die Anwesenden mit Anekdoten aus seinen Motivationsvorträgen. Wennberg und Ulven lachten über seine Pointen, als wären sie alte Freunde und nicht Konkurrenten um die begehrteste Position in Norwegens Literaturwelt. Selbst Rosvold saß mit am Tisch, blieb aber ruhig und rührte nichts an. Er und Wennberg ignorierten einander demonstrativ. Nur der Manager fehlte. Es kam auch niemand auf die Idee, nach ihm zu fragen.

Gjelstads ausgelassene Stimmung erzeugte in Caroline ein Gefühl der Unwirklichkeit. Wie ein Traum, aus dem sie nicht aufwachen konnte. Das Gefühl wurde noch dadurch verstärkt, dass Rosvold alle Anwesenden gebeten hatte, ihn mit Vornamen anzusprechen.

Sie kam sich vor, als liefe sie auf etwas zu und kam nicht an.

Wie oft hatte sie das schon geträumt? Das Gefühl war genau dasselbe, nur die Umstände änderten sich geringfügig.

Der Käpten hatte Fisch gekocht, den er von Fischern in Tåkesund gekauft hatte. Gjelstad hatte sich gar nicht mehr eingekriegt vor Freude. Caroline hatte nur zwei Bissen gekostet. Für sie schmeckte er langweilig, was vermutlich nichts mit den Kochkünsten des Käptens zu tun hatte. Kein Essen auf der Welt hätte ihr in ihrer Verfassung geschmeckt. Sie zwang sich, zumindest die Kartoffeln aufzuessen. Sie wusste, dass sie sonst leicht Probleme mit dem Kreislauf bekam. Dabei lag ihr das Essen jetzt schon schwer im Magen.

»Alles gut, Aleksander?«, fragte Gjelstad irgendwann. »Du bist so ruhig.«

»Mir geht es bestens«, antwortete dieser so leise und sanft, wie sie ihn kennengelernt hatten. »Ihr seid hier und amüsiert euch. Das ist doch wunderbar! Noch besser fühlte ich mich, wenn ihr bei euren Texten Fortschritte machen würdet.«

Ulven lachte gekünstelt, die anderen ignorierten seine Spitze demonstrativ.

»Eines frage ich mich die ganze Zeit«, begann Gjelstad, immer noch an den Gastgeber gerichtet. »Aleksander, du hast uns doch von deinem Werdegang erzählt. Gibt es da nicht noch etwas?«

Caroline horchte auf.

Rosvold schüttelte kurz den Kopf und fragte: »Was meinst du?«

»Na ja, ich habe den Eindruck, das war noch nicht alles. Verschweigst du uns auch nichts?«

Gjelstad warf Wennberg einen kurzen, verschwörerischen Blick zu. Hatten die beiden über Rosvolds Vergangenheit gesprochen? Hatte Wennberg Gjelstad vom Plagiat erzählt?

»Ja, das würde mich auch interessieren«, hakte Ulven ein. »Vor allem deine Jugend. Eine unglückliche Zeit, hast du gesagt. Warum? Ist etwas passiert?«

Gjelstad sprang ihr sofort bei: »Genau. Du verschweigst uns Dinge, Aleksander. Gab es da nicht einmal einen … *Unfall?*«

Rosvold presste die Lippen aufeinander. »Was sollte denn das für ein Unfall gewesen sein?«

»Ein Badeunfall, habe ich gehört«, sagte Ulven.

Offensichtlich wussten sie alle Bescheid – alle bis auf Caroline, und sie begann, unruhig auf ihrem Sessel hin und her zu rutschen.

»Caroline?«, unterbrach Rosvold die Fragestunde. »Geht es dir gut?«

»Was? Ach so, ja, mir geht es gut, wunderbar, danke!«

»Du siehst aus, als würde dich etwas beschäftigen.«

»Ja«, sagte sie. »Da ist tatsächlich etwas. Warst du in meinem Zimmer?«

Rosvold sah sie verständnislos an, den anderen blieb die Luft weg. Einen Moment lang hätte man eine Stecknadel fallen hören können.

»Jemand war in meinem Zimmer«, erklärte sie weiter. »Der Papierkorb wurde ausgeleert, inklusive ein paar Ideen. Wer war das?«

Rosvolds Augen suchten den Käpten, der am Eingang der Küche stand. Der Erfolgsautor schaute ihn vorwurfsvoll an.

Caroline legte nach: »Weißt du, die Überwachungskameras kann ich vielleicht noch akzeptieren. Aber dass jemand in mein Zimmer schleicht und auch noch meine Tasche durchwühlt, das geht zu weit.«

Wennberg stutzte. »Jemand hat deine Tasche geöffnet?«

Caroline war zu sehr in Fahrt, um darauf einzugehen.

»Ich dachte daran, diesen Polizisten anzurufen, der auf der Insel war. Aber leider mussten wir ja unsere Handys abgeben. Warum wohl?« Sie wunderte sich über ihre eigene Rigorosität. So kannte sie sich selbst nicht.

Gjelstad und Ulven wechselten einen ungläubigen Blick. Sie hatten anscheinend gar nicht bemerkt, dass die Polizei auf der Insel gewesen war. Jetzt wurde es für Rosvold eng. Er konnte kein Interesse an einer Erklärung dafür haben, was die Polizei hier gesucht hatte.

»Das ist Unsinn«, entgegnete Rosvold. »Niemand hat deine Tasche geöffnet.«

»Ach nein? Und den Papierkorb ausgeleert?«

Da schwieg Rosvold.

»Ich wüsste nur gern, wer es war. Und ich will den Inhalt wiederhaben.«

Rosvold wechselte einen weiteren, kaum merklichen Blick mit dem Käpten.

»Niemand war in deinem Zimmer«, sagte er schließlich. »Du bildest dir das ein.«

Sie bildete sich das also ein? Eine Unverschämtheit!

Sofort kam ihr ein anderer Gedanke. »Wie gut, dass überall Kameras hängen, nicht? Es gibt doch sicher Aufnahmen, die abgespeichert werden. Nicht wahr? Wir könnten sie uns ansehen, dann wären wir ganz sicher, dass ich mir das nur einbilde und wirklich niemand in meinem Zimmer war.«

Rosvold biss die Zähne zusammen. Die anderen beobachteten die Szene mit Staunen.

»Mir reicht es jetzt«, sagte Rosvold schließlich. »Genug Unterstellungen für einen Abend.« Er stand auf und stieg eilig die Treppe hoch. Caroline betrachtete es mit gemischten Gefühlen. Was raus musste, musste raus, und die anderen sollten Bescheid wissen. Aber Carolines Chancen dürften sich nicht unbedingt vergrößert haben.

Keiner der anderen Autoren wollte darauf eingehen. Man schwieg sich an, während der Käpten seelenruhig das schmutzige Geschirr abräumte. Anscheinend war nur sie leichtsinnig genug, eine Breitseite gegen Rosvold zu fahren. Doch Caroline konnte sehen, dass sie den anderen etwas zu denken gegeben hatte.

»Ich werde jetzt noch ein wenig arbeiten«, sagte Gjelstad schließlich als Erster. »Gute Nacht.«

Auch die anderen verabschiedeten sich.

Caroline blieb noch eine Weile sitzen. Dann stand auch sie auf und spazierte ins Nebenhaus. Plötzlich waren ihre Ideen ganz weit weg und völlig unwichtig. Sie fühlte eine große Leere. Als sie gerade ihr Zimmer aufsperren wollte, erkannte sie, dass sie ihren Schlüssel irgendwo verloren haben musste. Sie ging also zurück ins Haupthaus. Dort fand sie den Schlüssel unter dem Esstisch. Er musste ihr aus der Tasche gefallen sein.

Sie wollte wieder gehen, als sie eine leise Stimme hörte. Caroline blieb stehen und lauschte. Da war nur eine Person, die Selbstgespräche führte. Oder doch nicht? Sie erkannte, dass die Geräusche aus dem oberen Stockwerk kamen. So leise wie möglich schlich sie die Treppe hinauf. Aus einem Raum drang Licht. Die Tür stand einen Spalt offen. Rosvold telefonierte.

Mochte der Empfang so schlecht sein, wie er wollte, natürlich hatte ein Leuchtturm eine Drahtverbindung zum Festland. Und damit Festnetztelefon. Wer sonst sollte darüber verfügen als Rosvold? Aber sie verstand nicht, was er sagte, und beim Lauschen erwischt zu werden, wollte sie erst recht nicht. Also kehrte sie um und ging auf ihr Zimmer. Auf dem Weg dorthin traf sie zwei Entscheidungen. Sie würde herausfinden, wo die Aufnahmen der Überwachungskameras aufbewahrt wurden. Und sie würde beginnen, eine neue Geschichte zu schreiben. Eine, die sehr viel näher an der Realität lag als alles, was sie bisher geschrieben hatte.

20

Caroline erwachte mit ihrem Notizblock auf dem Schoß. Sie hatte es am Vorabend nicht mehr geschafft, sich umzuziehen, und war während des Schreibens eingeschlafen.

Sie musste dringend duschen. Aber während sie ihr Handtuch suchte, kam ihr eine bessere Idee.

Im ersten Moment glaubte sie, ihr Herz würde stehen bleiben. Das Wasser, in das sie eintauchte, war so kalt, dass es sich wie eine Million Nadeln anfühlte, die zugleich ihre Haut durchbohrten, von Kopf bis Fuß. Sie wusste um die Gefahr eines Kälteschocks – aber es war nicht ihr erstes Mal.

Sie war zum äußeren Anlegeplatz gegangen. Die See war diesen Morgen ruhig und klar. Sie hatte ungefähr einschätzen können, wie kalt es war. Probieren wollte sie nicht. Wenn sie das wirklich machen wollte, gab es nur eine Möglichkeit: ganz oder gar nicht.

When the going gets tough, the tough get going.

Sie hatte einen Schritt ins Leere gemacht und sich ins Wasser fallen lassen.

Als sie wieder an die Oberfläche kam, schnappte sie nach Luft. Im ersten Moment hatte sie Angst, ihre Arme und Beine könnten ihr den Dienst versagen. Doch nichts dergleichen passierte. Das Prickeln auf ihrer Haut schien ihren ganzen Körper zu durchdringen, bis in die Knochen hinein. Plötzlich fühlte sie sich so lebendig wie schon ewig nicht mehr. Das Unbehagen über die Überwachung, die Einsamkeit hier unter diesen Fremden auf der Insel, die Ausweglosigkeit, in die sie sich in ihrem Leben verrannt hatte, der Druck, Ideen hervorbringen zu müssen – all das spürte sie in einer neuen Klarheit. Aber jetzt konnte sie es plötzlich akzeptieren. Das war ihr Leben, das war sie. Hier und jetzt, in diesem Moment, war sie mit sich und der Welt im Reinen.

Das Gefühl der Kälte ließ nach. Sie beruhigte sich. Sie machte ein paar Schwimmzüge. Als Schülerin war sie eine ganz passable Schwimmerin gewesen, und merkwürdigerweise fühlte es sich genauso an wie im Hallenbad in Oslo. Caroline wusste natürlich, dass das eine Illusion war. Ihr Körper kühlte aus, sie hatte ihn nur durch den Sprung so betäubt, dass sie keine weiteren Schmerzen fühlte. Dennoch, einen Moment lang wollte sie sich diesem Gefühl hingeben.

Sie hielt das Gesicht unter Wasser und öffnete die Augen. Es brannte ein wenig, aber nicht unangenehm. Sie sah alles unscharf, aber sie erkannte, dass es hier noch tiefer hinunterging als vermutet. Hatte man den Meeresboden ausgebrochen, damit größere Boote anlegen konnten? Oder war es eine Laune der Natur? Sie konnte es nicht sagen. Der Grund war karg und nur spärlich mit Algen bewachsen. Deshalb fiel ihr auch der braune Fleck sofort auf. Ein … Behälter? Was war das?

Caroline verspürte den Drang zu atmen und hob den Kopf, um Luft zu holen. Sie versuchte, durch die Wasseroberfläche etwas zu erkennen, doch die erzeugte zu viel Unruhe. Nach ein paar tiefen Atemzügen versuchte sie es erneut und tauchte ab.

Sie war sich nun sicher: Da war etwas. Eine Art Quader. Etwas, das nicht hierhergehörte. Oder doch? Vielleicht so eine Art Fangkorb, mit dem man Hummer fing? Aber wieso dann nur einer?

Die Neugier wuchs. Caroline musste näher rankommen. Doch wie? Sie war keine Profitaucherin, höchstens Amateurin im Schnorcheln, und das Wasser war hier einfach zu tief. Kurz überlegte sie, trotzdem zu probieren, wie weit sie kam, doch dann bekam sie es mit der Angst zu tun, als sie sich erinnerte, dass man es nicht mitbekam, wenn man im Wasser erfror. Man wurde euphorisch und tat unvernünftige Dinge. Genau wie sie gerade. Und dann schlief man einfach ein und ertrank. Sie gab sich einen Ruck und machte drei kräftige Züge zur Leiter. Zitternd stieg sie aus dem Wasser und ließ die Sonne auf ihren Körper scheinen. Doch deren Strahlen waren zu schwach. Fröstelnd griff sie nach dem Handtuch, trocknete sich ab, warf ihre Jacke über, zog die Schuhe an und packte den Rest der Kleider unter den Arm. Sie musste so schnell wie möglich ins Warme. Wie war sie eigentlich auf diese dämliche Idee gekommen?

Wenig später saß sie allein im Kaminzimmer, legte vier große Holzscheite in die Glut, blies, bis das Feuer wieder aufflackerte, und setzte sich davor hin. Ihre Gedanken schweiften ein halbes Jahr zurück …

»Und das hast du geschrieben? Du alleine? Ernsthaft?«

Caroline hatte geglaubt, vor Scham im Boden versinken zu müssen. Sie wollte Mikaela die paar zerknitterten Bögen Papier aus der Hand reißen, doch sie hielt sie zu fest.

Es waren einfach nur ein paar Gedanken gewesen, die danach verlangt hatten, auf Papier festgehalten zu werden. Zwei imaginäre Stimmen, die sich über die Liebe unterhielten. Vielleicht ein Mann und eine Frau, vielleicht zwei Frauen oder zwei Männer, vielleicht auch nur sie, im Zwiegespräch mit einer inneren Stimme. Es ging um Glück und Tragik, aber auch um Echtes und Unechtes. Der Text hatte nicht einmal ein richtiges Ende. Trotzdem hatte Caroline irgendwann das Gefühl gehabt, dass er fertig war. Also hatte sie aufgehört.

»Ich hätte dir das nicht geben sollen. Tut mir leid, vergiss es einfach.«

»Ich denke nicht im Traum daran«, sagte Mikaela lachend, ohne den Blick von den Seiten losreißen zu können. »Das ist gut! Richtig gut!«

Caroline spürte Ärger in sich aufsteigen. »Mach dich nicht über mich lustig! Gib her. Es ist nur für mich.«

Mikaela streckte die freie Hand aus und zog Carolines Gesicht am Kinn zu sich.

»Hörst du nicht, was ich sage? Ich meine es ernst! Das. Ist. Gut! Du hast Talent!«

Caroline verstand nicht, was sie da hörte. Talent? Sie?

»Ich habe doch nur etwas ausprobiert«, rechtfertigte sie sich.

»Und es hat funktioniert!« Mikaela musterte sie mit gespielter Strenge. »Warum bist du so unsicher? Ach, vermutlich ist es das, was es immer ist: Die Besten sind immer auch die mit den größten Selbstzweifeln.« Mikaela gab ihr die Bögen zurück und sprach weiter: »Ich beneide dich darum. Ganz ehrlich, wenn du mehr davon hast, würde ich mir überlegen, das bei einem Wettbewerb einzureichen. Ich glaube, du hättest gute Chancen.«

»Quatsch«, hatte Caroline zurückgegeben.

»Glaub mir, ich kenne mich mit schlechten Texten aus. Und das ist alles, aber kein schlechter Text!«

Das Knistern des Kamins holte Caroline in die Gegenwart zurück. Und in dieser Gegenwart steckte sie inmitten eines solchen Wettbewerbs.

21

Mikkelsen saß in der Polizeiwache und sah, wie draußen ein großes, schwarzes Auto heranrollte. Der Fahrer schien auf der Suche nach etwas zu sein. Mikkelsen, der einen Teil des Kennzeichens gesehen hatte, hatte eine Vermutung. Er wartete, und als nach ein paar Minuten die Türklingel ertönte, wurde sein Verdacht bestätigt.

Er stand auf, um den Besucher einzulassen. Es war ein groß gewachsener Mann mit knochigem Gesicht und blondem Bürstenschnitt, der dunkle Ringe unter den Augen hatte.

»Bach«, stellte er sich vor.

Mikkelsen gab ihm die Hand. »Nils Mikkelsen. Freut mich. Kommen Sie doch herein.«

Er führte den Kommissar zu seinem Schreibtisch. Bach sah sich in der Polizeiwache um, ohne einen Kommentar abzugeben. Wirklich wohlzufühlen schien er sich nicht. Er zog ein wenig den Kopf ein, als fühlte er sich beengt.

Mikkelsen bot ihm Tee an, den sein Gast ablehnte. Was suchte er hier? Der Mann, der sich noch vor Kurzem am Telefon beschwert hatte, wie viel zu tun war, nahm die Autofahrt auf sich, um zur Schärenküste Tåkesunds zu kommen. Wegen eines Selbstmords? Nie im Leben …

»Also, was führt Sie hierher, Kommissar Bach?«

»Ich … ich wollte mich einfach erkundigen, ob es etwas Neues gibt.«

»Hier?«, fragte Mikkelsen unschuldig. »Was soll es denn Neues geben?«

Bach sah ihn groß an.

Schließlich gab Mikkelsen auf, den Beleidigten zu spielen. »Nein. Ich habe kein Aufsehen gemacht, wie Sie es mir geraten haben. Und bei Ihnen? Hat sich etwas geändert? Sind Sie deshalb gekommen?«

Bach presste die Lippen aufeinander und rutschte auf seinem Stuhl hin und her.

»Wir haben heute mit den Angehörigen der Toten gesprochen«, begann er.

»Und?«

»Sara Borgen hatte dem Anschein nach eine gute Phase. Alle waren überrascht, dass sie es gerade jetzt getan hat.«

»Überrascht?«

Bach wand sich. »Na ja, um ehrlich zu sein, wollten sie keinesfalls glauben, dass es Selbstmord war. Sara Borgen hatte seit über einem Jahr keine Medikamente mehr genommen. Sie hatte sich in den letzten Monaten viel unter Leute begeben, die Lebensumstände wären mit damals nicht zu vergleichen.«

»Das klingt nicht gerade nach einem depressiven Schub.«

Bach schüttelte den Kopf. Es war ein stummes Eingeständnis, dass Mikkelsen recht gehabt hatte. Diesen Fall konnte man noch nicht zu den Akten legen. Deshalb war Bach hier.

»Was wollen Sie jetzt tun?«, fragte Mikkelsen.

»Meine Kollegin Ulla Wilberg kommt in zwei Stunden, dann möchte ich, dass Sie uns zum Leuchtturm hinausbringen. Wir wollen die Leute dort befragen.«

Mikkelsen machte große Augen. »Wir haben hier nur ein Miniboot mit Außenborder.«

»Das wird wohl reichen, oder?«

Ja, es würde reichen, aber welches Bild gaben sie wohl ab, wenn die Kripo Kristiansand in dieser Nussschale anrückte? Wieso waren sie nicht gleich mit dem großen Boot gekommen?

»Ich dachte, Sie wollen keine Presse haben?«, fragte Mikkelsen, statt länger darauf herumzureiten.

»Wollen wir auch nicht«, sagte Bach. »Also ist Ihr kleines Boot doch perfekt.«

Sie schwiegen sich an. Mikkelsen wartete, ob noch etwas kam. Er tippte mit dem Finger auf die Tischplatte. Es freute ihn irgendwie, dass er mit seiner ursprünglichen Vermutung, Sara Borgen betreffend, richtiggelegen hatte.

»Vielleicht sollten wir Aleksander Rosvold Bescheid geben, dass wir kommen. Er hat darum gebeten.«

»Ach ja?«, fragte Bach. »Was passiert sonst?«

»Er hat da so einen Freund, der kommt gleich mit einem Gewehr angetanzt.«

Bach sandte ihm einen ungläubigen Blick.

»Kein Witz. Aber warum interessieren Sie sich plötzlich so für den Leuchtturm?«

Bach starrte einen imaginären Punkt vor sich an, während er zu überlegen schien, wie viel er erzählen wollte. Was mochte es wohl für Geheimnisse geben, die man einem Dorfpolizisten nicht offenlegen durfte?

Schließlich holte Bach tief Luft und sagte: »Sara Borgen hat einem Freund erzählt, sie sei bei Rosvolds Wettbewerb eingeladen.«

22

»Caroline? Bist du da?«

Sie hatte das Klopfen zuerst nicht gehört, und jetzt wurde es immer lauter. Widerwillig drehte sie sich im Bett um. Nach ihrem Abenteuer im Meer und dem Aufwärmen am Kamin hatte sie sich noch einmal hingelegt und musste sofort eingeschlafen sein.

»Caroline!« Es war Ulvens Stimme.

»Ja«, murmelte sie. »Was ist denn?«

»Du solltest kommen. Da sind Leute auf der Insel!«

»Leute?«

»Polizisten. Sie sagen, es sei jemand ertrunken! Eine Frau!«

Ulven war völlig außer sich. Warum es so wichtig war, dass Caroline kam, wusste sie wahrscheinlich selbst nicht. Aber was sollte das heißen – eine Frau sei ertrunken? Schon wieder? Da fiel ihr ein, dass Ulven die Sache mit der Frau, die hier ins Meer gefallen sein sollte, ja gar nicht mitbekommen haben konnte.

»Ich komme«, sagte Caroline. Dann schlug sie die Decke zurück und stand auf.

Kurze Zeit später betrat sie das Kaminzimmer, wo Gjelstad, Ulven und ein groß gewachsener blonder Mann schweigend herumstanden. Rosvold war ebenso wenig zu sehen wie sein Manager, der Käpten oder dieser Polizist Mikkelsen, den sie schon kannte.

»Sind Sie Caroline Sund?«, fragte der Große.

Sie nickte.

»Bach von der Kriminalpolizei Kristiansand. Darf ich Ihnen ein paar Fragen stellen?«

Kriminalpolizei! Mikkelsens Verdacht, dass es vielleicht gar kein Unfall war, traf also zu?

Ulven sah sie mit verschwörerisch großen Augen an, als hätten sie ein gemeinsames Geheimnis, das es zu bewahren galt.

»Ist Mikkelsen auch hier?«, fragte Caroline frei heraus.

Bachs Miene verfinsterte sich. »Haben Sie mit ihm gesprochen?«

»Einmal … aber nur kurz. Er war gestern auf der Insel.«

»Verstehe. Hat er Ihnen erzählt, was er hier gesucht hat?«

Caroline fand die Frage merkwürdig. Der eine Polizist konnte doch den anderen einfach fragen, wenn es ihn interessierte! Oder misstrauten sie sich? Sie suchte in den Gesichtern der anderen etwas zum Festhalten. Dann entschied sie, sich so neutral wie möglich zu verhalten, um nicht zwischen mögliche Polizeifronten zu geraten. »Es hat mich ehrlich gesagt nicht interessiert«, erwiderte sie knapp. »Unfalluntersuchung, was weiß ich.«

Ulven blieb der Mund offen stehen. *Das glaubt dir doch kein Mensch!*, schien sie sagen zu wollen. Doch Bach schluckte es.

»Bleiben Sie bitte hier, bis Sie an der Reihe sind«, sagte er, dann wandte er sich an Ulven und zeigte ihr mit einer Geste den Weg.

Fast zur gleichen Zeit betrat eine Frau mit sehr kurzen, leicht ergrauten Haaren den Raum. Sie hatte etwas von einer

Sportlerin und machte einen ernsten, professionellen Eindruck. Sie hatte Wennberg im Schlepptau, aus dessen Miene nichts abzulesen war.

Während Wennberg sich hinsetzte, bat sie Gjelstad zu sich, der ihr folgte. Caroline suchte Blickkontakt mit Wennberg, der jedoch verschlossen blieb und vor sich hin starrte. Sie setzte sich ihm gegenüber und wartete.

»Weißt du, was sie wollen?«, fragte sie ihn schließlich.

»Keine Ahnung. Aber ich soll nicht mit dir reden. Frag sie das am besten selbst.«

Was immer es auch war, Wennberg schien es kaltzulassen. Er wirkte fast gleichgültig. Nach etwa einer Viertelstunde kam Bach mit Ulven zurück und forderte jetzt Caroline auf, ihm zu folgen.

Sie gingen die Treppe hinauf ins Esszimmer, wo Bach sich hinsetzte und ihr den Platz gegenüber anbot. Dann packte er ein kleines Notizbuch aus.

»Frau … Sund, richtig? Caroline Sund? Fünfundzwanzig Jahre alt, wohnhaft in Oslo?«

»Richtig.«

Bach glich noch ein paar Daten ab, dann kam er zur Sache.

»Seit wann sind Sie hier?«

Caroline nannte ihm Datum und Uhrzeit ihrer Ankunft.

»Wie reisten Sie an?«

»Ich kam mit dem Auto. Dann holte der Käpten mich mit dem Boot ab.«

»Käpten?«

»Herrn Rosvolds Assistent.«

Bach nickte und notierte etwas.

»Kannten Sie eine Sara Borgen?«

»Borgen«, wiederholte Caroline betont langsam, während ihr Herzschlag im Gegensatz dazu Stakkato klopfte. Borgen war der Name auf dem falschen Umschlag! War sie die Tote? Sara

Borgen? Wie schon zuvor vermutete sie ein Kompetenzgerangel zwischen Bach und Mikkelsen. Wahrscheinlich war Mikkelsen gar nicht befugt gewesen, ihr irgendetwas zu erzählen. Ihr Herzschlag beruhigte sich etwas, denn so selten war der Name nun auch nicht, und sie beschloss, vorerst die Dumme zu spielen. »Nein«, sagte sie. »Ich glaube nicht. Wieso denn?«

»Sie glauben nicht? Was heißt das?«

»Das heißt«, begann Caroline, »der Name Sara Borgen kommt mir nicht bekannt vor.« Hatte ihre Stimme gezittert? Immerhin entsprach es fast der Wahrheit, denn auf dem Umschlag hatte nur der Nachname gestanden.

Bach nickte und notierte. Kurz hatte sie geglaubt, er würde nachhaken, aber er fragte nicht weiter. Ihm schien hier nicht wohl zu sein. Er sah aus, als wollte er schnell weg.

»Ist Ihnen irgendwas Seltsames aufgefallen, seit Sie hier sind?«, fuhr er fort.

»Seltsam?«

»Egal was. Denken Sie nach!«

Ein falscher Name auf einem Kuvert, ein Koffer, der in ihrem Zimmer stand. Jemand, der in die Zimmer einbrach und herumschnüffelte. Leere Papierkörbe. Die Kameras überall.

»Nein, mir fällt nichts ein«, sagte sie.

Bach betrachtete sie prüfend.

»Kommen Sie schon. Da ist etwas. Warum wollen Sie es mir nicht erzählen?«

Seine Freundlichkeit war geradezu hypnotisch. Dazu noch dieser Blick! Doch irgendetwas in ihr weigerte sich, ihm zu vertrauen. Vielleicht war es die Art, wie er über seinen Kollegen sprach, vielleicht auch nur Instinkt.

»Ich habe Ihnen alles erzählt«, sagte sie knapp.

»Wie Sie wollen, Frau Sund. Dann kommen wir nochmals auf Ihre Ankunft zurück. Welcher Tag war das noch mal?«

»Sonntag«, sagte Caroline. »Aber das wissen Sie doch schon. Alle kamen am Sonntag an.«

Bach ging nicht darauf ein. »Was haben Sie am Samstag gemacht?«

Caroline glaubte, sich verhört zu haben. Was sollte das?

»Am Samstag war ich zu Hause in Oslo bei meinem Freund Hans-Petter Friis.«

»Kann er das bezeugen?«, fragte Bach ungerührt.

»Natürlich wird er das bezeugen! Wieso denn nicht?«

Caroline dachte an den Streit, den sie vor ihrer Abreise mit Hans-Petter gehabt hatte. Ihr letzter Streit, wie sie hoffte.

»Hatten Sie in den letzten Tagen Kontakt mit ihm?«, fragte Bach.

»Nein, wir mussten ja unsere Handys abgeben, das wissen Sie bestimmt auch schon.«

Wieso ritt er jetzt auf ihrer Beziehung herum? Da war etwas, Caroline spürte es. Hatte Hans-Petter mit der Polizei gesprochen? Wozu? Plötzlich fühlte sie sich in dem Gespräch unwohl.

»Und Sie sind sich ganz sicher, dass Sie Sara Borgen nicht kannten? Würden Sie bitte noch einmal in Ruhe nachdenken?«

Da wurde Caroline laut. »Ich habe Ihnen doch schon gesagt, dass ich sie nicht kannte! Warum fragen Sie das schon wieder?«

»Kannten Sie sie oder nicht?«

»Nein! Wie oft muss ich das noch wiederholen?«

Er schrieb etwas in sein Notizbuch.

»Bin ich jetzt vielleicht verdächtig?«, wollte Caroline wissen.

Er musterte sie kalt. »Verdächtig – *was* getan zu haben?«

Treffer. Sie hatte sich selbst in die Enge getrieben, indem sie das Gespräch mit Mikkelsen bisher verschwiegen hatte. Es half nichts, sie musste jetzt mit der Wahrheit herausrücken. »Also gut, Herr Kommissar. Ich weiß von Ihrem Kollegen, dass eine Frau hier ins Meer gefallen sein soll und nicht alles koscher aussieht. Diese Frau heißt Sara Borgen, nehme ich an? Sonst würden Sie nicht so darauf herumreiten.«

Bach musterte sie mit schmalen Augen, dann notierte er wieder etwas. Dieses Gekritzel machte sie langsam wahnsinnig.

»Wurde sie umgebracht?«, fragte Caroline geradeheraus.

»Das kann ich Ihnen zu diesem Zeitpunkt nicht sagen«, erklärte er und klappte sein Notizbuch zusammen. »Ich werde Ihre Angaben bezüglich der Unterhaltung mit Mikkelsen überprüfen … Danke, Frau Sund.« Er schenkte ihr ein Lächeln, das so plötzlich kam, dass es nicht echt sein konnte. »Genießen Sie Ihren Aufenthalt.«

Caroline war zu durcheinander, um darauf einzugehen. »Darf ich jetzt gehen?«

Er nickte.

Caroline sah zu, dass sie schnell das Kaminzimmer durchquerte. Sie trat ins Freie und einer Ahnung folgend begab sie sich zum Ankerplatz, wo sie das kleine Boot der Polizei Tåkesund entdeckte. Am Fuß der Metallleiter stand Mikkelsen und trat unruhig von einem Fuß auf den anderen.

Caroline blickte sich um, und als sie sicher war, dass niemand sie beobachtete, stieg sie die Leiter hinunter.

Als er sie entdeckte, lächelte er, um gleich darauf den Blick zur Klippe zu heben.

»Hat Sie jemand gesehen?«

»Nein«, antwortete sie und sah sich wieder um, ob sie allein waren. »Inspektor Mikkelsen, was ist hier los?« Die Frage, warum er nicht mit seinem Kollegen ins Haus gekommen war, verkniff sie sich, um nicht noch mehr zwischen die Fronten zu geraten.

»Die Mordkommission wurde nun doch eingeschaltet«, erklärte er. »Sie sind sich nun doch nicht mehr so sicher, dass die Frau, von der ich Ihnen erzählt habe, eines natürlichen Todes gestorben ist.«

»Das habe ich inzwischen auch kapiert, danke. Aber ich frage mich, wozu Bach mir dreimal die gleichen Fragen stellt und mich quasi verdächtigt.«

»Das hat er getan?«, fragte Mikkelsen.

»Ja. Er wollte wissen, ob ich eine Sara Borgen kannte. Die Tote, nehme ich an? Aber woher sollte ich sie kennen?«

Mikkelsen zuckte mit den Schultern. »Was haben Sie ihm erzählt?«

»Ich musste sagen, dass wir uns schon mal unterhalten haben – sonst hätte ich tatsächlich wie jemand dagestanden, der zu viel weiß.«

Mikkelsen schaute zu Boden.

»Ist das ein Problem?«, fragte Caroline.

»Nein, natürlich nicht. Ach … hm.«

»Was ist?«

»Wussten Sie, dass Ihr Freund Sie als vermisst gemeldet hat?«

Caroline konnte es nicht fassen. »Was hat er?«

»Er dachte, Sie hätten sich das mit dem Wettbewerb bloß ausgedacht.«

Caroline spürte, wie ihr das Blut in den Kopf schoss und sie zu schwitzen begann. Sie war so zornig, dass sie nicht fähig war, etwas zu sagen.

»Er macht sich Sorgen. Vielleicht sollten Sie sich bei ihm melden.«

Hans-Petter und Sorgen? Niemals. »Ich melde mich bestimmt nicht bei ihm. Haben Sie etwa mit ihm gesprochen?«

»Am Telefon, ja«, bestätigte Mikkelsen.

»Was hat er gesagt?«

Mikkelsen wandte sich ab. Das machte Caroline rasend.

»Was?«, schrie sie Mikkelsen an.

»Er hat gesagt, dass Sie sich Dinge einbilden.«

Caroline lachte bitter auf. »Ich bilde mir etwas ein? Was sollte ich mir einbilden?«

Da wurde es Caroline plötzlich kalt. Ihr wurde klar, dass die Polizei ihre Glaubwürdigkeit anzweifelte. Und dass sie im Moment nur wenig daran ändern konnte.

»Tut mir leid, wir können nicht weiterreden«, sagte Mikkelsen im selben Moment. »Ich hab so schon genug Probleme.«

»Wer war Sara Borgen?«, kam Caroline aus der Deckung hervor.

»Das kann ich noch nicht sagen.«

»Hören Sie, jeder Autor ist hier auf sich alleine gestellt. Das ist ein Wettbewerb. Ich versichere Ihnen, ich bilde mir keine Sachen ein, okay? Also sagen Sie schon.«

Er seufzte. »Gut. Wussten Sie, dass sie auch in der Buchbranche tätig war?«

Caroline schüttelte den Kopf. »Ich kenne sie nicht!«

»Sie ist … also war Buchhändlerin in Bergen.«

»Oh.«

»Sie war auch eingeladen«, sagte Mikkelsen.

»Was?«

»Sara Borgen sollte am Wettbewerb teilnehmen, hat sie in ihrem Bekanntenkreis erzählt.«

Also doch! Der Umschlag war für die Tote bestimmt gewesen. Caroline fröstelte.

In diesem Moment waren Stimmen zu hören. Die anderen Polizisten kamen zurück. Es war zu spät, sich zu verstecken.

»Tut mir leid, ich darf Ihnen gar nichts sagen«, sagte Mikkelsen viel zu laut.

Caroline schüttelte den Kopf, dann machte sie Platz für die Kripo-Beamten, die griesgrämig die Stufen hinunterkamen. Sie und Bach tauschten einen Blick aus, dann ging Caroline zurück zu den Gebäuden und sah von oben zu, wie das Boot davonfuhr.

Sara Borgen war angemeldet gewesen. Und nun war sie tot.

Etwas passierte hier. Etwas, das nicht in Ordnung war. Sie war mittendrin. Und das machte ihr Angst.

23

»Ich weiß, dass Sie mir nichts sagen dürfen. Das haben Sie jetzt mehrmals betont. Aber es muss doch irgendetwas geben, das ich tun kann!«

Mikkelsen ärgerte sich mehr und mehr. Er saß im Polizeirevier und hatte eine Frau namens Gudmundsen am Telefon, die sich Rosvolds Presseagentin schimpfte.

Einige Zeit hatte er damit verbracht, im Internet nach Informationen über Alexsander Rosvolds Leben zu suchen, und war immer wieder nur auf den Standard-Pressetext gestoßen, den es überall zu lesen gab. Dann hatte er auf YouTube die Aufzeichnung eines älteren Interviews gefunden und es sich angesehen. Der Reporter hatte Rosvold auf seine Kindheit angesprochen. Der Bestsellerautor hatte sich um die Antwort gedrückt, indirekt aber zugegeben, dass dies nicht die glücklichste Zeit seines Lebens gewesen war. Mikkelsen fand, dass es nicht schaden konnte, mehr über die Vergangenheit des Stars herauszufinden.

Also suchte er nach dem Ort, in dem Rosvold aufgewachsen war. Er stieß dabei immer wieder nur auf dieselbe Formulierung: an einem See unweit der Küste Südnorwegens.

Das konnte überall und nirgendwo sein. Es musste doch irgendjemanden geben, der ihm weiterhelfen konnte! Er hatte eine Telefonnummer gefunden und kurzerhand angerufen. Mikkelsen hatte gleich gespürt, dass die Frau ein Profi war. Sehr freundlich, aber auch sehr korrekt. Sie weigerte sich, irgendwelche Informationen über Rosvolds Vorleben herauszurücken.

»Ich verstehe nicht, warum es für Ihre Ermittlungen wichtig sein soll, wo Herr Rosvold aufgewachsen ist«, sagte Gudmundsen.

»Wissen Sie was, ich frage ihn einfach selbst!«, entgegnete Mikkelsen schließlich genervt.

»Das ist leider nicht möglich. Herr Rosvold ist in nächster Zeit unerreichbar. Wenn Sie keine richterliche Anordnung haben, kann ich Ihnen nicht weiterhelfen.«

»Wenn ich Rosvold sehen will, fahr ich einfach zum Leuchtturm hinaus. Und dann richte ich ihm beste Grüße von Ihnen aus.«

Damit legte Mikkelsen auf.

Rosvolds Vorleben war erstaunlich gut bewacht.

24

Es war der Zorn, der Caroline antrieb, als sie die Treppe hochstieg.

Nach der Befragung hatte sie sich auf ihr Zimmer zurückgezogen, dort aber den Blick nicht von der Tür abwenden können. Würde gleich jemand aufsperren und hereinkommen? Der Käpten vielleicht, der seelenruhig den Papierkorb ausleerte, während sie im Bett lag? Die Vorstellung, dass hier auf der Insel zu jeder Zeit ein Dutzend Augenpaare an ihr klebten, gab ihr den Rest. Sie wusste, sie würde sich nicht beruhigen können, bevor sie nicht endlich erfuhr, was hier gespielt wurde. Sie sprang auf.

Im Kaminzimmer war niemand gewesen. Also schlich sie die Treppe hinauf, durchquerte den ersten Stock, um weiter nach oben zu gehen, wo sich Rosvolds Arbeitszimmer befand. Als sie vor der Tür stehen blieb, hörte sie Geräusche. Vermutlich war Rosvold hier und arbeitete. Was hatte sie eigentlich erwartet? Dass plötzlich alle Türen offen standen – oder gar, dass Rosvold ihr das Handy und ihre Notizen zurückgab? So würde es nicht sein – eine späte Einsicht nach ihrem plötzlichen Aufbruch.

Sie musste geduldig sein.

Eine halbe Stunde später saß sie immer noch im Esszimmer vor einem halb beschriebenen Blatt Papier. Rosvold war nach wie vor in seinem Zimmer und arbeitete. Irgendwann musste er ja mal herauskommen. Wahrscheinlich würde er dann die Tür seines Büros versperren – das Warten wäre umsonst gewesen. Andererseits konnte es sein, dass er nur eine kleine Pause brauchte. Rosvold war auch nur ein Mensch, und wie jeder Mensch musste er auf die Toilette. Caroline hatte noch keinen Blick in sein Zimmer werfen können, aber dass er dort ein Badezimmer hatte, glaubte sie nicht. Bestimmt würde er nicht zusperren, wenn er nur schnell für kleine Jungs musste. Dass sie hier saß, würde er erst bemerken, wenn er schon auf dem Weg war. Dass er dann noch einmal umkehrte, konnte sie sich nicht vorstellen.

Was sie da vorhatte, war leichtsinnig. Aber sie ertrug es einfach nicht, still in ihrem Zimmer zu sitzen und nichts zu tun. Sie brauchte Antworten und die vermutete sie in Rosvolds Zimmer. Zudem fühlte sie sich Sara Borgen, dieser Buchhändlerin aus Bergen, seltsam verpflichtet. Es gab keine andere Option.

Plötzlich stand Rosvold vor ihr. Sie war kurz in Gedanken versunken gewesen und hatte nicht mitbekommen, wie er sein Zimmer verlassen hatte und die Treppe heruntergegangen war.

Rosvold hatte offensichtlich ihren Schreck bemerkt und lächelte.

»Na, läuft es?«

Caroline nickte und wandte sich wieder ihren Notizen zu. Sie wollte ihm nicht in die Augen sehen, aus Angst, er könnte etwas merken. Doch für Rosvold musste es so aussehen, als wäre sie ganz in ihre Arbeit vertieft.

»Dann lass dich nicht stören«, sagte er, ging an ihr vorbei und hinaus.

Jetzt oder nie. Caroline wartete, bis die Tür zugefallen war. Dann stand sie auf und eilte die Treppe hinauf. Ihr Herz schlug bis zum Hals. Wollte sie das wirklich tun? Sie hatte keine Ahnung, wie viel Zeit sie eigentlich hatte. Es konnte sein, dass Rosvold nur ein oder zwei Minuten weg wäre. Doch irgendwie hatte er auf Caroline keinen solchen Eindruck gemacht. Er wirkte sehr entspannt. Vielleicht würde er sich Zeit lassen, einmal um die Insel spazieren, die Seele baumeln lassen. Caroline wischte die Zweifel weg. Sie würde es ohnehin tun.

Sie hastete nach oben und starrte die Überwachungskamera an, die auf Rosvolds Bürotür zeigte. Bevor sie in deren Visier geriet, stülpte sie sich die Kapuze ihres Pullis über. Den konnte sie später verschwinden lassen.

Sie hatte richtig vermutet – die Tür war unversperrt. Sie trat ein und lehnte sie hinter sich an, um hören zu können, wenn Rosvold die Treppen heraufkam. Noch einmal durfte sie nicht überrascht werden!

Sie atmete einmal tief durch und ließ ihren Blick durchs Zimmer schweifen. Das hier war es also. Rosvolds Reich. Wo er die Zeilen schrieb, die in die Welt hinausgingen und Kritiker zu Jubelgesängen animierten. Zugegeben, der Raum hatte Atmosphäre. Er wurde von grob gearbeiteten Holzregalen beherrscht, auf denen allerlei Krimskrams lag. Caroline entdeckte eine afrikanische Holzmaske und einen Schädel, der von einem Bären zu stammen schien. Ein Zimmer, wie es auch sonst wo auf der Welt hätte sein können – ohne einen typisch norwegischen Touch. Nur eines fehlte: die Schreibmaschine, die Caroline in ihrer Vorstellung gesehen hatte. Da lagen nur handbeschriebene Papierbögen und ein Wörterbuch. Daneben stand ein altes Telefon mit einer Wählscheibe.

Caroline warf einen Blick zur Tür und horchte angestrengt. Noch immer war alles ruhig.

Sie hob den handbeschriebenen Stapel irgendwo in der Mitte auf, doch was sie entdeckte, verstand sie nicht. Die Seiten unter den ersten paar waren weiß. Seltsam, die frischen, unbeschriebenen Bögen lagen eigentlich an der Seite in einer Box. Caroline probierte es noch an anderen Stellen, doch auch dort war alles leer. Eigenartig.

Genug, sie musste sich aufs Wesentliche konzentrieren. Sie scannte die Umgebung. Die Kuriositätensammlung konnte sie getrost ignorieren. Neben dem Schreibtisch stand ein Kästchen. Vielleicht verbarg sich in dessen Schubladen etwas Interessantes? Bevor sie eine der Laden öffnete, fiel ihr Blick auf zwei gerahmte Bilder, die darauf standen. Eines zeigte eine Frau, die lachte, während der Wind ihr ins Haar fuhr. Wer das wohl war?

Caroline wunderte sich, dass sie das Foto enttäuschte. Eine Frau in Rosvolds Leben. Nicht nur eine Affäre, sondern jemand, deren Bild er sich auf seinen Schreibtisch stellte. Warum ging ihr das nahe? Da fiel ihr auf, dass die Kleidung der Frau wohl einer anderen Zeit entstammte, den Siebzigern vielleicht, und die Ränder des gerahmten Polaroids schon vergilbt waren. War das vielleicht seine Mutter?

Das zweite Bild zeigte zwei Jungs vor einem rot gestrichenen Haus in verschneiter Landschaft. Sie trugen altmodische Skianzüge und hatten hölzerne Schlitten im Schlepptau.

Sie erblickte einen größeren Schrank, der zwischen den Regalen an der Wand stand. Etwas an ihm kam ihr komisch vor. Sie ging hin, öffnete die hölzernen Türen – und staunte. Im Schrank befanden sich vier eingeschaltete Monitore, die Schwarz-Weiß-Bilder verschiedener Kameras zeigten. Caroline starrte die Aufnahmen an. Hier war das Kaminzimmer, dort der große Esstisch im Stock darüber. Sie entdeckte außerdem den Flur vor ihrem Zimmer.

Hier mussten doch irgendwo die Aufzeichnungen sein …

Doch Caroline fand nur ein paar Knöpfe, mit denen sie weitere Räume auf die Bildschirme holte. Manche der

Einstellungen kannte sie nicht. Eine der Kameras zeigte ein sehr dunkles Bild mit etwas Glitzerndem. Caroline vermutete, dass das eine spiegelnde Wasserfläche war. Wo hing diese Kamera?

Unter den Monitoren gab es weitere Schubladen. Möglicherweise befand sich darin das Aufnahme-Equipment?

Sie lauschte nach draußen – immer noch nichts.

Sie öffnete eine der Schubladen, und da wartete eine Überraschung auf sie: ihre eigene Handschrift auf dem eigens von Rosvold zur Verfügung gestellten Papier mit dem zarten grünen Rand an der Seite. Papier, das sie in den Papierkorb geworfen hatte.

Auch Kopien anderer handschriftlicher Texte waren darunter. Ein schnelles Durchblättern genügte, um zu erkennen, dass diese von anderen Teilnehmern stammten. Rosvold sammelte also alles Material, das er bekommen konnte.

Caroline war schwindlig. Was bedeutete das und wozu brauchte Rosvold sie überhaupt? Und wie hatte er sie sich beschafft? Es gab nur eine Möglichkeit: Jemand – Rosvold? – war nicht nur in ihrem Zimmer gewesen, sondern auch in jenen der anderen Teilnehmer.

Sie hatte es gewusst!

Doch für Stolz blieb jetzt keine Zeit.

Sie öffnete die nächste Lade und fand dort die eingesammelten Handys. Ohne nachzudenken, kramte sie nach ihrem Gerät und steckte es sein.

Zeit, zu verschwinden!

Im selben Moment hörte sie Schritte. Sie stürmte zur Tür hinaus und drückte sie zu – da kam Rosvold schon um die Ecke.

Dieses Mal lächelte er nicht, als er sie sah. »Was hast du da gemacht?«

»Tut mir leid«, sagte sie. »Ich wollte dich nur etwas fragen.«

»In meinem Zimmer?«

»Ich dachte du wärst schon zurück.«

Rosvold war nicht anzusehen, ob er ihr das glaubte.

»Was willst du denn wissen?«

»Wann ist noch mal die nächste Besprechung?«

»Na heute Abend, nach dem Essen, um neun!«

»Bitte entschuldige. Ich bin in letzter Zeit so vergesslich. Das habe ich immer, wenn ich schreibe.«

Rosvold betrat sein Zimmer, ohne sie einer weiteren Antwort zu würdigen, und schloss die Tür hinter sich ab.

Caroline umfasste das Handy in ihrer Tasche mit der rechten Hand und hastete ins kleine Haus zurück.

Nachdem sie ihre Zimmertür hinter sich versperrt hatte, schaltete sie das Gerät mit zittrigen Fingern ein. Sofort poppte eine Akkuwarnung auf. Sie konnte sich nicht mehr erinnern, ob das schon bei der Abgabe der Fall gewesen war. Hatte vielleicht jemand versucht, das Gerät zu entsperren, und so die Energie verbraucht?

Sie wartete, bis das Handy ganz hochgefahren war, und dann noch eine Minute. Doch es kam keine Verbindung zum Netz zustande. Genau wie bei ihrer Ankunft.

Genau wie der Käpten gesagt hatte.

Caroline musste sich beherrschen, nicht laut zu fluchen. Zum Aufladen blieb keine Zeit. Sie steckte das Handy wieder ein, suchte in ihren Sachen nach Mikkelsens Visitenkarte und stürmte los. Hoffentlich lief sie niemandem über den Weg.

Mit zunehmender Verzweiflung umrundete sie die Insel, immer einen verstohlenen Blick aufs Display gerichtet, bis sie am äußersten Rand der dem Leuchtturm gegenüberliegenden Seite plötzlich eine schwache Netzverbindung hatte. Sofort rief sie Mikkelsen an, der zum Glück schon nach ein paar Sekunden abhob.

»Mikkelsen?«

»Ja, Sund hier. Jemand war in unseren Zimmern«, sagte sie hastig.

»Ach … Sie sind diese Autorin beim Leuchtturm, nicht wahr? Caroline Sund?«

»Ja! Hören Sie mir doch zu!«

»Ganz ruhig, ich höre zu. Wo stecken Sie überhaupt?«, fragte er.

»Immer noch auf der Insel natürlich!«

»Ich dachte, Sie hätten Ihre Handys abgeben müssen.«

»Das ist doch jetzt egal! Wichtig ist, dass ich recht hatte!«

»Ganz langsam. Womit hatten Sie recht?«

»Für langsam ist keine Zeit! Ich habe kaum noch Akku! Jemand war in unseren Zimmern, ich habe Kopien unserer handschriftlichen Notizen gesehen, die kann er nur aus den Zimmern haben! Etwas stimmt hier nicht, Sie müssen noch einmal herkommen und gründlicher suchen!«

Mikkelsen schwieg einen Moment. Dann sagte er: »Okay. Wo haben Sie die Kopien gefunden?«

»In Rosvolds Büro, aber das ist unwichtig.«

Sie hörte Mikkelsen seufzen. Es gab ihr das unangenehme Gefühl, dass er sie nicht ernst nahm. Hielt er das jetzt für eine Wahnvorstellung, oder was? Wenn sie Hans-Petter vor sich hätte, würde sie ihn ohrfeigen, weil er sie vor der Polizei so unmöglich gemacht hatte.

»Die Kripo bleibt an der Sache dran«, erklärte er. »Ich kann mir allerdings nicht vorstellen, was der Tod Sara Borgens mit eingesammelten Unterlagen oder abgenommenen Handys zu tun haben soll.«

»Aleksander Rosvold hat Monitore von Überwachungskameras in seinem Schrank. Er kann Ihnen mit allem helfen! Sie müssen nur wiederkommen und …«

»Ich kann nicht einfach so nach Belieben rausfahren, Frau Sund. Ich habe bereits einen Rüffel kassiert. Der Fall liegt jetzt offiziell in Kristiansand. Aber ich werde die Informationen natürlich gleich weitergeben. Sagen Sie …«

»Was?« Der Typ machte sie rasend mit seiner bedächtigen Art.

»Ich versuche gerade, mehr über Rosvolds Vorleben zu erfahren. Wissen Sie vielleicht, wo er herkommt? Hat er Ihnen etwas erzählt?«

Caroline erinnerte sich an das erste Gespräch zwischen Rosvold, ihr und den anderen Autoren. Ulven hatte mehr über den Star erfahren wollen, und er hatte auch geantwortet.

»Hm?«, drängte Mikkelsen.

Sie fühlte sich wie eine Verräterin, sagte aber: »Birkeland.«

»Ja?«

»Aus dem Ort stammt er. Er hat es erwähnt.«

»Okay, danke. Und sonst? Hat er irgendwas über seine Kindheit gesagt?«

»Wieso? Was meinen Sie?«, fragte sie zurück. Dabei wusste Caroline genau, worauf der Polizist hinauswollte. Sie war zwar nicht Rosvolds Verteidigerin, aber sie wollte auch keine Details ausplappern, die der Bestsellerautor vielleicht nur ihnen anvertraut hatte.

»Hatte er eine … besonders glückliche Kindheit?«, kam Mikkelsen ihr zu Hilfe.

»Nein, das äh – glaube ich eher nicht«, antwortete sie zögerlich.

»Mhm … Um die andere Sache kümmere ich mich. Aber ich kann nichts versprechen.«

»Sie können nichts versprechen? Was soll das heißen?«

»Ich gehe davon aus, dass es so ist, wie Sie sagen. Aber ich kann nicht für Bach sprechen. Aus Sicht der Mordkommission gilt für Sie, was auch für die anderen im Leuchtturm gilt.«

»Ach ja? Was gilt für mich?«

»Dass Sie wie auch die anderen auf der Leuchtturminsel grundsätzlich im Fokus der Ermittlungen stehen.«

»Ich habe keine Zeit für diesen Unsinn«, sagte Caroline resigniert und legte auf, um den letzten Rest des Akkus zu schonen.

Sie musste bald mit jemandem reden, der sie verstehen konnte.

25

Mikkelsen war dreimal hin- und hergefahren, doch er glaubte nun, endlich das richtige Haus gefunden zu haben. Es lag an einem der vielen Seen nördlich von Tåkesund, in einer kleinen Häusersiedlung, die zur Ortschaft Birkeland gehörte, obwohl sie fast einen Kilometer davon entfernt lag.

Während er fuhr, ging ihm das Gespräch mit Sund durch den Kopf. Ihr Freund hatte recht, sie war nervös. So jemand bildete sich manchmal Dinge ein. Aber er hatte auch realisiert, dass sie nicht geistig verwirrt war. Es konnte alles zusammenhängen. Der Tod von Sara Borgen hatte wohl tatsächlich etwas mit dem Leuchtturm zu tun. Vielleicht wäre es klüger, den Wettbewerb abzubrechen und die Leute zu evakuieren. Er wollte es Bach vorschlagen.

Er hatte diese Caroline offensichtlich unterschätzt. Sie war ihm schüchtern und unsicher erschienen, doch wenn sie wirklich in Rosvolds Büro gewesen war und dort herumgeschnüffelt hatte, steckte wohl mehr in der jungen Autorin. Was auch hieß, dass sie sich leicht in Gefahr bringen konnte …

Er parkte seinen Volvo ohne große Hoffnung, hier in Birkeland wichtige Entdeckungen zum Fall zu machen. Umso überraschter stand er vor dem offensichtlich verlassenen Haus, denn jemand hatte die Fenster zugenagelt. Etwas, das man in Norwegen nur ganz selten sah. Leer stehende Häuser konnte man hier üblicherweise so belassen, wie sie waren. Niemand würde Scheiben mit Steinen einwerfen oder plündern. Dieses Haus stellte eine Ausnahme dar.

Unschlüssig betrachtete Mikkelsen das Gebäude. Leichter Nieselregen prasselte auf seine Kappe. Tief in ihm regte sich wieder der kindliche Forscherdrang: *Ich will da rein. Sehen, was drin ist.*

Die ehemals typisch blutrote Fassade war überall verblichen, wo das Sonnenlicht hinkam. Unter dem Dachfirst war sie noch dunkler. Mikkelsen mutmaßte, dass an dem Haus schon lange nichts mehr gemacht worden war, bis er die großen Sperrholztafeln vor den Fenstern sah. Diese waren zwar von der Feuchtigkeit nachgedunkelt, aber nicht verzogen. Sie mussten noch relativ neu sein, maximal ein, zwei Jahre alt, schätzte er. Sein Forscherdrang verleitete ihn dazu, nach Aufdrucken des Herstelldatums zu suchen, die es auf rohen Bautafeln wie diesen immer gab, und tatsächlich: Sie stammten vom vorletzten Jahr. Hatte es einen Zwischenfall gegeben, der das Vernageln der Fenster nötig gemacht hatte, war jemand eingedrungen – ein Fan vielleicht? Bevor Rosvold berühmt wurde, hatte sich bestimmt niemand für das Haus interessiert. Aber dann? Wer wusste schon, wie weit die Leute gingen, die einen Star abgöttisch verehrten? Das mochte auch ein Grund sein, warum Rosvold lieber in einem Leuchtturm als hier auf dem Festland wohnte.

Mikkelsen sah sich um. Die Lage war malerisch. Direkt hinter dem Gebäude lag das Seeufer.

Ein schöner Ort, um aufzuwachsen …

Vielleicht konnte er ja probieren, ins Innere zu kommen. Das Türschloss knacken, eines der Sperrholzbretter aufzwängen ... die Vorstellung reizte ihn sehr. Doch da erkannte er, dass er sich die Idee gleich wieder abschminken konnte.

Er wurde beobachtet.

Auf der anderen Straßenseite befand sich ein Holzhaus, nicht im hier üblichen Rot gehalten, sondern ganz in Weiß. Davor eine Veranda, zur Hälfte überdacht. Dort saß, auf einem Stuhl direkt an der Wand, eine Gestalt, dick eingepackt und mit einer Decke über den Füßen. Das Gesicht wirkte alt. Ob es sich um einen Mann oder eine Frau handelte, konnte Mikkelsen nicht mit Sicherheit sagen. Er beschloss, es herauszufinden.

»Guten Tag«, rief er, während er näher kam. »Ich bin von der Polizei.«

Ein heiseres Lachen ertönte. Die Person schüttelte sich unter der Decke. Eine Frau, dachte Mikkelsen.

»Glauben Sie, ich hab keine Augen im Kopf?«, krächzte sie und schaute demonstrativ an ihm herunter. Die Uniform, schon klar.

»Wissen Sie, wem dieses Haus gehört?«, kam Mikkelsen auf den Grund seines Erscheinens zu sprechen.

»Das fragen Sie mich? Ich denke, Sie wissen das sehr gut! Warum wären Sie sonst hier?«

Mikkelsen hob die Hände zum Zeichen, dass er sich geschlagen gab. »Sie haben recht, es war dumm von mir. Ich habe gehört, dass Aleksander Rosvold hier gelebt hat. Wissen Sie, wie lange er schon weg ist?«

Neugierige Augen musterten Mikkelsen. Intelligente Augen, dachte er. Sie waren von unzähligen Falten umgeben. Sie sah aus wie eine alte Inuit.

»Ist ihm etwas passiert?«

»Nicht ihm direkt, nein.«

»Sind Sie etwa privat hier? ... In Uniform?«

»Das auch nicht«, gab Mikkelsen zurück.

Sie wartete, dann lachte sie erneut.

Mikkelsen erkannte, dass er mehr reden musste, wollte aber keine Details nennen. »Ach, Sie wissen schon, manchmal muss man sich einfach ein wenig umsehen. Auch wenn man nicht genau weiß, was man eigentlich sucht. Verstehen Sie das?«

»Ich denke schon«, sagte die Alte. Sie schien mit seinem Blabla zufrieden zu sein und fuhr fort: »Aleksander Rosvold wohnt seit fast dreißig Jahren nicht mehr hier.«

»So lange?«

Die Alte nickte. »Das war sein Elternhaus. Hier ist er aufgewachsen, bevor er nach Oslo ging.«

»Wie war er damals? Hatte er viele Freunde?«

»Steffan Harket«, sagte sie. »Der wohnte da drüben. Die beiden haben immer zusammen gespielt.«

»Wohnt der wenigstens noch hier?«, fragte Mikkelsen.

Da stand die Alte auf. »Ist Ihnen nicht kalt? Ich wollte gerade noch einen Kaffee trinken. Wir können uns drinnen unterhalten.«

»Gern«, sagte Mikkelsen.

Sie betraten einen Raum, der sich über die gesamte Grundfläche des kleinen Hauses erstreckte. Die Holzwände waren dunkel gebeizt, die Möbel dafür hell. Auf einer Seite befand sich eine Kochnische, auf der anderen eine Sitzecke. In der Mitte stand ein Kachelofen, dessen Rauchfang in der Decke verschwand. Alles wirkte abgewohnt, aber nicht vernachlässigt. Dem Fernseher gegenüber standen zwei große Lehnsessel mit Hockern, um die Füße hochzulegen. Es war offensichtlich, dass nur noch einer der beiden benutzt wurde: Er war verschlissen. Der andere wirkte dagegen wie neu.

»Setzen Sie sich nur hin«, meinte die alte Frau und begann, in einer sehr schmutzigen Espressokanne Kaffee zu kochen. Mikkelsen verkniff es sich, sie nach Tee zu fragen.

Wenig später bekam er eine zu große Tasse, die nur etwa bis zu einem Drittel gefüllt war. Er nippte an dem Gebräu: viel zu stark für ihn und überhaupt nicht sein Geschmack. Die Frau trank auch und musterte ihn, sodass er es nicht wagte, das Gesicht zu verziehen. Sie kicherte leise, als sie ihn ansah.

»Wir haben uns gar nicht richtig vorgestellt. Mein Name ist Nils Mikkelsen.«

»Ida Paulsen.«

»Sie haben ihn also gekannt, als er ein Kind war?«

»Nicht nur gekannt«, sagte Paulsen. »Ich war eine gute Freundin der Familie. Seine Babysitterin, wenn Sie so wollen.«

Die Fahrt hatte sich doch gelohnt. Mikkelsen freute sich über das Glück, sie getroffen zu haben. »Wie war Aleksander so als Kind?«, fragte er. »War er immer schon … außergewöhnlich?«

Sie schien wegzudriften, als ob sie Bilder vor ihrem geistigen Auge sehen könnte. Die Frage schien nicht ganz einfach zu beantworten zu sein.

»Nein«, sagte sie schließlich. »Ungewöhnlich war er nicht. Nicht so, wie Sie das meinen. Er war ein ganz normales Kind, in vielerlei Hinsicht. Er spielte gern im Schnee, schwamm gern, bewegte sich viel. Er war gut genährt, mit roten Pausbacken und blonden Locken.«

»Klingt nach einer glücklichen Kindheit.«

Sie legte den Kopf schief. »Das würde ich so nicht sagen.«

»Nicht?«, spielte Mikkelsen den Verwunderten. In einem Interview war von einer schwierigen Kindheit die Rede gewesen. Dabei sah hier alles nach dem Gegenteil aus. Die malerische Lage, den besten Freund in der Nachbarschaft, den See vor der Nase – das war mehr, als er gehabt hatte, und Mikkelsen war ein sehr glückliches Kind gewesen.

»Aleksander war sehr sensibel. Aber auch zornig.«

»Zornig?«

»Ja. Er ging anfangs gern in die Schule, später nicht mehr. Die anderen Schüler hänselten ihn, weil im Unterricht offenbar immer wieder mal die Fantasie mit ihm durchging. Das ist eigentlich nichts Besonderes, oder? Kreative Kinder sind doch wunderbar. Aber offensichtlich werden die Kinder heute schon früh gedrillt, ihre Gedanken für sich zu behalten. Wenn Aleksander nach Hause kam, verkroch er sich immer öfter in seinem Zimmer und wollte niemanden sehen. Dann war er leicht reizbar.«

Mikkelsen überlegte. Das ergab natürlich Sinn. Ein sensibles Kind, das in seiner Fantasie beschnitten wurde – und diese Fantasien später zu Papier brachte.

»Las er damals viel?«, fragte Mikkelsen.

»Comics«, gab Paulsen zurück. »Seine Mutter war dagegen. Sie versuchte immer, ihm Kinderbuchklassiker schmackhaft zu machen, Pippi Langstrumpf und Kalle Blomquist. Doch er las lieber Asterix.«

Mikkelsen protestierte innerlich. *Asterix?* Das war Weltliteratur! Aber er wollte die Alte nicht unterbrechen.

»Wenn ich auf ihn aufpasste, hatte ich den Auftrag, ihn zum Lesen zu animieren. Ich brachte es aber nie übers Herz, ihm seine geliebten Comics wegzunehmen. Wissen Sie, seine Mutter war schnell überfordert, mit dem Haushalt, mit Aleksander, vor allem aber auch mit sich und ihren Ängsten. Aleksander spürte das natürlich, und ich glaube, er hatte seinerseits Angst, seiner Mutter noch mehr Kummer zu bereiten. Ich beschloss, ihm zu helfen. Wir kamen überein, dass er seinen Comic lesen durfte, wenn er seiner Mutter den Inhalt des anderen Buchs genau wiedergeben konnte. Ich erzählte ihm, worum es darin ging, und er lernte diese Inhaltsangabe sehr sorgfältig auswendig. Was ich mir in meiner Verzweiflung als Notlösung ausgedacht hatte, blieb dann lange so.«

»Sie waren seine Komplizin?«

175

Sie lachte. »Und er mein Komplize! Er war da gerade erst elf. Aber zu diesem Zeitpunkt spürte ich zum ersten Mal etwas in ihm. Dieses Außergewöhnliche, nach dem Sie gefragt haben.«

»Inwiefern?«

»Es war die Art und Weise, wie er mit der Situation umging. Er bewältigte das Problem wie ein Erwachsener. Hier meine Comics, da meine Mutter. Was muss ich tun, um frei zu sein für das, was ich will? Bei Kindern ist es ja ganz oft so, dass sie sich etwas wünschen, aber sobald sie es haben, nichts mehr damit anfangen können. Bei ihm war das anders. Er wusste genau, was er wollte. Und er tat, was dafür nötig war.«

Mikkelsen nickte nachdenklich.

»Sie haben auch etwas von Zorn gesagt. Wie äußerte sich der?«

Der Blick der Alten verfinsterte sich wieder.

»Das war später«, sagte sie.

»Wann?«, fragte Mikkelsen, der nicht verstand, warum sie plötzlich so einsilbig war.

»Haben Sie Lust auf einen Spaziergang? Ihren Kaffee können Sie gern stehen lassen. Sie müssen nicht so tun, als würde er Ihnen schmecken.«

Mikkelsen musste über ihre entwaffnende Ehrlichkeit lachen. »Na dann? Worauf warten wir noch!«

Als sie vor die Haustür traten, sah Mikkelsen, dass der Regen aufgehört hatte. Es war immer noch nasskalt. Ein Dunstschleier hing über der Landschaft. Paulsen ging voraus – sie schien sich in der Kälte wohlzufühlen. Mikkelsen hörte sie seufzen, als sie die frische Luft einatmete.

Sie folgten der Straße, über die Mikkelsen gekommen war. Er wusste inzwischen, dass es sich um eine Sackgasse handelte, die am See endete. Mikkelsen vermutete richtig, dass sie gerade zum Ufer unterwegs waren.

Sie erreichten eine Landzunge, an der die Vegetation in blanken Granit überging. Der See lag still, nur etwa die Hälfte der Wasserfläche war sichtbar, die andere verdeckte der Nebel. Paulsen hielt auf eine hölzerne, verwitterte Sitzbank zu. Sie holte ein großes Stofftaschentuch aus der Tasche und trocknete mit routinierten Handbewegungen die Sitzfläche ab, bevor sie sich setzte. Mikkelsen gesellte sich zu ihr.

»Es gab einen Bruch in Aleksanders Kindheit«, begann sie. »Ein Ereignis, das alles veränderte. Sie haben gefragt, ob Aleksander immer gern las. Sie wollen vielleicht wissen, ob er ein Stubenhocker war, der nur in seiner Fantasiewelt lebte. Nein, das war er nicht. Aleksander war viel allein, das schon. Vor allem, wenn er wieder einmal gehänselt wurde, brauchte er Zeit für sich. Zwischendurch war es besser. Dann spielte er am See oder machte mit Steffan die Wälder unsicher, wo er Löcher grub oder Baumhäuser baute. Und eines Tages war er mit seinem Freund Steffan hier an dieser Stelle.«

Paulsen zeigte auf einen Punkt im Wasser, nicht weit draußen.

»Ich saß hier, wo wir jetzt gerade sitzen. Es war einer dieser kurzen Sommer, wo wir nur wenige Sonnentage hatten. Als es endlich warm wurde, gab es für die beiden kein Halten mehr. Sie schwammen und tauchten. Hier lag ein Ruderboot, mit dem sie hinausfuhren. Ich warnte sie, nicht zu weit hinauszupaddeln. Als es passierte, las ich gerade. Eines jener Bücher, das eigentlich Aleksander hätte lesen sollen. Ich wollte ihm später den Inhalt erzählen. Als ich ihn schreien hörte, war es schon fast zu spät. Dabei waren sie nicht einmal hundert Meter vom Ufer entfernt.«

Mikkelsen konnte sich ausmalen, was jetzt kam. Aber er drängte Paulsen nicht.

»Der Arzt hat später gesagt, dass es sehr knapp war. Sekunden haben darüber entschieden, dass Steffan überlebte.

Als ich ihn aus dem Wasser zog, hatte er blaue Lippen und atmete nicht mehr. Ich hätte Wiederbelebungsmaßnahmen ergreifen sollen, aber ich wusste nicht, wie das ging. Ich war im Schock, habe ihn nur hochgehoben und geschüttelt. Plötzlich hat er gehustet. Der Arzt meinte, das Glück sei gewesen, dass er kein Wasser eingeatmet hatte. Irgendwas mit den Stimmritzen, das Wort vergesse ich mein Leben lang nicht mehr. Sie hatten sich rechtzeitig geschlossen.«

»Das war der Bruch, von dem Sie gesprochen hatten«, ergänzte Mikkelsen.

»Von da an war nichts mehr wie früher. Fast einen Monat lang sah ich Aleksander überhaupt nicht. Seine Mutter ließ ihn nicht aus dem Haus. Die Nachbarn erzählten sich, dass es zu einem handfesten Familienkrach kam. Ich durfte nicht mehr babysitten, was ich verstehen konnte. Ich hatte versagt. Sie hatte allen Grund, mir zu misstrauen. Die Rosvolds überlegten sogar, mich zu verklagen. Aber für Aleksander war es eine Katastrophe. Er war nicht mehr derselbe. Ich kann nur mutmaßen, was der Unfall mit ihm machte. Einmal traf ich ihn auf dem Weg zur Schule. Seine Mutter war gerade nicht zu Hause. Normalerweise fuhr sein Vater ihn an solchen Tagen, warum nicht an diesem Tag, weiß ich nicht. Jedenfalls begleitete ich ihn ein paar Schritte auf dem Weg zur Bushaltestelle und fragte ihn, wie es ihm ging. Er war sehr verschlossen, ganz anders, als ich ihn kannte. Trotzdem hatte ich das Gefühl, dass er sich freute, mich zu sehen. Zum Abschied schenkte er mir sogar ein Lächeln. Ich fühlte mich nur noch schuldiger. Wegen mir hatte er nahezu alles verloren, was ihm wichtig gewesen war. Am selben Tag fuhr ich in die Buchhandlung nach Lillesand und kaufte alle Asterix-Comics, die ich kriegen konnte. Es waren drei oder vier, ich weiß es nicht mehr. Als er mit dem Bus zurückkehrte, wartete ich schon und drückte ihm die Comicbücher in die Hand. Statt sich zu freuen, blickte er sich nur um, ob uns ja niemand sah. Dann betrachtete er die Bücher genau, wählte eines aus, steckte es verstohlen zwischen seine Schulhefte und gab mir die anderen Comics zurück. Ich wollte ihn überreden, alle zu nehmen, doch er ließ sich nicht umstimmen. Trotzdem sah ich seine Freude, als wir uns verabschiedeten. Diesen Blick werde ich nie vergessen.«

»Was geschah dann?«, fragte Mikkelsen.

»Ich versorgte ihn weiterhin heimlich mit Comicbüchern. Aber als er älter wurde, gestand er mir irgendwann, dass er inzwischen andere Dinge las. Horrorgeschichten. Er nannte mir einen Autor. Ich versprach, die Comics bleiben zu lassen und ihm künftig solche Bücher zu schenken. Aber als ich endlich ein Buch gefunden hatte, das mir für ihn zu passen schien, kam alles anders.« Sie hielt inne, als wäre sie immer noch nicht in der Lage, das zu glauben, was sie gerade erzählen wollte. »Ich sah ihn gar nicht mehr. Volle zwei Wochen. Das Haus war bewohnt, das Auto von Aleksanders Mutter stand davor, doch niemand ließ sich mehr blicken. Einer der Nachbarn klärte mich auf: Aleksanders Eltern hatten sich zerstritten. Es ging wohl um Frau Rosvolds übersteigerte Ängste. Später erfuhren wir, dass der Vater seinen Sohn einfach mit sich nach Oslo genommen hatte. Ein halbes Jahr später war die Scheidung amtlich. Seither habe ich Aleksander nicht mehr gesehen. Die Mutter lebte noch zwei Jahre in dem Haus, bis auch sie wegzog. Zu ihren Eltern nach Korgen, heißt es.«

Paulsen und Mikkelsen blickten aufs Wasser hinaus.

»Rosvolds Pressefrau hat gemeint, seine Nachbarn wollten nicht gestört werden. Das gilt nicht für Sie, oder?«

Paulsen lachte verächtlich. »Es ist Aleksander selbst, der nicht gestört werden will. Ich verstehe das vollkommen! Stellen Sie sich vor, Sie hätten über die Jahre gelernt, es mit sich selbst auszuhalten, sich in die eigene Fantasie zu vertiefen und sie mit niemandem zu teilen. Als Erwachsener bringen Sie diese Ideen dann zu Papier und haben plötzlich Erfolg damit. Wie seltsam muss es sein, plötzlich so viel Aufmerksamkeit zu genießen für etwas, weswegen man als Kind gehänselt wurde? Klar, dass er nicht will, dass jemand in seiner Vergangenheit herumschnüffelt. Diese Zeitungen von heute sind gnadenlos, wenn sie eine gute Geschichte wittern.«

Das klang einleuchtend. Dennoch war da etwas, das Mikkelsen stutzig machte. Er brauchte einen Moment, bis er es fassen konnte.

Der Zorn.

»Sie haben im Haus vorhin gemeint, Aleksander sei zornig gewesen. Können Sie mir das näher erklären?«

»Hatte ich das so gesagt …? Ja, offensichtlich habe ich das.« Als sie weitersprach, tat sie es mit sichtbarem Widerwillen. »Ja, manchmal konnte er aggressiv sein, jähzornig.«

»Ja? Haben Sie ein Beispiel dafür im Kopf?«

»Einmal hat er Steffan richtig verdroschen. Er musste sogar ins Krankenhaus, wo man eine Wunde genäht hat.«

»Das kann passieren, wenn Jungs spielen«, meinte Mikkelsen, der an seine eigene Kindheit dachte.

»Schon. Aber Aleksander war, glaube ich, sehr frustriert. Er kam mit sich selbst nicht klar. Manchmal ließ er andere dafür leiden.«

Mikkelsen war nicht sicher, ob er mit dieser Erklärung zufrieden war, und überlegte, wie er einhaken sollte.

»War es das, was Sie hören wollten?«, fragte Paulsen plötzlich. »Sie haben mir noch gar nicht erzählt, warum Sie hier sind. Wie wäre es, wenn Sie sich ein wenig bei mir revanchieren, nachdem ich Ihnen so viel erzählt habe?«

Mikkelsen hätte ahnen müssen, dass das auf ihn zukam. Wie viel konnte er der Alten erzählen? Sie schien nicht eben zurückhaltend zu sein, wenn es darum ging, Fremden Informationen weiterzugeben. Ganz so freimütig durfte er also nicht sein. Er musste ihr trotzdem etwas zurückgeben. Es war außerdem interessant zu sehen, wie sie darauf reagierte.

»Wir haben eine tote Frau gefunden«, erklärte er. »Sie trieb vor der Küste Tåkesunds, ertrunken. Wie sie dorthin kam, ist uns ein Rätsel. Wussten Sie, dass Aleksander den alten Leuchtturm dort gekauft hat?«

Die Alte zuckte gleichgültig mit den Schultern.

»Es gibt Anzeichen dafür, dass sie dort war. Die Ertrunkene.«

»Und?«, fragte Paulsen. »Was hat das mit Aleksander zu tun?«

»Das weiß ich auch nicht«, gab Mikkelsen zu.

»Haben Sie seinen Erstling gelesen?«, fragte er dann.

»Ich habe selbstverständlich alle seine Bücher gelesen«, gab sie schroff zurück. Von der anfänglichen Freundlichkeit war nichts mehr übrig.

»Dann kennen Sie auch den Mord in diesem Buch. Die Frau, die ertrinkt, weil ein Anker sie in die Tiefe zieht.«

Paulsen starrte geradeaus.

Mikkelsen konnte unmöglich sagen, was sie gerade dachte. Er zwang sich auszusprechen, was ihm durch den Kopf ging, auch wenn er es immer noch nicht wirklich akzeptieren konnte: »Es gibt Anzeichen, dass diese Frau genauso gestorben ist wie die Figur in dem Buch.«

»Das ist eine miese Unterstellung«, sagte Paulsen sofort. »Wie kommen Sie dazu, mir diese wirren Ideen über Aleksander aufzutischen?«

»Sie glauben also nicht, dass Rosvold etwas damit zu tun haben könnte?«

»Mir wäre es recht, wenn Sie jetzt gehen«, sagte Paulsen knapp. »Ich habe Ihnen schon viel zu viel erzählt.«

26

Wennberg schien nicht im Geringsten überrascht zu sein, als Caroline ihm von ihrer Entdeckung berichtete. Sie waren in seinem Zimmer, das im Stockwerk über ihrem lag, ganz am Ende des Flurs. Es war deutlich größer als ihres. Zwar schien auch er keine Dusche zu besitzen, aber es gab zumindest ein Waschbecken in einer Ecke. Er saß seelenruhig auf seinem Bett und lauschte ihrer Erzählung, wie sie sich in Rosvolds Büro geschlichen hatte.

»Ich habe es dir gesagt«, erklärte er nur.

»Aber was sollen wir jetzt tun?«, fragte Caroline. »Wir können uns ja nicht einfach gefallen lassen, dass er die Ideen klauen will!«

Wennberg zuckte mit den Schultern.

»Du willst gar nichts unternehmen?«

»Doch«, sagte er. »Ich werde es an die Öffentlichkeit bringen.«

»Hast du Rosvold darauf angesprochen? Habt ihr darüber geredet, dass er deine Ideen gestohlen hat?«

Wennberg stieß ein verächtliches Lachen aus. »Natürlich habe ich das. Aber er leugnet es, wie könnte er auch anders.«

»Warum hat er dich dann eingeladen?«, fragte Caroline.

»Er hat es als Freundschaftsgeste bezeichnet. Was natürlich völlig lächerlich ist. Vielleicht glaubt er es sogar selbst. Er ist ein Mensch, der trotz seiner Arroganz mit allen im Reinen sein möchte. Das wird ihm früher oder später vor die Füße knallen. Weißt du, Caroline, man kann sich nicht gleichzeitig wie ein Bösewicht verhalten und keiner sein wollen. Wenn, dann muss man dazu stehen. Ich sammle Beweise. Wenn wir mit dieser Farce hier fertig sind, werde ich an die Öffentlichkeit gehen. Deine Entdeckung wird dabei wichtig sein. Ich nehme an, ich darf dich zitieren?«

Caroline nickte zögerlich. »Wir müssen aber jetzt schon etwas unternehmen«, drängte sie. »Es geht hier nicht nur um gestohlene Geschichten. Es gibt die Tote. Sie hat etwas damit zu tun und wir wissen nicht, was.«

»Wer ist wir?«, fragte Wennberg und legte den Kopf schief.

Caroline erschrak und spürte, wie sie rot anlief. »Ich – ich meine … die Polizei tappt im Dunkeln, und wir alle auch.« Sie wollte Wennberg nichts von ihren Gesprächen mit Mikkelsen erzählen.

»Dass Borgen hier war, ist pure Spekulation. Ich kann es mir ehrlich gesagt nicht vorstellen.«

Caroline war fassungslos. »Du hast doch den Umschlag gesehen!«, fuhr sie ihn an.

»Welchen Umschlag?«

»Am ersten Abend. Auf meinem stand ein falscher Name. Borgen. Der Käpten hat dann alle eingesammelt und später wieder ausgeteilt. Du hast ihn doch noch extra deswegen gerufen!«

Er besah seine Hände. »Das kann doch einfach ein Fehler gewesen sein. Vielleicht war es gar nicht diese Borgen. Borgen ist ein häufiger Name in diesem Teil des Landes. Vielleicht war ja ein Autor namens Borgen eingeladen, ist dann aber nicht gekommen. Vielleicht hat er gekniffen … das kennt man ja, oder nicht?«

»Gekniffen?«, empörte sie sich, unwillig, auch nur einen Moment über seine abstruse Theorie von einem zweiten Borgen nachzudenken. Das war doch Blödsinn! Wie konnte er so blind für die Gefahr sein, die sie inzwischen fast anfassen konnte?

»Dann muss ich es eben alleine herausfinden«, sagte sie und verließ Wennbergs Zimmer.

27

15 Uhr 30 – Leuchtturm Täkesund

Caroline betrat das Kaminzimmer. Dort sah sie sich um. Sie war allein, es war auch nichts zu hören. Vielleicht waren alle auf ihren Zimmern und arbeiteten. Aber vielleicht gab es auch gerade irgendein Meeting, von dem man ihr nichts gesagt hatte – wer wusste das schon?

Im Kamin brannte Feuer, das sich gerade erst über die darin liegenden Holzscheite ausbreitete. Vor Kurzem musste jemand hier gewesen sein. Der Käpten vermutlich. Er war der Letzte, den sie gerade treffen wollte, angesichts dessen, was sie vorhatte.

Je schneller, desto besser.

Zuerst vergewisserte sie sich, dass die Überwachungskamera nicht auf die Tür gerichtet war, durch die sie wollte. Dann ging sie hin und holte eine Haarnadel hervor. Sie hatte sie in ihrer Reisetasche gefunden, in einem Seitenfach. Caroline hatte sich das Schloss noch nicht genauer angesehen, doch in Filmen wurden Türen mit Haarnadeln geknackt. Bei einfachen Schlössern, wie sie im Inneren von Häusern verwendet wurden, rechnete sie sich Chancen aus. Schließlich hatte es ihr Vater in ihrer Kindheit schon einmal genauso hinbekommen, als der Schlüssel zum

Vorratsraum verloren gegangen war. Es gab, so fand Caroline, nicht den geringsten Grund, es unversucht zu lassen.

Es dauerte nicht lange, bis Caroline einsah, dass die Sache doch ein wenig anders funktionierte als gedacht. Das Schloss war von der Art, wie sie es vermutet hatte, gemacht für einen simplen Bartschlüssel. Sie konnte die zurechtgebogene Nadel auch in das Schloss schieben. Der Theorie nach musste sie nun nur noch drehen, was sich aber als unmöglich erwies. Sie konnte so einfach nicht genug Kraft ausüben. Also zog sie die Nadel wieder heraus und bog das äußere Ende hin und her, bis das Ergebnis tatsächlich einem Schlüssel mit Haltegriff glich. Sie steckte ihr Werkzeug gerade ins Schloss zurück, als sich jemand direkt hinter ihr räusperte. Sie versuchte noch, die Haarnadel aus dem Schloss zu ziehen, aber sie hatte sich verhakt …

»So wird das nichts werden. Bei diesen Schlössern brauchst du schon einen ordentlichen Federstahldraht.«

Rosvold. Caroline drehte sich zu ihm um. Gänsehaut am ganzen Körper.

Der Starautor grinste breit, sagte aber nichts.

»Ich dachte«, begann Caroline, ohne zu wissen, was sie sagen sollte. »Ich wollte –«

»Ich habe einmal einen Workshop bei einem professionellen Einbrecher gemacht, weißt du? Da lernt man so einiges!«

Sie wusste, dass sie rot anlief wie eine Tomate. Und sich vor Angst fast in die Hosen machte. Was würde er jetzt tun? »Ich habe mich gefragt, was dahinter ist«, stammelte Caroline.

»Warum denn?«, wollte Rosvold wissen. »Willst du den Leuchtturm erkunden? Dann sag das doch! Ein wirklich erstaunliches Gebäude. Mit vielen Geheimnissen. Ich kenne selbst noch nicht alle.«

Sie versuchte, sein merkwürdiges Lächeln zu erwidern – es musste erbärmlich wirken.

»Du wirst leider enttäuscht sein. Diese Tür hier führt nirgendwohin«, erklärte Rosvold.

Caroline nickte. Sie glaubte ihm kein Wort!

»Darf ich?«, fragte Rosvold und machte einen Schritt auf sie zu.

Caroline wich zur Seite. Nun würde er die abgerissene Haarnadel sehen. Er würde versuchen, mit seinem Schlüssel aufzusperren, und dann erst bemerken, dass sie das Schloss kaputt gemacht hatte.

»Das Erste, was wir in dem Workshop gelernt haben, war, dass man zuerst nachsehen soll, ob die Tür, die man überwinden will, überhaupt versperrt ist.«

Er drückte die Klinke nach unten, trat gegen die untere linke Ecke und mit einem Knacken schwang die Tür auf.

Wie dumm konnte man sein?

»Bitte!«, lud er sie ein hineinzusehen.

Da waren Eimer, Besen und ein Wischmopp. Sonst nichts. Kein geheimnisvolles Versteck, keine Geheimwelt hinter den Kulissen. Das hier war einfach nur ein Abstellraum.

»Jetzt schau nicht so enttäuscht«, sagte Rosvold. »Was hast du erwartet?«

Caroline zuckte mit den Schultern. »Gar nichts.«

»So wie in meinem Büro?«, stichelte Rosvold.

Caroline verfluchte sich, weil sie so unvorsichtig gewesen war. Was wusste er sonst noch?

»Ganz ehrlich«, sagte er. »Warum fragst du nicht einfach?«

»Was?«

»Ob ich dir den Leuchtturm zeigen will!«

»Würdest du mir ... den Leuchtturm zeigen?«

Was redete sie denn da?

»Mit dem größten Vergnügen!«, antwortete Rosvold und lachte. »Fangen wir am besten ganz oben an, beim ... *Highlight*.«

»Okay«, sagte sie zögerlich.

»Nach dir.«

Rosvold wies den Weg. Sie stiegen die Treppen hinauf. Als sie bei einer Tür mit Gefahrenschild angelangt waren, bat Rosvold sie, zur Seite zu treten, und sperrte auf.

Sie betraten einen sehr engen, dunklen Raum, in dem es nach Vogeldreck roch. Rosvold betätigte einen Lichtschalter. Eine einzelne Glühbirne erwachte hinter einer trüben Glasabdeckung zum Leben. Die Wände waren schmutzig. Zu ihrer Rechten hing ein Sicherungskasten mit einem Hochspannungszeichen darauf, der jüngeren Datums zu sein schien als der Lichtschalter und die Wandfarbe. Rosvold ging voraus. Caroline fühlte sich beengt und merkte, wie die Panik aufstieg. Wollte sie wirklich hier hinauf? Wollte er ihr tatsächlich nur den Leuchtturm zeigen? Ihre Angst und die Neugier hielten sich die Waage – also folgte sie ihm weiter.

Sie erreichten eine schmale Metalltreppe, die einmal um die Ecke ging, bevor sie in einem größeren, quadratischen Raum endete, der die ganze Breite des Leuchtturms einnahm. Auch hier war nicht viel Platz, weil die Mitte des Raumes von einem Getriebe aus eisernen Zahnrädern beherrscht wurde, die an den Zähnen golden glänzten. Immerhin kam durch die vier Seitenfenster Licht. Die Anlage sah intakt aus, war aber von Staub bedeckt. Caroline bezweifelte, dass sie benutzt wurde. Dabei funktionierte der Leuchtturm doch! Sie hätte gedacht, dass mit der Apparatur vor ihr das Leuchtfeuer bewegt wurde.

»Das ist die alte Mechanik«, erklärte Rosvold, als hätte er ihre Gedanken gelesen. »Heute wird so etwas nicht mehr verwendet. Inzwischen geht es viel einfacher.«

Caroline nickte schnell. Sie wollte weiter.

Rosvold wandte sich einer Leiter zu, die durch ein Loch in der hölzernen Decke führte.

»Vorsicht«, sagte er, als er vorauskletterte. »Das Ding ist etwas wackelig.«

Caroline zögerte. Sie hatte einen Blick aus einem der Fenster geworfen und gesehen, dass sie nun schon recht hoch waren, höher als irgendetwas anderes in dieser Gegend.

»Na komm schon! Oder traust du dich nicht?«, fragte Rosvold amüsiert nach unten.

»Doch, natürlich!«

Wieder stellten sich die Härchen an ihren Armen und Beinen auf. Nein, sie traute sich eigentlich nicht.

Ihr wurde etwas schwindlig, während sie die runden, abgewetzten Holzsprossen hinaufstieg. Als sie das Niveau der Decke erreichte, streckte ihr Rosvold die Hand entgegen. Sie ergriff sie, hielt aber mit der anderen die Sprossen so fest, dass sie nicht fallen konnte, sollte er auf die Idee kommen, loszulassen.

Oben wurde sie mit einem atemberaubenden Ausblick belohnt, der ihren Schwindel noch verstärkte. Ein durchgehendes Glasfenster bot eine komplette Rundumsicht. »Wow«, sagte sie unwillkürlich. Hier das Meer, dort die Küste mit dem kleinen Ort Tåkesund, unter ihnen die anderen Häuser der Insel …

Dann erst fiel ihr Blick auf das riesige gläserne Ding in der Mitte des Raums. Sie war schon mehr als einmal in einem Leuchtturm gewesen, hatte aber völlig vergessen, wie groß diese Linsen waren.

»Eine Fresnel-Linse«, erklärte Rosvold. »Sie besteht aus lauter einzelnen Stücken, siehst du? Das wird gemacht, um die Optik kleiner und kompakter zu machen.«

»Kompakter?«, staunte Caroline angesichts des Ungetüms vor ihr.

Rosvold lachte. »Normalerweise wäre eine so starke Linse so groß wie der ganze Raum. Die Linse dreht sich, sieh her.«

Er zeigte auf das Fundament des gläsernen Kunstwerks, das durchaus etwas Elegantes hatte, wie Caroline fand. Dort gab es einen Elektromotor mit einem kleinen Zahnrad, das direkt in die Zähne der gusseisernen Halterung der Linse griff.

»Wenn man einen Leuchtturm von außen betrachtet, sieht man die Lichtkegel des Leuchtfeuers, die sich drehen. Aber in Wirklichkeit ist es die Linse, die sich dreht und das Licht in bestimmte Richtungen lenkt. Die Lampe selbst steht immer still.«

»Geht das heute nicht alles kleiner?«, fragte sie, weil sie sich ihre Verunsicherung nicht anmerken lassen wollte.

»Doch. Inzwischen sind solche Anlagen kaum größer als eine Wohnzimmerlampe. Das ist noch die alte Optik.«

Ihr Schwindel war verflogen. Caroline wandte den Blick wieder nach draußen.

»Wir können auch hinausgehen«, schlug Rosvold vor und öffnete eine gläserne Tür, die Caroline zuerst gar nicht bemerkt hatte. Plötzlich war ein leichter Wind zu spüren. Sie wollte eigentlich weg von hier, doch wieder überraschte sie sich selbst, verschränkte die Arme, um sich vor der Kälte zu schützen, und trat hinaus.

Auf dieser Seite lag das offene Meer. Es gab nichts, was die Aussicht hätte trüben können. Kleinere Inseln zogen sich wie achtlos verstreute Kiesel an der Küste entlang, bis sie im Dunst verschwanden. Geradeaus bis zum Horizont nur Wasser.

»Schön«, sagte sie schlicht.

»Was glaubst du, warum ich die Insel gekauft habe?«, fragte Rosvold. »Zufrieden?«

Caroline nickte und trat wieder in den Innenraum. Wortlos schloss Rosvold die Tür. »Nach dir«, sagte er dann und zeigte durch das Loch im Boden auf die Leiter.

Sie erschrak, als sie sich vorstellte, was kommen könnte. »Ich … es …«

»Ja?«

»Es wär mir lieber, wenn du zuerst gehst. Damit ich sehe, wie … wie man den Fuß auf die Leiter setzt.«

Er lachte. »Meinetwegen gern. Schau! Zuerst umdrehen, festhalten, dann ein Fuß nach unten, und schon geht's ganz leicht. Ich warte unten auf dich.«

Sie blies die Luft aus. Als er die untere Etage erreicht hatte, folgte sie seinen Anweisungen. Bald darauf kamen sie in den Bereich des mit dem Leuchtturm verbundenen Hauses zurück, den sie schon kannte.

»Mein Zimmer kennst du bereits«, sagte Rosvold.

Caroline erwiderte nichts. Sonst schien es keine weiteren, bisher unbekannten Räume zu geben. So gingen sie ins Kaminzimmer zurück.

»Den Abstellraum hast du ja gesehen«, sagte Rosvold. »Also zeige ich dir den allerletzten Rest auch. Bist du bereit?«

Caroline nickte. Rosvold griff in seine Hosentasche, holte einen Schlüssel hervor und schloss damit die Tür neben dem Abstellraum auf. Die Tür, durch die Rosvold gekommen war, als sie ihn zum ersten Mal gesehen hatte.

Sie sah sofort, dass es sich nicht um einen Wohnbereich handelte. Der Boden bestand aus grobem Beton und es war hier deutlich kälter als im Kaminraum. Sie betraten einen Korridor, der sich zu einem größeren Raum erweiterte. Dort lag Gerümpel. Alte aufeinandergestapelte Holzstühle, ein verblichener Rettungsring, ein Schlauchboot ohne Luft, mit einem Außenbordmotor, der in einem Museum besser aufgehoben gewesen wäre. Am anderen Ende des Raumes befand sich ein großes zweiflügeliges Tor. Durch mehrere Ritzen drang Tageslicht herein. Das hatte sie bei ihren Spaziergängen offensichtlich übersehen.

»Kommst du?«, fragte Rosvold, der inzwischen schon vor einer weiteren offenen Tür stand. Caroline sah Stufen, die nach unten führten.

Ein Keller.

Schluss jetzt!, schrie die innere Stimme. Was wollte sie noch tun, sich gleich auf die Schlachtbank legen? In diesem Keller würde sie bestimmt niemand hören können, wenn er über sie herfiel, ihr die Kleider vom Leib riss und …

»Kommst du?«, wiederholte er.

Sie schlich langsam hin.

Rosvold hatte eine Taschenlampe in der Hand, woher auch immer er diese genommen hatte. Er war schon halb unten.

Sie blieb, wo sie war, würde keinen Schritt weitergehen. Bevor sie ihm folgen konnte, musste sie wissen, was mit Sara Borgen passiert war. War sie auch hier gewesen, noch eine Spur leichtsinniger als sie gerade? Hatte er sie genauso hinunterge-lockt, dorthin, wo er ungestört war?

Und wieso war Rosvold plötzlich so freundlich wie die Hexe in einem Kindermärchen?

»Hast du etwa Angst?«, fragte Rosvold und leuchtete spie-lerisch mit dem Lichtkegel im Abgang herum. »Buhuuu!«, imi-tierte er ein Gespenst und lachte sie aus.

Sie könnte kneifen. Aber sie musste nicht. Die Art, wie Rosvold sich gerade über sie lustig machte, erinnerte sie sehr an Hans-Petter. Nein, sie würde nicht kneifen. Nie mehr.

Aber sie würde auch nicht dumm sein. Also sah sie sich um und entdeckte einen langen Schraubenzieher. Sie hob ihn auf und hielt ihn so in ihrer rechten Hand, dass Rosvold ihn nicht sehen konnte. Dann setzte sie ihren Fuß auf die erste Stufe.

Obwohl sie fast nichts sehen konnte, erkannte sie, dass diese Stufen alt sein mussten. Man hatte sie mit grobem Werkzeug in den Granit gehauen. Darüber spannte sich ein niedriges Gewölbe aus Ziegeln. Es roch nach Meerwasser. Gab es hier etwa eine Verbindung nach draußen?

Unten wurde es wieder hell. Sie blickte in den Lichtkegel von Rosvolds Taschenlampe, der ihr den Weg leuchtete.

»Na endlich.«

»Bitte!«, sagte Rosvold und streckte ihr die Lampe entgegen.

Sie nahm sie dankbar entgegen, musste allerdings mit links zugreifen. Den Schraubenzieher in der anderen Hand verbarg sie weiterhin. Dann leuchtete sie herum, immer darauf bedacht, Rosvold nicht aus den Augenwinkeln zu lassen.

Der Raum, der in den Stein gehauen zu sein schien, war bis auf ein einziges Regal leer. Nur eine der Wände bestand aus behauenem Fels, die anderen waren aus Beton. Caroline konnte noch die Maserung des Holzes der Verschalung sehen.

Sie nahm das Regal genauer in Augenschein. Wein, mindestens fünfzig Flaschen.

»Trinkst du gern teure Weine?«, fragte Caroline und versuchte, souverän zu wirken.

»Ich trinke gern *gute* Weine«, korrigierte er sie. »Es ist eine der wenigen Annehmlichkeiten, die ich mir leiste.«

Abgesehen von einem privaten Leuchtturm. »Sonst ist hier nichts?«

»Leider nein«, sagte Rosvold. »Es ist zu kalt, um einen Weinkeller draus zu machen, in dem man sich auch aufhalten kann. Dazu steht das Wasser bei Flut zentimeterhoch.«

Carolines Enttäuschung hielt sich in Grenzen. Sie wollte wieder nach oben.

»Bist du jetzt zufrieden?«, fragte er. »Genug geschnüffelt?«

Wenn es noch eines Beweises bedurft hätte, dass er sie durchschaut hatte, war er hiermit erbracht. Rosvold wollte mit seinem kleinen Rundgang erreichen, dass sie ihre Nachforschungen einstellte. Und für den Moment hatte sie mehr als genug gesehen.

Sie versuchte, sich nichts anmerken zu lassen, und stieg die Granitstufen nach oben, gab Rosvold die Taschenlampe zurück und ließ ihn vorausgehen, sodass sie den Schraubenzieher diskret loswerden konnte.

Als sie das Kaminzimmer betraten, saßen dort Wennberg und Ulven, die sie beide überrascht ansahen.

»So«, sagte Rosvold so laut, als wollte er, dass die anderen es auch mitbekamen. »Caroline, ich möchte, dass du weißt: Wenn du irgendwas brauchst, du kannst jederzeit zu mir kommen. Egal was.«

»In Ordnung«, antwortete sie. »Danke.«

Dann schloss er die Tür ab und ging. Caroline blieb unter den neugierigen Blicken der anderen beiden stehen. Sie schenkte ihnen ein unsicheres Lächeln, bevor sie zurück ins Nebenhaus ging, um sich in ihrem Zimmer einzuschließen. Als sie den Schlüssel zweimal umgedreht hatte, begann sie zu zittern. Schweiß stand auf ihrer Stirn. Da wusste sie, dass sie wirklich um ihr Leben gefürchtet hatte.

Wieso hatte sie den Schraubenzieher nicht mitgenommen?

28

15 Uhr 30 – auf der Straße nach Tåkesund

Als Mikkelsen zurück nach Tåkesund fuhr, war er zufrieden mit dem, was er herausgefunden hatte. Am Ende hatte Paulsen sich verschlossen, aber das war nicht mehr wichtig.

Rosvolds Biografie ergab nun mehr Sinn. Mikkelsen hatte nicht den Eindruck gehabt, einen Menschen vor sich zu haben, der ein eigenbrötlerischer Bücherwurm war und nur in seinen Geschichten lebte. Dafür war er zu eloquent und gewinnend gewesen. Vielleicht eine Folge des Erfolgs und der Erkenntnis, dass Fantasie doch nichts Schlechtes war? Hatte er sein Kindheitstrauma überwunden?

Trotzdem – Mikkelsen hatte nichts erfahren, was ihn unmittelbar weiterbrachte. Der Fall der Ertrunkenen war immer noch so mysteriös wie zu Beginn. Der Badeunfall und der Beinahe-Tod von Rosvolds Freund passte auch nur ins Bild des aktuellen Geschehens, wenn man ihn mit Gewalt hineinpresste.

Er hatte nichts.

Während Mikkelsen den See entlangfuhr, realisierte er, dass das Wetter aufgeklart hatte. Er sah sogar ein wenig Sonnenlicht auf dem Wasser glitzern. Er starrte immer wieder hin und bemerkte das Auto, das hinter ihm fuhr und schnell aufholte, erst spät.

Etwas stimmte damit nicht.

Es handelte sich um einen Saab, der mindestens so alt sein musste wie sein eigenes Auto. Hinter dem Steuer saß ein Mann, so viel glaubte er zu erkennen. Wie lange er nun schon hinter ihm herfuhr, konnte Mikkelsen nicht sagen. Eines wusste er aber bestimmt: dass dieser Kerl viel zu dicht auffuhr. Das war ärgerlich, denn Mikkelsen hielt sich üblicherweise genau an die Geschwindigkeitsbeschränkungen. Genau genommen konnte also gar niemand schneller fahren als er – es sei denn, er fuhr *zu* schnell.

In diesem Moment betätigte der Mann auch noch die Lichthupe.

Sah der Typ nicht, dass er ein Polizeiauto fuhr? Okay, ein altes, verbeultes, aber doch …

Er beschloss, mit dem Fahrer nachsichtig zu sein. Nichts wäre einfacher gewesen, als das Blaulicht einzuschalten und dem Drängler eine Anzeige anzuhängen. Aber er hatte Wichtigeres zu tun. Also blinkte er rechts, hielt fast an und winkte den Fahrer vorbei. Doch dieser machte keine Anstalten, ihn zu überholen. Schließlich blieb Mikkelsen stehen – und der andere auch.

Da wurde Mikkelsen nervös. Was wollte der Typ? Die Straße führte durch ein verlassenes Waldstück. Er gab sich einen Ruck, stieg aus und setzte seine Mütze auf. Spätestens jetzt, zusammen mit der restlichen Uniform, sollte dem anderen klar sein, mit wem er es zu tun hatte.

Mikkelsen ging zu dem Wagen und beugte sich zu dem Mann herunter. Die Papiere, lag ihm auf der Zunge. Stattdessen sagte er nur: »Ja bitte?«

»Ich muss dringend mit Ihnen reden«, antwortete der Mann.

»Ach ja? Worüber denn?«

»Nicht hier«, antwortete er. »Da vorne gibt es eine Tankstelle.«

Mikkelsen überlegte kurz, sagte dann »Meinetwegen!«, stieg wieder in sein Auto und fuhr los. Tankstellen waren jedenfalls besser als einsame Waldgegenden. Der Mann folgte ihm nun in größerem Abstand, von Drängeln war keine Spur mehr.

Wenige Minuten später saßen sie an einem winzigen Tisch im Verkaufsraum der Tankstelle. Mikkelsen trank Automatenkaffee, der noch schlechter war als das Gebräu von Paulsen. Der andere hatte nichts genommen. Er hatte sich mittlerweile als Roald Bjørnson ausgewiesen und wohnte in Paulsens Nachbarschaft.

»Sie waren bei Paulsen«, sagte Bjørnson. »Was wollten Sie dort?«

»Was geht Sie das an?«, gab Mikkelsen verärgert zurück.

Der andere schwieg einen Moment und schien zu überlegen, was er erzählen sollte. Er wirkte seltsam verklemmt, wie einer dieser Sonderlinge, die nahezu ihr ganzes Leben mit sich alleine verbrachten. »Ich bin auch am See aufgewachsen«, erklärte er dann. »Ich habe Aleksander Rosvold gekannt.«

Mikkelsen nickte – etwas in der Art hatte er sich längst selbst zusammengereimt. »Sie haben also gesehen, dass ich mich mit Ida Paulsen unterhalten habe?«, fragte er. »Noch einmal: Warum interessiert Sie das?«

»Nicht viele Leute kommen zu uns«, wich der Mann aus. »Aleksander hütet seine Vergangenheit gut. Wie sind Sie darauf gekommen?«

»Ich habe meine Quellen«, entgegnete Mikkelsen kryptisch.

»Paulsen ist sehr mitteilsam, stelle ich mir vor. Sie ist alt und alleine. Sie hat noch jeden vollgequatscht, der es bis an den See geschafft hat.«

»Glauben Sie, dass das, was sie mir erzählt hat, nicht stimmt?«

Der Mann schüttelte den Kopf. »Soweit ich sie kenne, ist das meiste wahr, was sie sagt.«

»Aber?«

Der Mann sah ihn scharf an. »Hat sie Ihnen auch von dem Unfall erzählt?«

Mikkelsen nickte. »Sie macht sich immer noch Vorwürfe deswegen.«

Der Mann lachte.

»Was ist so witzig?«, fragte Mikkelsen.

»Hat sie Ihnen auch erzählt, dass der Unfall am See passierte?«

»Ja. Sie hat mir die Stelle gezeigt.«

»Nur, dass das nicht die Stelle war. Der Unfall muss woanders passiert sein … Wissen Sie, dass Ihre Vorgänger gegen Aleksander Rosvold ermittelten? Weil man nicht sicher sein konnte, dass es tatsächlich ein Unfall gewesen war?«

29

Bis zum Abendessen hatte sich Caroline beruhigt. Wennberg erzählte etwas von einer Lesung, bei der kaum Leute gekommen waren. Er hatte dann mit dem Veranstalter und dem einzigen Gast zu trinken begonnen, was in einen handfesten Streit um den Wert der Literatur mündete. Gjelstad und Ulven lachten lauthals, doch Caroline konnte sich nicht darauf konzentrieren. Heute Abend sollten sie alle wieder einen Zwischenstand ihrer Arbeiten präsentieren. Caroline hatte das völlig ausgeblendet. Jetzt suchte sie nach Ausreden. Sie beobachtete Rosvold aus den Augenwinkeln, der still blieb und nur manchmal schmunzelte. Einmal sah er verwundert auf und musterte die anderen Anwesenden, bevor er sich ein wenig aufrechter hinsetzte. Was auch immer das gewesen war, es wiederholte sich einige Minuten später nochmals.

Erst als Caroline Ulvens Blick sah, hatte sie eine Idee, was hier los war.

Was machte die unter dem Tisch mit ihren *Füßen?*

Schmiss sich Ulven gerade an Rosvold heran? Eigentlich wunderte sie das nicht. Was Caroline aber erstaunte, war diese

199

Dreistigkeit. Das funktionierte doch niemals! Andererseits – wer wusste schon, wie Männer tickten? Jemand wie Rosvold verstand es sehr gut, sich charmant und zurückhaltend zu geben, aber es gab bestimmt genügend Annäherungsversuche von Frauen. Es war schwer vorstellbar, dass er sie alle ablehnte. Caroline dachte kurz an das Foto auf Rosvolds Schreibtisch – aber es war alt, also konnte es sich bei der Person nicht um seine Freundin oder Frau handeln. Eher hielt Caroline den Bestsellerautor für alleinstehend. Vielleicht war Ulvens Strategie ja gar nicht so dumm, wie es schien. Ein offenes Angebot für schnellen, zwanglosen Sex. Welcher Mann kam da nicht ins Nachdenken, egal ob Gentleman oder nicht?

Caroline spürte einen Stich in ihrer Brust. Warum eigentlich? Hatte sie Rosvolds Aufmerksamkeit genossen? Die Führung durch seinen Leuchtturm und wie er sie ins Vertrauen gezogen hatte? Es war ihr womöglich nähergegangen, als sie sich eingestanden hatte.

Als sie wieder aufblickte, erkannte sie, dass Ulven sie ansah. Ihr Grinsen war triumphierend. Ihre Körperhaltung sagte Caroline, dass Ulven gerade wieder im Begriff war, unter dem Tisch ihr Bein auszustrecken. Rosvold zuckte und stand abrupt auf.

»Tut mir leid«, sagte er. »Ich habe noch zu tun. Wir sehen uns unten beim Kamin, um einundzwanzig Uhr!« Damit verließ er den Raum.

Wenn es Ulven peinlich war, ließ sie es sich nicht anmerken. Sie wartete einige Augenblicke, dann stand sie ebenfalls auf. »Ich bin auch fertig. Außerdem möchte ich meinen Text noch einmal durchgehen.«

»Was?«, sagte Gjelstad. »Geht ihr jetzt alle?«

Ulven zuckte mit gespieltem Bedauern die Schultern, dann trippelte sie davon.

»Ich bleibe noch«, sagte Caroline.

Sie schenkte sich ein Glas Wein ein und blieb noch etwa eine Stunde mit den beiden Männern sitzen, die sich langsam anfreundeten und sich lebhaft darüber unterhielten, was ein erfolgreiches Buch ausmachte und ob es in zehn Jahren noch gedruckte Bücher geben würde. Caroline zwang sich, zuzuhören und nicht daran zu denken, was Ulven und Rosvold gerade anstellten.

Als Caroline später auf dem Weg ins Nebenhaus war, allein, weil Gjelstad und Wennberg noch sitzen geblieben waren, entdeckte sie eine Gestalt im Schatten der Hausmauer. Zuerst erschrak sie, doch dann sah sie, dass es sich um Ulven handelte. Offensichtlich wartete sie dort.

Also war sie doch nicht bei Rosvold. Caroline hätte lügen müssen, wenn sie behauptet hätte, dass sie keine Genugtuung verspürte.

Als Caroline die Tür fast erreicht hatte, trat Ulven aus dem Schatten und kam mit schnellen Schritten auf sie zu, baute sich vor ihr auf und hielt ihr den ausgestreckten Zeigefinger unter die Nase.

»Du brauchst gar nicht so dämlich zu grinsen«, sagte sie.

»Grinse ich etwa?«, fragte Caroline kühl.

»Er gehört mir. Verstehst du? Ich war zuerst da.«

»Wer? Von wem sprichst du?«, fragte sie unschuldig.

»Halt dich von ihm fern! Ich warne dich!« Ulven zeigte ihr ein gemeißeltes Schauspielerinnen-Lächeln, das so echt aussah wie das einer Marionette. »Du ahnst gar nicht, wie nahe wir uns sind, Aleksander und ich. Und das nach dieser kurzen Zeit.«

Caroline nickte und musste sich das Lachen verkneifen. Offensichtlich sah Ulven seit ihrer Privatführung durch den Leuchtturm die Felle davonschwimmen.

»Ich schwöre dir, wenn du ihn nicht in Ruhe lässt, dann … dann …«

»Ja? Was denn? Drohst du mir etwa? Willst du mich verprügeln, oder was? Mach dich nicht lächerlich. Rosvold ist nicht an uns interessiert, Henriette. Das ist ein Literaturwettbewerb, schon vergessen? Du führst dich auf, als wären wir beim Bachelor.«

Ulven schnaubte. Sie schien noch etwas sagen zu wollen, dann zog sie ihren drohenden Zeigefinger wieder ein und stapfte in die Dunkelheit.

Caroline musste wieder lachen, als sie in ihr Zimmer ging. Es hatte etwas Befreiendes. So einfach war Rosvold also doch nicht gestrickt.

Sie hatte noch etwas Zeit bis zum Treffen und verspürte den Wunsch, sich die Erlebnisse des Tages vom Leib zu waschen. Sie nahm ihr Handtuch, das sie zum Trocknen über die Lehne des Schreibtischsessels gelegt hatte, und machte sich auf den Weg zum Duschraum.

Als sie unter dem heißen Wasserstrahl stand – sie staunte jedes Mal, dass es auf dieser Insel Warmwasser gab –, wurde ihr Kopf angenehm leer. All die Unsicherheit und die Zweifel der letzten Tage schienen von ihr abzufallen. Sara Borgen hing wie ein Damoklesschwert über der Insel und dem gesamten Wettbewerb, doch Caroline verstand jetzt, dass es unzählige Erklärungen für ihren Tod geben musste. Es konnte sich um einen Unfall gehandelt haben oder Borgen hatte wirklich aus freien Stücken ihrem Leben ein Ende gesetzt.

Sie duschte so lange, bis dichte Nebelschwaden in dem Duschraum hingen und ihre Haut ganz runzelig war. Als sie sich abtrocknete, fiel ihr auf, dass sie keine frische Unterwäsche mitgenommen hatte. Statt sich die alten Sachen anzuziehen, wickelte sie sich das Badetuch um, nahm Kleider und Schuhe auf den Arm und tapste auf nackten Sohlen zurück zu ihrem Zimmer.

Als sie den Gang betrat, der nur von der schwachen Beleuchtung eines Notausgangsschilds erhellt wurde, sah sie, dass eine der Türen offen stand. Sie hatte überhaupt keine Lust, jemandem halb nackt gegenüberzutreten, schon gar nicht hier im Halbdunkel. Sie schlich vorsichtig weiter. Da merkte sie, welche Tür das war.

Es war ihre eigene. Hatte sie abgesperrt? Sie erinnerte sich nicht.

Caroline blieb stehen und lauschte. Aber sie hörte nur ihren Herzschlag, wie er schnell und heftig in den Ohren pochte.

Caroline versuchte zu verstehen, was sie da sah. Gab es eine vernünftige Erklärung?

Ja, die gab es, beruhigte sie sich. Wenn sie die Tür nicht ganz geschlossen hatte, war sie bestimmt nur durch die Zugluft aufgeschwungen. Sie setzte sich wieder in Bewegung. Da war nichts, bestimmt nicht, sagte sie sich. Es war an der Zeit, sich etwas anzuziehen und dann zur Besprechung zu gehen.

Da trat ein dunkler Schatten aus ihrem Zimmer. Caroline stieß einen spitzen Schrei aus. Der Schatten, eine Person mit einer dunklen Hose und weitem, schwarzem Kapuzenpullover, erschrak ebenfalls, hielt einen Moment inne und lief dann davon.

Eine Sekunde lang war Caroline wie gelähmt. Dann ließ sie ihr Kleiderbündel fallen, hielt das Badetuch fest und rannte barfüßig hinterher.

Sie verstand selbst nicht, was in sie gefahren war – sie rannte einfach hinterher, durch die Außentür, in die beißend kalte Luft, auf den eisigen, rauen Felsboden hinaus. Kleine Steine bohrten sich in ihre nackten Fußsohlen. Ihr nasses Handtuch kühlte augenblicklich aus. Ihr Atem kondensierte, ihre Haut dampfte. Caroline blieb stehen und warf ihren Kopf herum.

Nichts.

Eine Minute blieb sie stehen, so still, wie sie konnte, alle Sinne auf den anderen ausgerichtet. Im großen Haus ging ein Licht aus – vielleicht machte sich Rosvold gerade auf den Weg ins Kaminzimmer, wo gleich die Besprechung der neuen Konzepte stattfinden sollte. Sonst war nichts.

Schließlich war ihr so kalt, dass sie es aufgab. Sie würde die Person ohnehin nicht mehr finden. Das Beste war, so zu tun, als wäre nichts geschehen … vielleicht würde sie ihm ja beim Treffen gegenübersitzen, vielleicht würde er – oder sie – sich irgendwie verraten.

Caroline ging ins kleine Haus zurück, holte ihre Sachen, die im Flur verstreut lagen, und eilte in ihr Zimmer. Dort zog sie sich schnellstmöglich etwas Warmes an. Erst danach konnte sie sich umsehen, ob etwas fehlte. Aber alles schien unangetastet.

Als sie den Schreibblock suchte, um ihn mit zur Besprechung zu nehmen, fiel ihr auf, dass er nicht mehr da war.

Der Eindringling hatte ihn mitgenommen.

Sie hatte nichts und würde sich blamieren.

Nicht, dass die neuen Ideenskizzen besser gewesen wären als ihre alten – sie hatte in den letzten Stunden ohnehin ganz andere Dinge im Kopf gehabt als *zum Mörder zu werden* –, aber rein gar nichts vorweisen zu können, brachte sie endgültig auf die Abschussliste.

Sie sah auf die Uhr an der Wand. Einundzwanzig Uhr. Das Treffen begann gerade. So unvorbereitet und ohne Notizen konnte sie nicht hingehen. Sie konnte auch unmöglich die Sache mit dem Eindringling auftischen, der ihre genialen Ideen gestohlen hatte. Das klang so erbärmlich, als hätte der Hund die Hausaufgaben aufgefressen.

Sie musste etwas liefern.

Neue Wut kochte in ihr hoch. Wut auf alles. Der Einbrecher war nur ein kleiner Teil davon. Sie war wütend auf die Welt, auf

Rosvold, auf Ulven, auf Hans-Petter, auf diesen bescheuerten Wettbewerb, auf …

Da blitzte ein Gedanke auf.

Wie von der Tarantel gestochen sprang sie im Zimmer herum und durchwühlte alles nach einem Blatt Papier. Sie fand das Kuvert mit den Anweisungen, das sie am ersten Tag erhalten hatte, riss den Inhalt heraus, drehte die Blätter um und begann zu schreiben.

30

Caroline betrat das Kaminzimmer erhobenen Hauptes. Alle anderen waren schon da: Gjelstad, Ulven, Wennberg, Rosvold und sein Manager Haugerud. Der Käpten servierte gerade leere Kaffeetassen ab. Sie alle machten erstaunte Gesichter, wohl wegen ihres verspäteten Auftauchens, aber vielleicht noch mehr wegen ihres demonstrativ zur Schau getragenen Selbstbewusstseins.

Ulven fing sich als Erste wieder und strahlte übers ganze Gesicht. Je länger Caroline darüber nachdachte, desto mehr kam sie zu der Überzeugung, dass nur sie es gewesen sein konnte, die in ihr Zimmer eingebrochen war. Weshalb sonst war sie so fröhlich?

Caroline wartete, bis Gjelstad ihr Platz machte und sie sich setzen konnte.

»Schön, dass du da bist, Caroline!«, sagte Rosvold. »Wir haben schon ohne dich begonnen.« Nichts in seiner Miene deutete darauf hin, dass etwas nicht stimmte.

Das würde sich bald ändern. Caroline konnte es kaum erwarten, mit dem Lesen zu beginnen und zu sehen, wie er reagieren würde.

Rosvold wandte sich an Ulven. »Wirklich, nochmals Respekt für deine Idee, Henriette. Bleib unbedingt dran.«

»Pah!«, gab der Käpten von sich und verschwand.

Caroline fühlte einen Stich in der Brust. *Respekt?* Für Ulven? Und welche Idee? Etwa eine ihrer eigenen, aus dem gestohlenen Schreibblock? Die Nachfrage lag ihr bereits auf der Zunge, doch dann schluckte sie sie hinunter – sie hatte etwas Besseres auf Lager. Gleich würde sie es ihnen allen zeigen …

Rosvold sprach: »Harald, du bist dran. Bitte leg los.«

Gjelstad zeigte ein Lächeln, das einstudiert aussah. Er hatte sich diese Szene bestimmt mehrmals vor Augen geführt und sich bereits vorgestellt, wie es sich anfühlte, stolz sein Werk zu präsentieren. Womit er offenbar nicht gerechnet hatte, war, dass er so nervös sein würde. Vielleicht wegen des Lobs für die Kollegin Ulven? Ständig raschelte das Papier in seinen Händen, weil er die Blätter nicht ruhig halten konnte.

»Du hast gesagt, wir sollen zu Mördern werden«, sagte Gjelstad. »Dazu habe ich mir etwas überlegt.«

Und da begann Gjelstad zu erzählen. Es war die Geschichte eines erfolgreichen Politikers, der eine Partei leitete, knallhart und kompromisslos. Er war erfolgreich und gefürchtet, doch etwas stimmte nicht in seinem Leben. Er fühlte sich seltsam leer.

Gjelstad beschrieb, wie diese Leere mehr und mehr die Gedanken des Politikers bestimmte. Er konnte sich auf nichts mehr konzentrieren. Der Druck wurde so groß, dass er sich eines Tages selbst verletzte. Das schockierte ihn so sehr, dass er es mit der Angst zu tun bekam. Die Angst lenkte ihn eine Weile von der Leere ab, doch sie kam zurück.

Gjelstad beschrieb weiter, dass zu den Gedanken, sich zu verletzen, irgendwann Mordgedanken dazukamen. Eines Tages fasste er einen folgenreichen Entschluss: Er würde einen fremden Menschen umbringen.

Als Gjelstad geendet hatte, konnte man die Überzeugung in seinem Gesicht sehen. Er hatte sein Selbstbewusstsein wiedergefunden und stand zu seiner Geschichte.

»Würdest du dich selbst gern so sehen?«, fragte Rosvold. »Als erfolgreicher Politiker? Strebst du die Laufbahn deines Vaters an, Harald?«

Gjelstad blieb still. Röte stieg ihm ins Gesicht. Dann schüttelte er den Kopf.

»Warum schreibst du dann nicht etwas, das näher an deiner eigenen Lebenswelt ist?«

»Was ist denn näher an meiner Lebenswelt?«, fragte Gjelstad verdutzt.

»Du bist ein Autor von Lebensratgebern, der gern etwas Neues schreiben möchte«, erklärte Rosvold sanft. »Das ist in Ordnung! Daraus kann man doch spannende Plots entwickeln, oder etwa nicht?«

Gjelstads linkes Auge begann zu zucken. Er hatte sichtlich Mühe, seine Beherrschung zu wahren.

»Ich finde einen Buchautor überhaupt nicht spannend«, sagte er schließlich trotzig.

Rosvold zuckte mit den Schultern. »Es ist aber dein Leben!«

»Sprechen wir jetzt über mein Leben?«, gab Gjelstad gereizt zurück. »Ich möchte lieber über meine Geschichte sprechen!«

Rosvold sah sich zur Erklärung des Offensichtlichen veranlasst: »Ich habe euch gebeten, nicht *über* Mörder zu schreiben, sondern *selbst zu Mördern zu werden*. Das habe ich nicht ohne Grund getan.«

Gjelstad schwieg, aber man konnte ihm förmlich ansehen, wie sehr ihn Rosvolds Kritik getroffen hatte. Die Röte seines Gesichts war jetzt besorgniserregend. Seine Idee war abgeschmettert worden, während Ulven triumphierte! Aber womit eigentlich? Hatte diese Frau plötzlich der Geistesblitz getroffen, einfach so? Caroline konnte jetzt nicht darüber nachdenken, weil sie Gjelstads Verhalten in den Bann zog. Sein ganzer Körper schien sich zu versteifen, das Innenleben regelrecht mit dem Äußeren zu ringen. Seine Kränkung musste abgrundtief sein. Caroline rechnete damit, dass er jeden Moment explodieren oder einfach aufstehen und gehen würde. Doch er blieb nur sitzen und schwieg.

Rosvold wandte sich Wennberg zu. »Erik. Willst du als Nächster? Auf deinen Beitrag bin ich besonders gespannt.«

Wennberg zögerte. Er sah Rosvold an, als wollte er ihn mit seinem Blick durchbohren. Was war zwischen den beiden Männern geschehen? Hatte Wennberg ihn nochmals zur Rede gestellt? War vielleicht etwas anderes vorgefallen? Nur so viel stand fest: Die Luft zwischen ihnen war so dick, dass man sie in Scheiben hätte schneiden können.

Caroline sah ihre Chancen schwinden, mit ihrem Text den gewünschten Effekt zu erzielen, und ging mutig dazwischen: »Entschuldigt, Leute, aber darf ich vielleicht weitermachen? Ich glaube, das hier würde euch echt interessieren.«

Rosvold und Wennberg starrten sie verwundert an. Rosvold war die Sache offenbar nicht ganz geheuer, aber er schien auch keinen Grund zu finden, es ihr abzuschlagen. Kurz sah er zu seinem Manager, der an eine Wand gelehnt stand, doch der zuckte nur mit den Schultern.

»Bitte, Caroline«, sagte Rosvold schließlich.

Sie faltete die losen Blätter auseinander. »Ich will euch eine Geschichte im Stil eines Märchens erzählen. Eine Geschichte, die so absurd ist, dass sie schon wieder wahr sein könnte«, begann sie. »Es war einmal ein berühmter Schriftsteller namens Anders Robertsen, der an einer Schreibblockade litt. Er lebte in einem Schloss in den Bergen, das wunderschön war, aber einsam. Früher hatte er in der Stadt gelebt, in einem winzigen Zimmer. Abends war er mit seinen Freunden feiern gegangen. Damals war er arm gewesen, arm, aber glücklich. Doch das reichte ihm nicht. Er wollte – wie wir alle hier – den großen Durchbruch. Dazu wollte er ein großes Buch schreiben, das ihn reich und berühmt machen würde. Doch Robertsen hatte ein Problem: Ihm fiel nichts Großartiges ein. Schon mehrmals hatte er begonnen, an dem großen Buch zu schreiben, doch wann immer er bei fünfzig, hundert Seiten war, wurde er unruhig, weil er wusste, dass es kein großes Buch werden würde. Er sprach mit seinen Künstlerfreunden und die machten ihm Vorschläge, worüber er schreiben könnte. Das ärgerte ihn. Robertsen hielt sich für einen großen Schriftsteller. Was sollte einer wie er mit den Vorschlägen von Malern, Bildhauern und Musikern anfangen? Doch als er gerade seinen Unmut kundtun wollte, erzählte ihm einer seiner Freunde – der Konzertgitarrist – von einer Idee, die tatsächlich etwas Besonderes hatte. Ein Serienmörder im klassischen Musikbetrieb, mit wertvollen Instrumenten als Mordwaffen. Noch am selben Abend begann Robertsen zu schreiben. Und er schrieb weiter und immer weiter, vier Wochen lang, Tag und Nacht. Am Beginn der siebten Woche war er fertig und schickte das Manuskript an den größten, besten Literaturagenten des Landes. Zwei Tage später bekam er die Antwort, man wolle das Buch vermitteln, und nur wenige Wochen später unterschrieb er einen Vertrag, den er sich nicht zu erträumen gewagt hätte. Der Vorschuss hatte zwei Stellen vor dem Komma mehr, als jemals auf seinem Konto gelegen hatte. Die Bank meldete sich, weil sie ihn plötzlich für einen Geldwäscher hielt. Es dauerte ein ganzes Jahr, bis er das fertige Buch in seinen Händen halten konnte. Es verkaufte sich hervorragend, Robertsen wurde berühmt und verdiente ein Vielfaches des Vorschusses. Er konnte sein kleines Zimmer aufgeben und sich das Schloss kaufen, in dem er seither wohnte. Alles war gut. Doch irgendwann gingen die Verkaufszahlen wieder zurück. Anders Robertsen merkte, dass das Geld knapp wurde, und der Agent fragte ihn, wann er denn sein nächstes Buch abliefere. Robertsen setzte sich also an den Schreibtisch und versuchte, ein neues Buch zu beginnen. Nach hundert Seiten wurde er wieder nervös, weil er sah, dass er im Begriff war, ein weiteres ganz gewöhnliches Buch zu schreiben, genau wie früher. Er dachte darüber nach, wieder seine Freunde nach Ideen zu fragen, doch ihm wurde klar, dass er keine Freunde mehr hatte. Er lebte nicht mehr in der Stadt und ging abends nicht mehr in Bars, um Leute zu treffen oder sich Inspirationen zu holen. Da überkam ihn die Verzweiflung. Er überlegte, das Schloss aufzugeben und wieder in die Stadt zu ziehen, in sein kleines Zimmer. Robertsen hoffte, dass dann alles wieder so sein würde wie früher. Doch als er seinem Agenten davon erzählte, war der überhaupt nicht erfreut. Er hatte eine andere Idee. Sie würden einen Wettbewerb ausschreiben, zu dem sich alle Schriftsteller des Landes anmelden konnten. Die besten würden auf das Schloss eingeladen und der beste von ihnen würde als Co-Autor für sein neues Buch fungieren, während man die anderen bespitzelte und ihnen die Ideen klaute – für später. Der Plan ging auf, viele Schriftsteller schickten ihre Texte ein. Nur eine der eingeladenen Schriftstellerinnen ahnte, dass etwas nicht stimmte. Sie wusste, dass Robertsen schon beim ersten Buch, seinem Bestseller, eine fremde Idee geklaut hatte. Sie reiste früher an, um Robertsen mit ihrem Verdacht zu konfrontieren. Am nächsten Tag fand man ihre Leiche in der Nähe des Schlosses in einem Graben liegen. Der einsame Schriftsteller Anders Robertsen war zum Mörder geworden.«

Caroline beendete ihre Lesung und ließ die Notizen sinken, ohne die Anwesenden anzusehen.

Es war totenstill.

Sie hob den Kopf etwas und beobachtete die anderen aus den Augenwinkeln. Sie stellte fest, dass ihre Botschaft angekommen war. Insbesondere Rosvolds Reaktion war ihr wichtig. Er wirkte wie versteinert, aber sie konnte sehen, dass er erschüttert war.

Ulven fing sich als Erste wieder und stieß ein schon fast hysterisches Lachen aus. »Das ist gut«, meinte sie. »Dreist, aber treffend. Ich hätte selbst darauf kommen können.«

Gjelstad sprang auf. »Du hast sie doch nicht mehr alle! Das ist so billig. Den Fund dieser Leiche zu benutzen, weil du glaubst, das würde hier Spannung aufbauen. Wir sind doch nicht im Dorftheater. Außerdem, nur weil du den Satz ›zum Mörder geworden‹ am Ende hineinsetzt, hast du das Thema trotzdem verfehlt.« Er presste die Lippen aufeinander.

»Setz dich!«, wies Rosvold ihn an.

Gjelstad zögerte. Zitterte er? Schweiß stand ihm auf der Stirn. Dann, als würde Luft aus einem Ballon entweichen, verlor er seine Körperspannung und ließ sich nieder.

Caroline sah zu Rosvold hinüber, der zu ihrem Vortrag Stellung nehmen musste.

»Interessant«, sagte dieser gepresst. »Wir alle wissen, worauf du abzielst. Aber überzeugt hast du mich nicht.«

»Wieso nicht?«, wollte Caroline wissen.

»Es ist unlogisch«, erklärte Rosvold. »Warum sollte der Autor das tun? Einen Wettbewerb veranstalten, um Ideen zu klauen, und dann gleichzeitig einen Co-Autor fürs nächste Buch engagieren? Das ist doch unlogisch. Und dann noch ein Mord für eine geklaute Idee aus der Vergangenheit – findest du nicht, dass das völlig überzogen wäre?«

»Fühlst du dich jetzt angegriffen, weil die Hauptfigur dir nachempfunden ist?«, stichelte Gjelstad hörbar aggressiv. Seine Stimme wirkte irgendwie anders als sonst.

»Damit hat das überhaupt nichts zu tun«, gab Rosvold kühl zurück. »Ich bin es gewohnt, im Mittelpunkt zu stehen. Und mir werden immer wieder Dinge unterstellt. Besonders gern von Autorenkollegen. Damit kann ich umgehen. Es ist die Geschichte selbst. Die Idee. Sie ist einfach nur schlecht. Punkt.«

Caroline zuckte mit den Schultern und versuchte, nicht allzu getroffen zu wirken. *Schlecht.* Wenn diese Idee so schlecht war, was um Himmels willen hatte Ulven präsentiert? Etwa doch … eine von ihren? Aus ihrem Schreibblock?

Sie sah zu Wennberg, den sie bisher immer an ihrer Seite geglaubt hatte. Aber der saß nur da, mit weit aufgerissenen Augen. Als hätte er gerade etwas durchschaut. Oder jemanden? Er schien nichts von dem mitzubekommen, was um ihn herum geschah. Wäre er in dem Moment tot nach vorne gekippt, es hätte zu seinem Gesichtsausdruck gepasst.

»Ich glaube, das war genug für heute«, sprach der Manager aus dem Hintergrund. »Machen wir Schluss, ja?«

»Finde ich auch«, pflichtete Ulven bei.

Rosvolds neuer Liebling.

»Gut. Dann treffen wir uns morgen wieder«, sagte er, nachdem auch Wennberg nichts eingewandt hatte. »Und Caroline: Du hast eine blühende Fantasie, aber das reicht nicht. Man muss wissen, was das Publikum lesen will. Das da ist es nicht. Vielleicht suchst du dir für den Anfang besser eine weniger komplizierte Ausgangslage.«

Dann stand er auf und ging, Haugerud folgte ihm schweigend. Als er schon fast bei der Treppe war, drehte er sich noch einmal zu ihnen um und sagte: »Ich sage es nur noch einmal. Ich will, dass ihr zu Mördern werdet!«

Caroline konnte nicht anders, als angesichts so viel Theatralik die Augen nach oben zu drehen. Der Wettbewerb, Rosvold, Haugerud, Ulven – alles nervte sie jetzt. *Zu Mördern werden.* Humbug. Rosvold war ein Schaumschläger, und der Wettbewerb eine Farce. Sie hätte fast auflachen wollen, als sie erkannte, dass sie ihn gar nicht mehr gewinnen wollte.

Dennoch würde es spannend werden zu sehen, was weiter passierte.

Spannend und gefährlich.

Zuerst ging Gjelstad. Dann Ulven, dann Wennberg. Schließlich war sie allein. Als sie ebenfalls ins Nebenhaus zurückwollte, kam Rosvolds Manager die Treppe herunter. Caroline ignorierte ihn, aber ihn schien das nicht zu kümmern.

»Das werden Sie bereuen«, fuhr er sie an, als sie an ihm vorbeiging. »Ich habe Sie gewarnt. Nun reicht es!«

Caroline reagierte nicht. Sie sah sich nicht um. Spielte die Gelassene, der alles egal war. Dabei lief ihr ein Schauer breit wie die Niagarafälle den Rücken hinunter.

Als sie das Hauptgebäude verließ und in den immer stärker werdenden Sturm eintauchte, berührte sie jemand am Arm. Vor Schreck wollte sie schreien – da sah sie, dass es Wennberg war. Er hatte hier auf sie gewartet.

»Komm mit!«, brüllte er gegen den Lärm des Windes, dann ging er zum Nebenhaus los.

Caroline folgte ihm. Was wollte er von ihr? Er war bisher immer auf ihrer Seite gewesen. Doch wenn sie ehrlich war, vertraute sie niemandem mehr.

Er stieg die Treppe hoch. Caroline kannte sein Zimmer bereits. Ihr wurde unwohl bei dem Gedanken, jetzt dort mit Wennberg allein zu sein.

Sie zögerte, doch schließlich folgte sie ihm. Sie musste erfahren, was ihn vorhin so geschockt hatte.

»Stimmt es?«, fragte er, als er die Tür geschlossen hatte. »Die Geschichte, die du erzählt hast. Du hast von der Toten gesprochen, wegen der die Polizei hier war, nicht wahr?«

»Ich wollte wissen, wie Rosvold reagiert.«

»Aber ist das wahr? Oder hast du es dir ausgedacht?«

Caroline fasste zusammen, was sie wusste. Dass die Tote offenbar ebenfalls eingeladen gewesen war. Erinnerte Wennberg erneut an das Kuvert mit dem falschen Namen.

»Ach ja, und der Koffer«, fügte sie hinzu. »In meinem Zimmer habe ich einen Hartschalenkoffer gesehen, als ich ankam.«

»Wo ist der jetzt?«

»Ich vermute, auf dem Meeresgrund. Ich habe dort unten etwas gesehen. Bei der Anlegestelle. Aber ich kam nicht ganz hinunter.«

Wennberg nickte betroffen. Sie hatte das Gefühl, dass er lieber etwas anderes gehört hätte.

»Ich glaube, Sara Borgen war hier«, sagte Caroline schließlich.

»Sara, sie hieß Sara?«, wiederholte er den Namen der Toten und riss die Augen auf, genau wie vorhin im Kaminzimmer.

»Ja. Hat die Polizistin von der Kripo dir den Namen nicht genannt?«

Er schüttelte den Kopf. »Nur Borgen und da denke ich doch nicht ...«

Sie erinnerte sich, dass Kommissar Bach die weiblichen und seine Kollegin die männlichen Autoren vernommen hatte. Offensichtlich hatte es die Kollegin bei der Befragung beim Nachnamen belassen. Aber bevor Caroline weiter darüber nachdenken konnte, kam ihr ein anderer Verdacht. »Erik, hast du Sara Borgen etwa gekannt?«

Er nickte langsam.

Carolines Puls schnellte in die Höhe. »Das gibt's doch nicht! Aber woher?«

»Sie ist ... war ... Buchhändlerin, stimmt's?«, wollte er wissen.

Jetzt war sie es, die nickte.

»In Bergen.«

»Ja.«

»Oh Gott!« Er vergrub sein Gesicht in den Händen und schluchzte.

»Was? Erzähl mir sofort, was du weißt, Erik.«

»Ich hatte so gehofft, dass es nicht stimmt, und dann das falsche Kuvert ... da stand ja nur der Nachname, hätte auch ein Mann sein können«, wimmerte er.

»Was meinst du? Erik, was soll das? Woher kanntest du sie?«

»Ich habe in ihrer Buchhandlung gelesen. Vor einigen Jahren, kurz nachdem ich den Preis gewonnen hatte. Wir waren danach lose miteinander befreundet. Aber wir haben lange nichts mehr voneinander gehört. Bis ...«

»Ja?« Caroline konnte nicht erwarten, dass er weitersprach.

Dann ging er zu einem Schrank, öffnete eine Lade ganz unten und nahm etwas heraus.

»Hier«, sagte er und reichte ihr eine schwarze Markenstrickweste. »Schau auf das Innenschild.«

Caroline entdeckte sofort, was er meinte: *S. B. Bergen* stand dort in Goldbuchstaben.

»Wo hast du die her?«, fragte sie nach einer Schrecksekunde.

»Sie lag draußen hinter dem Haupthaus, als ich auf der Insel ankam. Ich war ziemlich früh dran und machte einen Spaziergang. Da habe ich sie gefunden. ... Ich habe so gehofft, dass S. B. nicht ...«

»... nicht Sara Borgen ist«, half sie ihm.

»Ja.«

»Du hast gesagt, ihr habt lange nichts voneinander gehört. Bis ...«

Er nickte. »Bis sie mir erzählte, dass sie jetzt ebenfalls schrieb und eine Riesenidee hätte. Sie wollte sich mit mir treffen, um meine Meinung zu erfahren. Aber fast zeitgleich kam das mit Rosvolds Wettbewerb in die Medien.«

»Also hat sie Rosvold die Idee geschickt und nicht dir.«

»So muss es gewesen sein.«

Caroline fühlte sich plötzlich unwohl. Sie erkannte, dass nicht nur Rosvold ein Interesse daran gehabt haben konnte, an gute Ideen zu kommen. Auch – und vielleicht sogar besonders – jemand, dem der große Durchbruch bisher versagt geblieben war. Jemand wie Wennberg, der zwar Preise gewann, aber keinen Bestseller hatte. Jemand, der ihr gerade erzählt hatte, zu früh auf die Insel gekommen zu sein, vielleicht sogar früh genug, um Sara Borgen …

»Ich glaube, ich gehe dann«, sagte sie und stand auf. Sie zitterte am ganzen Leib. Sie musste sich umdrehen und zur Tür gehen, was hieß, sie würde ihm den Rücken zudrehen. Alles andere würde zu erkennen geben, dass sich gerade ein schrecklicher Verdacht in ihr regte. »Gute Nacht«, sagte sie, und ihre Stimme brach. Hinter ihr blieb es totenstill.

Wieso musste sein Zimmer so groß sein? Noch vier Schritte, noch drei, noch zwei …

»Caroline?«

Ihr war, als hätte er es direkt in ihr Ohr geflüstert. Sie riss den Kopf herum. Aber ihr Verstand hatte ihr einen Streich gespielt – er saß immer noch auf seinem Bett.

»Ja?«

»Wir müssen von dieser Insel runter.«

Sie nickte und entspannte sich leicht. »Bei dem Sturm wird das unmöglich sein«, sagte sie mit einer Vernunft, die sie sich nicht zugetraut hätte. Gerade in diesem Moment war sie die Starke und Wennberg der Schwache. Wer hätte das gedacht?

»Was können wir tun?«, flüsterte er.

Sie sah ihn an. Er schien völlig aufgelöst. Aber vielleicht war er nur ein sehr guter Schauspieler. Sie durfte niemandem mehr vertrauen. Morgen war ein neuer Tag. Sie würde Hilfe holen. Hilfe für sie alle. Aber sie durfte keinem davon erzählen. Auch Wennberg nicht.

»Gute Nacht, Erik«, sagte sie und schlüpfte durch die Tür.

31

Das Handy riss ihn aus dem Schlaf.

»Mikkelsen?«, murmelte er.

»Hier ist …«, antwortete jemand, worauf lautes Rauschen folgte.

Zuerst glaubte er an einen Scherzanrufer. Bis ihm auffiel, wie sich der Wind an seinen Fensterläden austobte. War der Anrufer draußen im Sturm? Brauchte er seine Hilfe? Mikkelsen setzte sich auf. »Hallo? … Wer ist da? Ich verstehe Sie ganz schlecht!«

»Sund!«, verstand er.

»Sund? … Caroline Sund? Hallo?«

Es hörte sich an, als schrie sie mit einem Orkan um die Wette. »Mikkelsen, ja, verdammt, Caroline Sund. Sie müssen kommen!«

»Warum? Was ist passiert?«

»Sara Borgen war hier!«, schrie die Autorin. Dann erzählte sie von einer Weste, die aufgetaucht sei, mit Sara Borgens Initialen drin. Mehrmals musste Mikkelsen sie bitten zu

218

wiederholen, weil er kaum mehr als zwei zusammenhängende Wörter verstehen konnte.

»Eine Weste ist noch kein Beweis«, entgegnete er.

Bestimmt bildete sich diese Sund wieder etwas ein …

»Ich bin nicht verrückt!«, schrie sie wie aufs Stichwort. »Wennberg hat Borgen gekannt! Hören Sie, ich glaube, hier passiert bald noch etwas!«

Mikkelsen dachte nach. Wenn es stimmte, dass Borgen tatsächlich auf der Insel gewesen war, und wenn sie sich nicht selbst umgebracht hatte, schwebten alle dort in Gefahr. Alle bis auf den Täter. Oder handelte es sich um eine Täterin?

Er hörte drei kurze Signale.

»Hallo? Sund? Hallo?«

Die Leitung war tot.

32

Nachts – in der Dunkelheit

Draußen heulte der Wind. Viel zu laut, als dass jemand ihre Schreie hätte hören können, das wusste sie genau. Also war sie seit einer Weile still.

Sie erinnerte sich nicht, wie sie hierhergekommen war. Der Raum war stockfinster, und doch erhaschte sie hin und wieder einen Lichtimpuls. Er tanzte, als spiegelte er sich im Wasser.

Sie lag auf einem harten, aber nicht kalten Untergrund und konnte sich nicht bewegen. Sie wusste nicht, warum. Ihr war, als hätte man sie in eine dicke Decke eingewickelt, so fest, dass sie sich nicht rühren konnte.

War das irgendein krankes Spiel, das Rosvold sich ausgedacht hatte?

Unter ihr musste Wasser sein. Sie konnte es eher riechen als hören, aber sie wusste, es war da. Langsam wurde ihr kalt. Wut und Angst hatten sie eine Weile warm gehalten, aber nun war sie der Kälte ausgeliefert.

Es war ein Fehler gewesen, hierherzukommen. Sie sah es nun. Rosvold hatte sie auf die Insel gelockt. Sie und die anderen. Und jetzt zog er einen anderen Plan durch. Seinen Plan.

Seinen grausamen, kranken Plan.

Aber war es wirklich Rosvold? Genau genommen wusste sie gar nicht, wer ihr diesen Brief unter der Tür hindurchgeschoben hatte, als sie sich gerade schlafen legen wollte. Es hätte genauso gut Wennberg oder Gjelstad gewesen sein können. Oder dieser Manager ...

Was hatte sie sich nur gedacht, der Einladung zu folgen? Der Zorn über sich selbst trieb ihr Tränen in die Augen.

Sie hob ihren Kopf, so weit es ging, sah aber nichts. Also wand sie sich, drehte sich und schaffte es so, ihre Position minimal zu verändern.

Doch entkommen konnte sie nicht.

33

Nils Mikkelsen hatte kein Auge zugetan. Er hatte gewusst, dass das Wetter nicht zuließ, zur Insel rauszufahren. Schon gar nicht mit seinem kleinen Boot. Zudem wäre es sinnlos gewesen, alleine zu fahren, mitten in der Nacht noch dazu.

Obwohl er Sunds Ängste, dass bald noch etwas passieren würde, für übertrieben hielt, hatte er beschlossen, so früh es ging mit Kristiansand zu telefonieren und Kommissar Bach die Neuigkeiten mitzuteilen. Schließlich war die Kripo mit dem Fall betraut. Er hatte keine Lust, sich einen Anpfiff abzuholen. Aber geschlafen hatte er danach nicht mehr. Die Sorge um Sund und die anderen auf der Insel hatte ihm keine Ruhe gelassen.

So saß er jetzt schon seit über einer Stunde in der Polizeiwache und versuchte, Bach ans Telefon zu bekommen. Der Sturm blies unablässig und heulte durch die Ritzen der undichten Fenster.

»Kollege Bach ist noch nicht im Büro«, sagte der Kollege vom Bereitschaftsdienst in Kristiansand.

»Wieso haben Sie es nicht bei ihm privat probiert?«, fragte Mikkelsen genervt. Er hatte dem Kerl doch schon beim ersten

Mal gesagt, dass es dringend war. »Oder geben Sie mir einfach seine Nummer.«

»Das darf ich nicht. Sie müssen bitte warten, bis er da ist. Oder ich verbinde Sie mit der Bereitschaft. Worum geht es denn?«

Mikkelsen wusste, dass er der Bereitschaftseinheit kaum schlüssig erklären konnte, warum sie heute früh zum Leuchtturm hinausmussten. Die Indizien und Fakten reichten einfach nicht, einen außerordentlichen Einsatz der Polizei oder gar der Notfalleinheit Beredskapstroppen aus Oslo zu rechtfertigen. Auch von Bachs Ermittlungspartnerin erwartete er kein Verständnis – die bisherige Kommunikation mit ihr war bestenfalls als unterkühlt zu bezeichnen. Aber Bach würde ihn verstehen und die nötigen Dinge in die Wege leiten können. Also musste er wohl oder übel auf ihn warten.

»Nein, Bach weiß Bescheid. Ich brauche Bach, so schnell es geht«, sagte er und beendete das Gespräch.

34

7 Uhr – Leuchtturm Tåkesund

Die Nacht war vorbei. Caroline hatte gedacht, sie würde sie nicht überstehen. Aber dann kam das Tageslicht zurück, und mit ihm auch die Hoffnung.

Sie dachte an die Szenen in der Nacht zurück. Blinde Panik hatte sie ergriffen, als die Verbindung getrennt worden war und im selben Moment etwas hinter ihr gekracht hatte. Sie hatte geglaubt, das wäre es jetzt gewesen, der Mörder habe sie gefunden und machte kurzen Prozess mit ihr. Aber der Krach war von einem Brett gekommen, das sich losgerissen hatte. Sie hatte sich gezwungen, nicht zum Gebäude zurückzurennen. Schritt für Schritt, kein Aufsehen erregen, vernünftig bleiben. Der Sturm hatte an ihr gezerrt und gerissen, sie hatte sich weiter hinunterbücken müssen, um vorwärtszukommen, aber schließlich war es geschafft. Wieder in ihrem Zimmer, hatte sie gleich doppelt zugesperrt und einen Schrank vor die Tür geschoben. Geschlafen hatte sie keine Sekunde.

Jetzt in der Morgendämmerung kam sie sich paranoid vor. Nichts war passiert. Die Welt drehte sich weiter, und auch der

Wettbewerb ging weiter. Dass Sara Borgen auf der Insel gewesen war, hieß noch gar nichts.

Da kehrte ein Gedanke zurück: Alles konnte inszeniert sein. Borgens Verschwinden genauso wie die Polizisten, die hier gewesen waren. Wer wusste schon, was zum Wettbewerb gehörte und was nicht? Die Vorgänge waren so abenteuerlich, dass sie sich irreal anfühlten. Die Wirklichkeit, das hatte das Leben Caroline gelehrt, war meistens schrecklich banal.

»Alles inszeniert«, sprach sie laut aus und überlegte nochmals. Sie stellte sich vor, wie Rosvold diese Sara Borgen aus dem Hut zaubern würde, und danach kamen Mikkelsen und Bach und diese andere *Polizistin* und offenbarten sich alle als Schauspieler. Rosvold trat als großer Regisseur dieses Dramas auf und alle verneigten sich.

Ein Fake-Wettbewerb …

Die Kameras überall …

Es fiel ihr wie Schuppen von den Augen. Das hier war eine Reality-Soap mit ihnen als unwissenden Teilnehmern! Am Ende würden sie alle der Übertragung zustimmen. Schließlich brauchten Autoren ja nichts mehr als Publicity, um ihre Bücher zu verkaufen. Je länger sie über ihre These nachdachte, desto mehr leuchtete sie ihr jetzt ein.

Und sie dumme Gans verbarrikadierte sich hier …

Da beschloss sie, dass man genug mit ihr, ihren Gefühlen und Erwartungen gespielt hatte. Sie würde sich nicht mehr vorführen lassen. Von niemandem!

Also ging sie zur Tür, schob den Schrank weg, warf sich die Jacke über und ging in den Sturm hinaus. Sie brauchte Frischluft. Und dann würde sie die anderen zur Rede stellen, dieses Schauspiel enttarnen und sich aufs Festland bringen lassen. Niemand konnte sie hier gegen ihren Willen festhalten.

Sie ging zwischen den beiden Häusern hindurch und stellte sich an die Klippe, vor der sich das offene Meer auftat. Und fühlte sich, als läge die ganze Welt und mit ihr ein ganzes, neues Leben vor ihr. Wieder riss der Wind an ihr, brachte sie immer wieder kurz aus der Balance, aber nichts und niemand würde sie mehr erschüttern. Noch einmal holte sie tief Luft und war schon im Begriff, sich umzudrehen, als sie einen Schatten sah.

Da trieb etwas im Meer.

Sie erkannte es zunächst nicht, glaubte, es wäre wieder ein Brett oder ein anderer Gegenstand, also ging sie näher zu der Stelle hin, am Leuchtturmhaus vorbei, in Richtung des Bootsanlegeplatzes.

Und je näher sie kam, desto stärker zitterte sie.

Da trieb nicht etwas. Sondern jemand! Ein Körper, der zum Spielball der Wellen geworden war, die vier Gliedmaßen von sich gestreckt, das Gesicht nach unten. Glatze …

»Hallo? Hey!«, schrie sie in den Sturm.

Sie riss ihren Kopf zurück. Was sollte sie tun? In eines der Häuser laufen und Hilfe holen?

Glatze …

»Wennberg!«, schrie sie im selben Moment, als sie realisierte, dass der Körper, der da gut zwanzig Meter vor ihr regungslos im Meer trieb, mit hoher Wahrscheinlichkeit seiner war.

Während sie sich zu erklären versuchte, was sie sah, drohte sie die Panik zu übermannen.

Sie wusste: Wennberg trieb unweit der Stelle, wo der Koffer lag.

Oh Gott. Das war ihre Schuld. Er wollte nach dem Koffer suchen, von dem sie ihm erzählt hatte.

Borgens Koffer.

Ohne weiter darüber nachzudenken, nahm sie Anlauf und sprang in die Fluten. Das Wasser erschien ihr noch viel kälter als beim ersten Mal, trotz der Kleidung, die sie trug. Ihr Körper verkrampfte sich zur Gänze. Sie machte ein paar hektische Schwimmbewegungen und ihre Haut begann zu kribbeln. Der schneidende Schmerz wie von hunderttausend Nadeln wurde binnen Sekunden dumpfer.

Sie musste schnell sein.

Mit kräftigen Bewegungen schwamm sie zum Körper hinaus. Sie versuchte, um Hilfe zu rufen, doch es hörte sich kümmerlich an.

Sie musste ihn alleine retten.

Die Wellen hoben sie empor und stürzten sie in die Tiefe, wieder und wieder, sodass sie nur alle paar Sekunden freien Blick auf den Körper hatte, dem sie nur langsam näher kam. Mit all ihrer Kraft machte sie Zug um Zug und prustete, als ein Schwall Meerwasser in ihr Gesicht klatschte, wie die Ohrfeige eines Riesen.

Dann war sie bei ihm und hatte auch schon sein Handgelenk gepackt. Caroline spürte, wie ihre Finger steif geworden waren, als sie ihn umklammerte. Die Kälte, die sie beinahe gar nicht mehr spürte, forderte ihren Tribut.

Dann erkannte sie, dass der Körper unterzugehen drohte.

Umdrehen!, befahl ihr das Wissen aus dem Erste-Hilfe-Kurs. Sie war eine gute Schwimmerin, aber Theorie und Praxis waren verschiedene Sachen. Sie mühte sich, Wennberg auf den Rücken zu drehen, um ihn packen und an Land bringen zu können, aber er war schwer, sank tiefer, und egal, wie sie sich mühte, sie konnte ihn nicht …

»Wennberg, verdammt!«, schimpfte sie zwischen ihren heftigen Atemzügen. Die Wellen spielten mit ihnen. Sie zog sich an Wennbergs Körper zu seinem Kopf, mit der Absicht, wenigstens Nase und Mund über Wasser zu bringen, fasste an sein Kinn, zog es nach oben – und fühlte es im selben Moment, als sie es sah.

Seine Kehle war durchtrennt.

Sie schrie nicht. Ihr Bauch krampfte. Sie wollte Luft holen und konnte nicht. Die Zeit schien stillzustehen. Sie sah nichts, hörte nichts, fühlte nichts.

Wennberg war tot.

Das war kein Spiel.

Wennbergs Körper war jetzt vollständig unter Wasser und sank weiter.

Erst als sie selbst ebenfalls unterzugehen drohte und ihr dunkel vor Augen wurde, schaffte sie es, wieder Schwimmbewegungen zu machen. Sie spuckte Wasser aus. Holte wieder Luft. Ihre Sinne meldeten sich zurück. Der Lärm des Sturms traf sie wie eine Ohrfeige. Im nächsten Moment brach eine Welle über ihrem Kopf.

Caroline hustete und strampelte mit den Füßen, als hätte sie plötzlich das Schwimmen verlernt. Sie musste schnell zurück auf die Insel! Doch als sie sich umsah, bemerkte sie, dass der Leuchtturm bereits Dutzende Meter entfernt war.

Die Strömung trieb sie hinaus. Sie war so gut wie tot.

Trotzdem versuchte sie noch zurückzuschwimmen. Eine neue Welle fuhr über sie hinweg. Diesmal bekam sie noch mehr Wasser in den Hals und hustete verzweifelt. Dann schwamm sie wieder, so schnell sie noch konnte. Doch wie befürchtet, kam sie nicht näher, sondern entfernte sich weiter. Es gab keinen Zweifel, sie würde es nicht schaffen. Sie würde aufs offene Meer hinaustreiben.

Und dort würde sie sterben.

Was auch immer sie über Schwimmen gewusst hatte, all die Technik, die sie im Schwimmbad in völliger Harmonie beherrschte, schien ihr zu entgleiten. Sie realisierte, dass es an der Kälte lag. Ihre Glieder wurden immer steifer und inzwischen spürte sie ihre Finger gar nicht mehr. Sie hatte das Gefühl, mit zwei stumpfen Hölzern durch das Wasser zu paddeln.

Der Bootsanlegeplatz zwischen den Wellenbergen war kaum noch zu sehen. Die Strömung war konstant und unerbittlich.

Sie konnte nichts tun. Das war das Ende.

Der Gedanke war völlig klar.

Sie würde sterben – jetzt und hier!

Lass los, sagte die Vernunft.

Aber das konnte sie nicht zulassen. Sie würde kämpfen und sich wehren bis zum letzten Atemzug. Selbst wenn es keinen Sinn mehr hatte.

Im selben Moment wurde sie von etwas gepackt.

35

Mikkelsen erkannte die beiden Männer zuerst nicht, die in einem dunklen Audi A8 vor seiner Wache anhielten. Autos wie dieses sah man in Tåkesund eher selten. Sein Verstand sagte ihm, dass sie sich verfahren haben mussten.

Dann läuteten sie an der Tür. Er seufzte, stand auf und öffnete.

»Mikkelsen?«, fragte einer der beiden und überraschte ihn.

»Ja?«

»Tore Storm«, sagte er schlicht und setzte wohl voraus, dass sein Gegenüber wusste, mit wem er es zu tun hatte.

Mikkelsen wusste es tatsächlich. Storm war Polizeichef der Provinz Aust-Agder und damit auch für Tåkesund und seine kleine Wache zuständig. Aber normalerweise glänzte der Chef mit Abwesenheit und kümmerte sich um die größeren, bedeutenden Einheiten. Tåkesund überließ man seit Jahren sich selbst, und Mikkelsen war nicht unglücklich darüber.

Er ließ die beiden Männer eintreten. »Sie wollen zu mir?«, wunderte sich Mikkelsen, nachdem er die Tür geschlossen hatte. Storm kam mehr als ungelegen. Vorgesetzte wie er machten das

Leben Mikkelsens Erfahrung nach immer kompliziert. Ganz besonders jetzt, wo er doch unbedingt zum Leuchtturm hinausmusste und Bach jeden Moment anrufen konnte.

»Herr Mikkelsen, ich möchte gern hören, wie es Ihnen geht!«, fing Storm an, als spräche er mit einem alten Freund, und bot dem anderen Mann einen Platz vor Mikkelsens Schreibtisch an, als wäre es sein eigenes Büro. Auch Storm setzte sich und schlug die Beine übereinander.

Mikkelsen stutzte. Das wurde ja immer seltsamer. Er setzte sich ebenfalls hin und verschränkte die Arme. »Wie es mir geht?«, wiederholte er.

»Ja«, bestätigte Storm. »Ich war schon lange nicht mehr bei Ihnen. Das ist etwas Gutes, wissen Sie? Von Ihnen höre ich sonst nie etwas Negatives.«

»Weil hier sonst auch nichts passiert«, wiegelte Mikkelsen ab. »Wie kann ich Ihnen helfen, meine Herren?«, fragte er demonstrativ laut und schaute den Unbekannten an.

»Sie kennen mich nicht?«, fragte dieser.

Mikkelsen kam nicht drauf, wo er den Mann schon einmal gesehen hatte.

Polizeichef Storm lachte kurz und sagte: »Darf ich vorstellen? Kjell-Bjarne Gjelstad!«

Unwillkürlich holte Mikkelsen Luft. Etwa der Kjell-Bjarne Gjelstad? Musste er wohl sein. Justizminister Gjelstad. Zumindest war er das bis vor ein paar Monaten noch gewesen, jetzt regierte eine andere Partei. Aber Gjelstad war immer noch Abgeordneter im Parlament, so weit kannte sich Mikkelsen mit der hohen Politik aus.

»Ja?«, sagte er nur, weil er sich beim besten Willen nicht erklären konnte, was derart hoher Besuch in Tåkesund wollte.

Storm holte tief Luft. »Sehen Sie, Mikkelsen. Wir haben Kenntnis davon erlangt, dass auf der Leuchtturminsel gerade ein Literaturwettbewerb stattfindet.«

»Ach so?«, staunte er, auch auf die Gefahr hin, sich lächerlich zu machen. Aber er wollte instinktiv so wenig wie möglich von seinem Wissen preisgeben.

»Ja. Sie kennen Aleksander Rosvold, nehme ich an?«

»Sollte ich?«

Storms Stimmung verschlechterte sich schlagartig. Die aufgesetzte Freundlichkeit verblasste und zum Vorschein kam der Vorgesetzte, den Mikkelsen erwartet hatte. »Sollten Sie, ja. Insbesondere, wenn Sie zur Insel hinausfahren, überall herumschnüffeln und mit Rosvold sprechen. Sollten Sie ihn also nicht kennen, müsste ich mir wohl Sorgen um Ihren mentalen Zustand machen, Mikkelsen.«

»Wie kann ich Ihnen jetzt helfen?«, fragte er und bemühte sich, nicht allzu peinlich berührt dreinzuschauen.

»Sehen Sie, Mikkelsen. Sagen wir, es ist im … öffentlichen Interesse … den Wettbewerb möglichst ungestört über die Bühne gehen zu lassen.«

»Öffentliches Interesse?«, pickte er die beiden interessanten Wörter heraus und ließ sie stehen.

»Hören Sie auf, den Naiven zu spielen, Mikkelsen! Wir wissen, dass Sie verbreiten, dass auf der Insel ein Mord passiert sein soll, aber das ist völlig aus der Luft gegriffen. Wie sagt man im Justizministerium dazu, Kjell-Bjarne?«

»Ein dünnes Süppchen«, antwortete dieser zur eigenen und Storms Belustigung.

»Das reicht niemals für konkrete Erhebungen«, bekräftigte Polizeichef Storm.

»Welches öffentliche Interesse soll das sein?«, ließ Mikkelsen nicht locker. Er hatte nicht die geringste Ahnung, worum es sich dabei handeln sollte. Waren Rosvold und der Ex-Justizminister vielleicht Kumpel? Aber das wäre doch ein ganz unverschämter Fall von Machtmissbrauch, wenn der Politiker versuchen würde, die Polizei von Ermittlungen abzuhalten. Das würde vielleicht nach Südamerika passen, aber doch nicht nach Norwegen!

Storm sagte: »Mikkelsen, ich verteidige kleinere Standorte wie diesen hier, wissen Sie? Ich denke, das ist auch in Ihrem Sinne.«

Mikkelsen blieb der Mund offen stehen. Tatsächlich.

Der Polizeichef fuhr fort: »Nicht, dass Sie sich Sorgen machen müssten. Sie sind jung und Ihre Laufbahn ist erstklassig. Ich denke, dass ohnehin bald eine Beförderung ansteht.«

»Ich bin hier ganz zufrieden«, antwortete Mikkelsen kühl.

Tore Storm seufzte tief. »Es gibt keinen Grund, so abweisend zu sein«, sagte er. »Gehen Sie davon aus, dass auf der Insel alles in Ordnung ist. Wir haben Verbindung.«

Mikkelsen zog eine Augenbraue hoch.

»Tore, lass mich erzählen, dieses Herumgedrücke ist doch unwürdig«, sagte Gjelstad plötzlich. »Sehen Sie, Mikkelsen, mein Sohn Harald ist einer der Kandidaten des Wettbewerbs.«

Jetzt waren beide Augenbrauen oben. Bis auf Sund kannte Mikkelsen bisher keinen der Teilnehmer.

»Sie brauchen nicht zu glauben, dass wir versuchen, Sie politisch zu beeinflussen, Inspektor. Wir wollen Ihnen nur die Bedenken nehmen und verhindern, dass der Wettbewerb in einem schlechten Licht erscheint, vielleicht gar unterbrochen und damit meinem Sohn eine Chance nehmen würde. Harald und ich stehen in ständiger Verbindung. Anders hätte ich ihm niemals die Teilnahme erlaubt. Er hat mir versichert, dass alles in bester Ordnung ist. Also wären wir Ihnen dankbar, wenn Sie ...«

»Wenn ich?«, drängte Mikkelsen den Politiker zu einer Aussage. Er wünschte, er hätte irgendwo ein Tonbandgerät gehabt, das er heimlich hätte mitlaufen lassen können.

»Wenn Sie Ihren Eifer etwas bremsen, Mikkelsen«, übernahm Storm.

»Hat Ihr Sohn Ihnen auch erzählt, dass die Tote mit Rosvold in Kontakt stand, zu seinem Schreibwettbewerb eingeladen wurde, ziemlich sicher auf der Insel war und aller Wahrscheinlichkeit nach einem Gewaltverbrechen zum Opfer fiel? Wie steht es denn um die persönliche Sicherheit Ihres Sohnes?«

»Harald kann auf sich selbst aufpassen«, beteuerte Gjelstad und sah zum Fenster.

»Dann ist es ja gut«, sagte Mikkelsen nur. Diese beiden Männer hatten schon genug seiner kostbaren Zeit verschwendet. Wenn nur endlich Bachs Anruf käme! »War's das?«, fragte er und setzte sich so gerade hin, als wollte er zur Verabschiedung seiner ungebetenen Gäste aufstehen.

»Ich warne Sie«, sagte Tore Storm mit leiser Stimme. »Wenn Sie Ihre Wildwest-Ermittlungen fortführen, wird das Konseque…«

Da riss jemand die Tür zur Wachstube auf. Jemand, mit dem Mikkelsen nicht gerechnet hatte. Und er hatte noch jemanden dabei.

36

Caroline wurde hart auf die nassen Planken eines Bootes geworfen. Dort blieb sie liegen und hustete. Sie hatte Ohrensausen. Alles drehte sich. Erst da wurde sie des Infernos gewahr, das sich um sie herum abspielte. Der Sturm rauschte und pfiff über sie hinweg, das Bootsdeck hob und senkte sich wie in der Achterbahn. Sie war so ausgekühlt, dass sie weder Hände noch Füße spürte. Sie sehnte sich nach Wärme, wenigstens nach einer Decke, die jemand über sie breitete, doch niemand war da. Sie hatte nicht die Kraft, sich zu helfen.

Nach einer unbestimmten Zeit – sie musste die Besinnung verloren haben – wurde sie hart angepackt und hochgehoben. Sie glaubte zu spüren, dass der Boden nun wieder fest war, doch sicher war sie nicht. Alles war dumpf und unklar. Dann hörte das Tosen des Sturms plötzlich auf. Gelbes, künstliches Licht drang durch die Tränenschleier ihrer halb geöffneten Augen.

Sie lag plötzlich auf einem Steinboden.

»Es ist gut. Du musst dich aufwärmen«, sagte eine beruhigende Männerstimme.

Sie wehrte sich nicht, sie hätte nicht die Kraft dafür gehabt. Der Mann zog die nasse Kleidung von ihrem Körper. Dann wurde sie erneut hochgehoben und spürte weiche, warme Bettwäsche. Kurz darauf wurden mehrere Wärmflaschen zu ihr unter die Decke geschoben. Sie dämmerte weg, schlief fast ein, da begannen ihre Hände und Füße heftig zu schmerzen.

37

Mikkelsen lief zum Eingang und holte die beiden Neuankömmlinge dort ab. Omdal schien nach Worten zu suchen. Mikkelsen bemerkte, dass er nach Alkohol roch.

»Wir müssen mit dir reden«, forderte der Bootskapitän schließlich.

»Bitte«, sagte Mikkelsen und sah demonstrativ zu Storm und Gjelstad zurück, die die Botschaft verstanden: Dieses Wachzimmer war nicht groß genug für fünf Personen – und sie störten hier gerade. Also standen sie auf und gingen. »Wir sprechen uns noch«, murmelte Storm im Vorbeigehen.

»Wer war das?«, fragte Omdal, als die Männer draußen waren.

»Nicht so wichtig«, antwortete er und bat Omdal und Ida Paulsen, auf den frei gewordenen Stühlen Platz zu nehmen.

»Also?«, fragte Mikkelsen, weil die beiden nur schweigend dasaßen. Er wunderte sich ein wenig, dass sich die beiden kannten. Aber in diesem Landstrich hier an der Schärenküste begegnete wohl jeder jedem irgendwann. Doch das war mehr als nur eine flüchtige Bekanntschaft, das sah er gleich.

»Also …«, begann Omdal. »Ida und ich möchten mit dir reden, was Aleksander Rosvold betrifft. Nicht wahr, Ida?«

Diese wirkte, als hätte sie Omdal gezwungen mitzukommen. Sie sagte nichts, und in ihrem faltigen Gesicht war nichts abzulesen. Mit gesenktem Kopf starrte sie auf ihre Hände.

»Das mit Rosvold ist nicht so einfach«, druckste Omdal weiter herum.

Mikkelsen kam es vor, als ob die beiden auf Zeit spielten, was unwahrscheinlich war, und doch regte es ihn auf. »Was ist mit Rosvold? Hat er dich rausgeschmissen? Weil wir auf der Insel waren?«

In Omdals Gesicht regte sich Zorn. »Er hat mich beurlaubt, ja.«

»Wegen uns?«

»Das fragst du nicht im Ernst, oder?«

»Das tut mir leid«, sagte Mikkelsen. »Wirklich. Aber hier passieren gerade eigenartige Dinge. Ein Mensch ist tot und weitere sind in Gefahr.«

»Das glaube ich auch«, sagte Omdal.

Er senkte den Kopf. Mikkelsen konnte zusehen, wie es in ihm arbeitete. Aber auch seiner Begleiterin machte die Situation zu schaffen – ihre Kiefer mahlten.

»Jetzt sagt mir endlich, warum ihr hier seid!«, rief Mikkelsen. Er war kein Mann der lauten Worte, aber die zwei brachten ihn langsam auf die Palme. Und warum rief Bach nicht an?

Da fing Paulsen an zu sprechen. »Das mit dem Unfall … hat so nicht ganz gestimmt.«

Mikkelsen setzte sich unwillkürlich gerade hin. »Der Unfall am See? Mit Rosvold und diesem Freund … wie hieß er?«

»Steffan, ja. Steffan Harket.«

»Sie erzählten mir, sie seien mit dem Boot rausgefahren, als Sie auf sie aufpassen sollten. Aber Sie haben gelesen, und dann trieb Steffan im Wasser. – Was stimmt daran also nicht?«

Paulsen sah weg.

»Sag schon!«, drängte Omdal. »Sonst sag ich's!«

Es schien Omdal nicht recht zu sein, das Geheimnis zu lüften. Vermutlich stand ihm sein Gewissen im Weg. Oder etwas anderes? Fakt war, dass er Paulsen mitgebracht hatte, damit sie auspackte.

Da kam Mikkelsen das Gespräch mit dem Mann in den Sinn, der ihn auf dem Rückweg von Paulsen aufgehalten hatte. *Der Unfall muss woanders passiert sein*, hatte er gesagt.

»Das mit dem See war gelogen, nicht wahr?«, half Mikkelsen ihr auf die Sprünge. »Es geschah woanders.«

Plötzlich sahen ihn beide an, als hätte er gerade ein Kunststück vollführt. Das war es also, das große Geheimnis.

»Und wo?«, fragte er wie beiläufig.

»Auf der Leuchtturminsel«, sprach Paulsen.

Omdal nickte bestätigend und ergänzte: »Es passierte nämlich auf einer der Bootstouren.«

»So lange fährst du schon?«, fragte Mikkelsen ungläubig. »Du warst damals doch selbst noch ein halbes Kind.«

»Mein Vater fuhr. Ich half.«

Halb Südnorwegen kannte Omdals Vater. Die Rosvolds wohl auch. Omdal junior hatte das Unternehmen seines Vaters dann weitergeführt, und als das Geschäft nicht mehr so gut ging, hatte Rosvold ihm einen Job angeboten.

»Aleksander und Steffan waren öfters auf dem Boot, bevor der Unfall passierte«, legte Omdal nach.

»Und warum haben Sie gelogen, Frau Paulsen?«

»Weil ... weil ich ...« Sie schaffte es nicht zu erzählen. Eine Träne kullerte an ihrer Wange herunter.

Omdal übernahm für sie: »Weil sie sich verantwortlich fühlt. Aleksanders Mutter hat ihr verboten, die Jungs auf meine Touren mitzunehmen. Deshalb haben wir damals alles unter den Teppich gekehrt. Wir behaupteten, der Unfall habe am See stattgefunden. Nur wenige wissen, dass das nicht stimmt.«

»Erzähl mir mehr!«, drängte Mikkelsen.

»Ich habe sie öfter beobachtet, Steffan und Aleksander. Aleksander war ein junger Mann mit zu viel Energie. Er war oft nachdenklich und sicher auch unglücklich. Aber er liebte den Leuchtturm. Die Gebäude waren ein toller Spielplatz. Der Leuchtturm war damals zwar in Betrieb, aber er war natürlich automatisiert und die Technik befand sich im oberen Stockwerk. Der Rest der Gebäude war vernachlässigt und verfiel.«

Mikkelsen erinnerte sich an seine eigenen Ausflüge auf die Leuchtturminsel. An die versteckten Abgänge und Korridore ... den Keller ...

Die Schmerzen und die Strafe, nachdem er seinem Vater entwischt war ...

»Du hast mit ihnen gespielt, Omdal?«, kombinierte Mikkelsen.

»Nein, ich durfte nie – wenn ich mit Vater fuhr, dann musste ich immer am Schiff arbeiten. Putzen, malen und andere Sachen erledigen.«

»Und dann? Wie genau ist der Unfall passiert?«

»Mein Vater verlor die beiden aus den Augen. Das war nicht weiter ungewöhnlich, sie tollten meist auf der Insel herum und taten, was sie wollten. Ida kam immer mit, um auf sie aufzupassen, auch an dem Tag. Ida und Vater haben sich oft lange unterhalten und blieben auf dem Schiff. Aber nach etwa einer halben Stunde machte sich Ida langsam Sorgen. Also suchten wir die Jungs und riefen nach ihnen. Wir durchforsteten die Gebäude getrennt voneinander, ohne Ergebnis. Bis ich plötzlich einen Schrei hörte. Er war aus einem verfallenen Bootshaus gekommen. Durch ein paar lose Bretter stieg ich hinein und fand Ida völlig nass auf dem Steg kauernd, den leblosen Steffan im Arm. Gemeinsam schafften wir es, ihn zu reanimieren. Rosvold stand mit leerem Blick daneben. Er schien völlig teilnahmslos. Im Schock, wie wir meinten. Später versuchten wir, ihn zu befragen, was eigentlich passiert war. Wir konnten nur herausfinden, dass die beiden mit einem alten Anker gespielt hatten. Steffans Bein hatte sich irgendwie im Seil verfangen, als der Anker ins Wasser fiel. Hat jedenfalls Rosvold behauptet.«

»Hat er … behauptet?«, stocherte Mikkelsen nach und dachte an das Seil, das Bein, den Anker … Rosvolds Thriller!

»Ihr wisst beide, dass Aleksander Rosvold diesen Unfall in seinem ersten Thriller verarbeitet hat. Und ihr habt es mir verschwiegen?«

Paulsen presste die Lippen aufeinander. Mikkelsen sah, dass es genau so gewesen sein musste. Am liebsten hätte er den beiden an Ort und Stelle eine Anzeige wegen Falschaussage verpasst. Aber darum ging es jetzt nicht. Er musste die Konsequenzen abschätzen, die sich für die Gegenwart ergaben.

Sara Borgen. War sie auch so gestorben?

»Glaubt ihr immer noch, dass das damals ein Unfall war?«, fragte er die beiden.

Das Schweigen war Antwort genug.

Mikkelsen blies die Luft aus, schnappte sich sein Handy und drückte auf Anrufwiederholung. Aber wieder hörte er nur die Ansage, dass Caroline Sund zurzeit nicht erreichbar war. Entweder hatte sie ihr Handy noch nicht wieder eingeschaltet oder sie war außerhalb des Empfangsbereichs.

Oder …

»Omdal, du und ich fahren jetzt nach Kristiansand!«, beschloss Mikkelsen und sprang auf.

»Was? Wieso?«

»Die haben dort ein großes Boot. Mit dem müssen wir raus.«

»Bei *dem* Wetter?«

»Das ist mir völlig egal. Wenn jemand fahren kann, dann du. Deshalb kommst du mit! Frau Paulsen, Sie kommen zurecht«, stellte er eher fest, als dass er sie fragte. Die Frau nickte.

38

Als Caroline die Augen öffnete, sah sie schemenhaft ein Gesicht. Es blickte sanft und beruhigend auf sie herab. Der Ausdruck wirkte so fremd, dass sie zuerst keine Ahnung hatte, wer das sein könnte. Erst nach einer ganzen Weile erkannte sie den Käpten und erschrak.

»Ruhig«, sagte er. »Reg dich nicht auf. Du bist schwach.«

Caroline bewegte Arme und Beine. Sie war immer noch halb nackt, aber nicht gefesselt.

Sie befand sich in einem Schlafzimmer, das nur von einem kleinen, tiefen Fenster erhellt wurde. Ein Wandschrank, ein Nachtkästchen, alles sah normal aus. Nur an der Wand hing ein Bild von einem Segelschiff im Sturm.

Das musste der Wohnbereich des Käptens sein.

»Was ist passiert?«, fragte sie.

»Sag du es mir. Du bist ins Wasser gesprungen.«

»Ich bin gesprungen?«, wiederholte sie. Das kam ihr nicht plausibel vor. Warum hätte sie ins Wasser springen sollen?

Doch dann kam die Erinnerung zurück, brutal und gnadenlos. Caroline setzte sich ruckartig auf. Die Decke rutschte von ihrem Oberkörper und ihr BH kam zum Vorschein. Es war ihr egal.

»Wo ist Wennberg? Hast du ihn herausgezogen?«

»Wennberg?«, fragte der Käpten zurück.

»Ich habe ihn gesehen! Er ging unter!«, stammelte Caroline und schnappte nach Luft.

»Bist du dir sicher? … Ich habe nur dich gesehen. Wenn das so ist, muss ich gleich wieder …«

»Nein!«, unterbrach sie ihn. Die Bilder kehrten detailreich in ihr Gedächtnis zurück – seine Kehle durchtrennt. »Er ist tot!«

Sollte sie – *konnte* sie dem Käpten glauben? Ihr war schwindlig, aber sie versuchte, sich an die Situation zu erinnern. Wennbergs Körper war schon halb versunken gewesen, als sie ihn erreicht hatte, und nachdem sie die durchtrennte, vom Meer ausgewaschene Kehle gesehen hatte, war er ganz untergegangen. Sie hatte noch eine Weile versucht, zurückzuschwimmen … wann hatte der Käpten sie entdeckt?

Nur eines stand fest: Er hatte ihr das Leben gerettet. Sie wäre auf jeden Fall ertrunken.

»Danke«, sagte sie nur und versuchte, sich die Zweifel wie auch den Horror wegen der Gedanken an die Bilder von Wennbergs Körper nicht anmerken zu lassen.

»Hier, trink.«

Er hielt ihr eine Tasse Tee hin. Er schmeckte süß, nach Honig, und war nicht zu heiß, sodass sie in großen Schlucken trinken konnte. Sie spürte, wie gut die Wärme tat. Dann bekam sie einen Tropfen in die Luftröhre und musste husten.

»Vorsichtig«, sagte er.

Sie gab ihm die Tasse zurück. »Du bist gar nicht so«, sagte sie. Er grinste. »Wie bin ich denn?«

Caroline zögerte. Wie war er wirklich? Sie hatte den Mann bisher als kühl und abweisend erlebt und als irgendwie unheimlich. Sie wusste überhaupt nichts von ihm.

»Ich habe mich wohl getäuscht. Danke.«

Da fiel ihr ein: *Er* war es gewesen, der den Koffer aus dem Zimmer gebracht hatte. Und *er* hatte auch die Kuverts ausgetauscht.

»Die Kuverts«, sagte sie. »Du wusstest, dass Sara auf der Insel gewesen war.«

Seine Augen wurden schmal. »Sie war angemeldet, ja. Aber die Kuverts hat Aleksander gemacht.«

Zorn stieg in Caroline hoch. »Ihr wusstet also Bescheid«, sagte sie. »Ihr habt mich getäuscht! Und alle anderen auch!«

Der Käpten starrte einen Moment lang das Bild mit dem Segelschiff an.

»Was hätten wir denn erzählen sollen? Dass da jemand anderes angemeldet war, der nie aufgetaucht ist? Kein guter erster Eindruck für einen Wettbewerb, der so viel Aufsehen erregt hat. Und außerdem, was hätte das geändert?«

Diese Gleichgültigkeit! »Ihr wusstet, dass sie auf der Insel war. Und dann war sie tot!«

»Also ich wusste nichts davon«, sagte er eindringlich.

»Wem gehörte dann der Koffer?«

»Welcher Koffer?«

»Du weißt genau, von welchem ich rede. In meinem Zimmer. Du hast ihn weggebracht! Tu nicht so, als würdest du dich nicht erinnern!«

Damit überraschte sie ihn. Seine Augen wurden groß.

»Ich habe nicht darüber nachgedacht. Er hätte da schon ewig liegen können, und ich habe ihn einfach in den Abstellraum gebracht«, sagte er.

»Ach. Und wo ist er jetzt?«

Der Käpten zuckte mit den Schultern. »Immer noch dort, vermute ich. Du willst doch nicht behaupten, er gehörte dieser Borgen? Warte einen Moment«, sagte er plötzlich und richtete sich auf.

»Halt! Was tust du?«, rief Caroline, doch er war bereits zur Tür hinaus.

Sie sollte schnell von hier verschwinden ... aus dem Bett eines Fremden.

Doch sie hätte nicht weglaufen können – denn keine Minute später kam er zurück, mit hängenden Schultern.

»Was ist?«, fragte sie.

»Ich habe ihn hineingetan. In den Abstellraum. Ich bin mir sicher.«

»Und er ist nicht mehr dort?«

Er schüttelte den Kopf. So, wie er es tat, war sie geneigt, ihm zu glauben.

»Wer könnte ihn an sich genommen haben?«, fragte sie.

Seine Miene war finster und unergründlich. Es lag an ihr, es auszusprechen.

»Du glaubst, dass Aleksander dahintersteckt, oder?«

Er schüttelte entschieden den Kopf.

»Wer sonst soll es gewesen sein?«

Darauf wusste er keine Antwort.

»Warum diese Treue? Du läufst hier herum wie sein Diener. Was schuldest du ihm?«

»Mein Leben«, entgegnete er wie aus der Pistole geschossen.

Caroline stutzte. »Dein Leben?«

»Aleksander hat mir das Leben gerettet. Ich verdanke ihm alles.«

Es war kein Scherz, er meinte das ernst. Als er Carolines fragenden Blick sah, begann er zu erzählen.

»Ich habe in meinem Leben alles falsch gemacht, was man falsch machen kann. Ich habe mit vierzehn die Schule abgebrochen, bin von zu Hause ausgerissen. Ich habe mich nach Dänemark durchgeschlagen, wo ich in Kopenhagen gelebt habe, in Christiania, um genau zu sein, bei Leuten, die ihr Geld offiziell mit dem Bau von Fahrrädern verdienten.«

Caroline kannte das berüchtigte Aussteigerviertel in Kopenhagen. Ein altes Kasernengelände, das irgendwann von Aktivisten besetzt wurde und seither ein bunter Schmelztiegel für Alternative war, auf einigen der wertvollsten Baugründen Skandinaviens.

»Jeder weiß, dass das Geld nicht von den Fahrrädern kam. Ich bin da hineingerutscht. Anfangs nur Marihuana. Aber das war längst nicht das Ende. Mit achtzehn war ich schwer abhängig. Hauptsächlich Heroin. Da wurde ich zum ersten Mal verhaftet. Ich scherte mich einen Dreck und sah mich nicht als Junkie. Erst als ich erneut erwischt wurde und fast drei Monate im Bau war, wurde es mir klar. Ich hatte solche Entzugserscheinungen, dass ich mir schwor, nie wieder etwas zu nehmen. Aber als ich freigelassen wurde, dauerte es keine zwölf Stunden, bis ich rückfällig wurde. So ging das fast zehn Jahre. Einmal im Gefängnis, einmal draußen, einmal kurz clean, dann wieder voll drauf.«

Caroline musste sich konzentrieren, um seinen Erzählungen folgen zu können. Immer noch fühlte sie diese bleierne Schwere in sich, und so drohte sie trotz des Adrenalins immer wieder wegzudriften.

»Irgendwann landete ich im Krankenhaus. Überdosis. Man sagte mir, dass ich das nächste Mal vielleicht nicht mehr überleben würde. Am Boden zerstört verließ ich die Klinik. Ich ging zurück nach Norwegen, nach Oslo, in eine Entzugsklinik. Und dort hat Aleksander mich rausgeholt. Er hat dafür gesorgt, dass ich nicht mehr auf dumme Gedanken kam.«

»Einfach so?«

»Einfach so, ja.«

Das hörte sich für Caroline sehr unwahrscheinlich an. Wer half schon aus freien Stücken einem wildfremden Junkie?

»Vor ein paar Monaten rief er mich an und meinte, er habe ein Haus auf einer Insel gekauft und ob ich nicht für ihn arbeiten wollte. Er hat mir eine Chance gegeben, auch *einfach so.* Seither bin ich hier.«

Was der Käpten erzählte, erklärte vieles: seine unbedingte Loyalität, seine abweisende Art und sein hageres Äußeres. Rosvold hatte sich einen Assistenten aus der untersten Schicht der Gesellschaft geholt. Vielleicht, um sich dabei stark und überlegen zu fühlen? Caroline schüttelte den Gedanken ab.

»Kannst du dir vorstellen, dass Rosvold den Koffer hat verschwinden lassen?«, kam sie auf das andere Thema zurück.

Er sah sie verärgert an. »Wie kommst du überhaupt darauf, dass der Koffer weg ist? Nur weil er nicht mehr im Abstellraum steht?«

»Weil er mit Steinen beschwert auf dem Meeresgrund liegt.«

»Das ist unmöglich«, sagte der Käpten.

Wie konnte er das nur so leichtfertig behaupten? Sie hatte das Ding doch selbst gesehen! Sie hatte geglaubt, Wennberg wäre danach getaucht, weil sie ihm davon erzählt hatte, und dabei war er … sie durfte nicht weiter an ihn denken.

Plötzlich schien der Käpten einen Gedanken gefasst zu haben. »Warte hier«, sagte er und stand auf.

Caroline nickte und versuchte so zu tun, als wäre sie ganz ruhig. Gleich nachdem er gegangen war, richtete sie sich auf und schlug die Bettdecke zurück.

Auf Zehenspitzen trippelte sie durch das Schlafzimmer, wobei sie plötzlich starker Schwindel überkam. Sie hielt sich am Türrahmen fest und wartete, bis sie wieder klar sehen konnte. Dann spähte sie durch in eine kleine Wohnküche. Sie entdeckte eine Tür. Das musste der Ausgang sein. So leise wie möglich tapste sie dorthin – doch der Käpten hatte sie eingesperrt.

Panik drohte sie zu übermannen. Ihr schwacher Kreislauf schien sie erneut im Stich zu lassen.

Sie musste hinaus – und dafür musste sie sich etwas anziehen. Sie spürte, wie ausgezehrt ihr Körper von der Kälte war, den Wärmflaschen und der Bettwärme zum Trotz. Sie sah einen alten, zerschlissenen Bademantel über einem Kleiderständer hängen, griff ihn sich und schlüpfte hinein. Gleich darauf musste sie sich vor Schwindel am Ständer festhalten.

Sie überlegte, wie sie ins Freie kommen könnte. Sie erspähte ein kleines Fenster und eilte hin. Auf dem Fensterrahmen lag eine Glasflasche mit einem kleinen, kunstvoll gearbeiteten Segelschiff. Sie öffnete den Riegel des Fensters. Beim Aufschwingen des Flügels verklemmte sich die Flasche. Caroline versuchte, es zu befreien, doch sie war so ungeschickt, dass es sich nur noch mehr zu verklemmen schien. Verzweifelt riss sie mit aller Kraft an dem Fensterladen. Da ging die Flasche zu Bruch und kleine Scherben verteilten sich auf der Fensterbank. Mit der bloßen Hand versuchte Caroline, die Scherben auf den Boden zu wischen. Dabei holte sie sich einen Schnitt am Handballen. Es war ihr egal. Sie kletterte auf den Sims und versuchte, den kleinen Scherben auszuweichen, dann zwängte sie sich durch das Fenster ins Freie. Als sie den eiskalten Granitboden der Insel unter ihren Fußsohlen spürte, wurde ihr wieder schwindlig.

Sie sah sich um, und als sie sicher war, dass niemand in Sichtweite war, lief sie in Richtung des kleinen Hauses.

39

9 Uhr 30 – Küste vor Tåkesund

Mikkelsen und Omdal rasten mit dem Polizeivolvo nach Kristiansand. In dem alten Ding war jede Geschwindigkeit über achtzig Stundenkilometer ein Wagnis, und die Tachonadel stand weit über diese Marke hinaus.

Vorhin hatten sie wertvolle Zeit verloren. Ein dicker Ast hatte die Straße blockiert. Er musste kurz vor ihrem Eintreffen vom Sturm abgerissen worden sein, denn die Schlange anderer Fahrzeuge vor ihnen war nur etwa dreißig Meter lang gewesen. Andererseits waren an diesem Tag deutlich weniger Autos unterwegs als sonst. Sie waren nach vorne gelaufen und hatten es mit fremder Hilfe geschafft, die Straße wieder frei zu machen.

Immer wieder sahen sie jetzt aufs offene Meer hinaus. Riesige Brecher brandeten gegen die Felsen, Gischt spritzte auf, als wollte das Meer signalisieren, dass es gerade niemanden duldete. Im Radio hatte es eben eine Wetterwarnung gegeben. Der Sturm könnte sich zu einem der größten der letzten zwanzig Jahre entwickeln. Dabei war die Kulisse bereits beängstigend genug.

Mikkelsen wusste, dass es auch mit dem großen Boot schwierig werden würde, rauszukommen. Schwierig bis unmöglich. Vielleicht ging es, wenn der Sturm zwischendurch etwas abflaute.

Mikkelsen wählte mit der freien Hand die Nummer, von der aus Caroline ihn angerufen hatte. Doch es half nichts, das Telefon war ausgeschaltet.

»Mist«, sagte er und legte das Handy wieder weg.

Sie rasten an einem Straßenschild vorbei.

Kristiansand: 5 km.

40

Irgendwo in der Dunkelheit

Ulven wusste nicht, wie lang sie nun schon hier lag. Der Ärger hatte sich irgendwann in Angst gewandelt, doch auch das war viele Stunden her. Dann war sie immer ruhiger geworden.

Sie hörte, wie draußen der Sturm wütete. Immer wieder krachte es über ihr. Sie vermutete, dass es sich um das Dach ihres Gefängnisses handelte. Balken, Schindeln, was auch immer.

Sie war überzeugt, dass nur Rosvold hinter dieser Sache stecken konnte. Der Gedanke machte ihr aber nicht ausschließlich Angst. Er beflügelte auch ihre Fantasie. Rosvold hatte viele Geheimnisse und bestimmt war er in mancher Hinsicht extrem. Vielleicht hatte er etwas ganz Besonderes mit ihr vor, jetzt, wo sie zu den Favoriten zählte?

Konnte es sein? Und sollte sie es ihm verzeihen?

Er hatte sie so sehr gelobt. Sie wollte ihm vertrauen, auch wenn sich das hier überhaupt nicht richtig anfühlte.

So oder so würde sie bald mehr über ihn erfahren. Ihm nahe sein. Ihn in einer ganz intimen Situation erleben. Die Vorstellung jagte ihr einen Schauer über den Rücken.

Sie verbot sich, an andere Möglichkeiten zu denken.

Sie wusste, dass manches hier an Rosvolds ersten Bestseller erinnerte. Die Dunkelheit. Das Wasserplätschern. Ihre Angst.

Aber sie durfte nicht daran denken. Es hätte sie wahnsinnig gemacht.

Als sie ein Geräusch hörte, stieg ihr Puls sofort. Kam Rosvold? Sie hatte Gänsehaut und zitterte am ganzen Körper. Aber endlich ging es los. Das Warten hatte ein Ende. Sie war seltsam erleichtert darüber.

Sie hörte Schritte. Dann kam von irgendwoher fahles Licht. Sie sah Gummistiefel.

Sie fühlte, wie etwas an ihren Füßen riss. Sie glitt über den Holzboden, immer weiter, Zug um Zug. Schließlich fühlte sie, dass der Weg nicht mehr weiterging, dass sie gleich fallen würde – wohin? Etwas zog ihre Füße in die Höhe.

Schließlich spürte sie die Holzkante auch an ihrem Gesäß, am Rücken, am Hinterkopf – sie tauchte ins eiskalte Wasser.

Da verstand sie, dass sie sich furchtbar getäuscht hatte. Egal, welch perverses Spiel sie Rosvold zugetraut hätte – das hier war kein Spiel.

Immer wieder riss etwas ruckartig an ihren Füßen. Vor Panik wollte sie schreien, musste sich aber darauf konzentrieren, das Wasser aus der Nase zu blasen, bevor es in ihre Luftröhre kam.

Und dann, urplötzlich, hatte sie wieder Luft. Wasser rann über ihr Gesicht nach unten und tropfte ab. Sie hörte, wie es sich mit anderem Wasser vereinte.

Da erkannte sie, dass sie jetzt knapp über der Wasseroberfläche hing.

»Hallo?«, rief sie und prustete. »Hallo Aleksander? Was tust du? Ich will das nicht!«

Sie sah ihn nicht, hörte aber zwischen all dem Getöse des Sturms noch, wie sich die Schritte entfernten.

Dann wurde es wieder dunkel.

41

10 Uhr – Leuchtturm Tåkesund

Caroline stemmte sich gegen den Wind, der sie fast von den Füßen fegte. Sie hatte bisher nicht gedacht, dass hinter dem Fenster, das sie gerade zerbrochen und durchstiegen hatte, jemand wohnte. Aber irgendwo musste schließlich auch der Käpten leben.

Sie schüttelte den Kopf. Sie hatte ganz andere Sorgen! Es gab viel zu viel, was sie hier nicht wusste. Vor ein paar Stunden war sie sich ihrer Sache noch völlig sicher gewesen, hatte die Konfrontation mit Rosvold gesucht. Sie hatte das Gefühl gehabt, alles unter Kontrolle zu haben. Dann, in aller Früh, ihr wahnsinniger Rettungsversuch. Einer, der völlig umsonst gewesen war, denn Wennberg konnte niemand mehr retten. Hatte sie den Verstand verloren? War ihr das eigene Leben nichts wert?

Wie knapp es gewesen war. Wie mutig sie gewesen war.

Aber wer hatte Wennberg das angetan, und warum? Die Lösung dieses Rätsels überforderte sie gerade völlig. Der eisige Wind zerrte gnadenlos am dünnen, mottenzerfressenen Bademantel des Käptens. Sie musste schnellstens zurück ins Zimmer.

Aber sie hatte keinen Schlüssel. Der war in ihren Sachen, und die hatte der Käpten. Zurück konnte sie nicht. Sie musste sich vom Hauptgebäude und dem Leuchtturm fernhalten. Was auch hieß: Rosvolds Arbeitszimmer mit dem Telefon schied aus.

Wennbergs Zimmer!

So selbstsicher und gelassen, wie er immer gewesen war, traute sie ihm zu, sein Zimmer im Stockwerk über ihrem nicht so zwanghaft zu versperren, wie sie es tat. Sie stieg leise die Treppe hoch – und lag mit ihrer Vermutung richtig: Seine Tür war unversperrt. Sie öffnete sie vorsichtig, spähte in den Raum hinein, als könnte sich der, der ihn getötet hat, immer noch darin aufhalten.

Aber der Raum war leer.

Drinnen war es kalt, und ihr fröstelte ohnehin schon, also suchte sie sich nach kurzem Bedenken etwas zum Anziehen, egal was. Not kannte kein Gebot. Sie fand in Wennbergs Trolley einen frischen Rollkragenpulli, eine Hose, Socken und schlüpfte eilig in alles hinein. Natürlich war alles viel zu groß für sie, doch nichts konnte ihr im Moment so egal sein. Dann rieb sie sich am ganzen Körper, kräftig und schnell, bis sie von der Reibungswärme und der körperlichen Anstrengung nicht mehr völlig klamm vor Kälte war. Erst dann regte sich noch etwas anderes als der blanke Überlebensinstinkt: die Trauer um Wennberg. Jemand hatte ihn umgebracht und ins Meer geworfen. Sie hatte nicht die geringste Ahnung, wer.

Und warum? Wie passte dieser Mord ins Bild? Was passte hier überhaupt noch in ein Bild? Sie wusste nur: Sie musste weg.

Es wäre wahnsinnig gewesen, weiter herumzuschnüffeln. Sie musste schauen, dass sie so schnell wie möglich von der Insel kam. Aber von Mikkelsen fehlte jede Spur. Weshalb kam er nicht? Hatte er nicht verstanden, was sie ihm gesagt hatte?

Wennberg und Borgen hatten sich gekannt. Und jetzt waren beide tot. Wahrscheinlich gab es hier einen Zusammenhang.

Aber wie sollte sie das jemals herausfinden? Außerdem: Für Mörderjagden gab es die Polizei.

Wo steckte Mikkelsen bloß?

Sie musste versuchen, einen weiteren Hilferuf abzusetzen. Mechanisch, ohne jede Emotion, durchwühlte sie Wennbergs Sachen. Ein Ersatzhandy mitzunehmen, das man versteckt hielt, lag irgendwie nahe. Sie hatte sich mit der Einsammelaktion übertölpeln lassen. Hatte dem Punkt keine Bedeutung beigemessen. Ihr eigenes war weg. Abgesoffen. Auch wenn sie sich nicht mehr genau erinnerte, glaubte sie kaum, dass sie so geistesgegenwärtig gewesen war, es aus der Tasche zu holen und an Land zu lassen, bevor sie in die Fluten gesprungen war. Egal. Sie brauchte ein Mobiltelefon, mit dem sie Hilfe holen konnte. Vielleicht die Küstenwache?

»Mist!«, fluchte sie, als sie nach fünf Minuten sicher war, dass hier kein Handy versteckt war.

Sie setzte sich auf Wennbergs Bett und überlegte. Hier war sie vorerst sicher. Sie konnte sich verbarrikadieren, vielleicht auch einen Gegenstand finden, mit dem sie sich im Ernstfall verteidigen konnte. Und so auf das Eintreffen der Polizei warten.

Aber war sie wirklich sicher, dass Mikkelsen den Ernst der Lage verstanden hatte? Und wie lange mochte der Sturm noch dauern? Was war mit den anderen, die vielleicht ebenso in Gefahr schwebten? Mit Ulven, mit Gjelstad, mit …

»Mist!«, wiederholte sie, als sie beschloss, dass sie sich doch nicht verkriechen konnte. Obwohl sich alles in ihr dagegen sträubte, wusste sie: Sie musste ins Haupthaus zurück.

Fünf Minuten später stand sie zitternd vor Rosvolds Arbeitszimmer. Im Inneren war kein Mucks zu hören. Auf dem Weg hierher hatte sie niemanden angetroffen. Hätte sie jemanden gesehen, wäre sie sofort ins Wohnhaus zurückgelaufen. Aber es war niemand da, nicht im Kaminzimmer, nicht auf der Treppe und wohl auch nicht im Arbeitszimmer.

Sie wollte reingehen, den Hörer abnehmen und den Notruf wählen. Eigentlich ganz einfach. Aber als sie ihre Hand an den Türgriff legte, musste sie sich schütteln. Die Angst steigerte sich zu einer diffusen Panik, die sie nicht zuordnen konnte. Sie war erstarrt.

Als sie die Schritte hinter sich hörte, war es bereits zu spät.

Eine große, kalte Hand legte sich auf ihren Mund.

Caroline versuchte zu schreien, doch die Hand drückte gnadenlos zu und zog sie nach hinten.

Nur ein leises Wimmern drang nach außen.

42

Bachs Kollegin Ulla Wilberg fuhr Mikkelsen an: »Das wird Konsequenzen haben! Wie kommen Sie dazu, auf eigene Faust zu ermitteln, ohne uns zu verständigen?« Sie war völlig außer sich.

Mikkelsen saß im Büro der Abteilung für Gewaltverbrechen der Kriminalpolizei von Kristiansand und ließ es über sich ergehen. Seine eigenen Nerven waren zum Zerreißen gespannt. Bach beobachtete das Schauspiel schweigend.

Sie verloren hier nur wertvolle Zeit!

Omdal war unten im Wagen geblieben. Mikkelsen hatte gedacht, es würde schnell gehen und man würde ihn und sein Vorhaben, auf die Insel rauszufahren, sofort verstehen. Dass Wilberg diejenige war, die hier die Hosen anhatte, war ihm bisher entgangen. Sie und Bach hatten sich seine Ausführungen angehört, vom Leuchtturm, der Strickweste als Indiz für Borgens Anwesenheit, von Sunds Behauptung, Wennberg und die Tote hätten sich gekannt. Als Mikkelsen fertig erzählt hatte, war Ulla Wilberg ansatzlos in die Luft gegangen.

Seit fünf Minuten wusch sie ihm nun schon den Kopf, und Bach tat einfach nichts.

Mikkelsen vermutete, dass sie gar nicht hören *wollte*, was er zu erzählen hatte. Aber da war nicht bloß Aggression in ihrem Gehabe, da schien auch Angst zu sein. Und plötzlich glaubte er zu verstehen: Polizeichef Tore Storm und der Politiker Gjelstad mussten auch die Kripo unter Druck gesetzt haben.

Mikkelsen fühlte sich hilflos. Er wartete nur darauf, dass es vorbei war. Bekamen sie das große Polizeiboot nicht, würden Omdal und er sich einfach ein anderes Boot besorgen. Sie durften keine Sekunde länger warten.

Doch Wilberg schien nicht müde zu werden oder Luft holen zu müssen.

»Haben Sie das verstanden?«, wollte sie wissen.

»Was?«, fragte er.

»Ob Sie das verstanden haben?!«, schrie sie.

»Nein!«, schrie Mikkelsen zurück. »Nein, ich verstehe nicht, wie man so kurzsichtig sein kann! Es ist doch völlig egal, wer etwas herausfindet, solange es uns weiterbringt! Aber ich kann hier nicht länger sitzen. Ich brauche Sie nicht.«

Wilberg wurde ganz ruhig. »Sagen Sie das noch einmal.«

»Ich brauche Sie nicht«, wiederholte Mikkelsen.

Sie holte schon Luft, war im Begriff, noch heftiger aufzubrausen, als Bach aufstand und ihr die Hand auf die Schulter legte.

»Was?«, schnauzte sie ihn an und wischte die Hand weg.

»Lass ihn. Er wird gar nichts auf eigene Faust tun. Hab ich recht?«, fragte er in Richtung von Mikkelsen.

Mikkelsen schwieg.

»Na eben«, sagte Bach. »Ich bringe ihn jetzt hinaus.«

Sie konnte sich offensichtlich nur schwer bremsen. Sie war rot vor Zorn und wollte sich abreagieren. »Das wird

Konsequenzen haben!«, rief sie den beiden nach, als diese zur Tür gingen.

»Ja«, sagte Bach nur und geleitete Mikkelsen hinaus.

Auf dem Weg nach unten blieb Bach schweigsam. Mikkelsen ahnte, dass tatsächlich interveniert worden war.

»Was hast du vor?«, fragte Bach nach einer Weile.

Die plötzliche Vertrautheit, mit der Bach mit ihm sprach, wunderte Mikkelsen. »Zur Insel fahren. Die Leute von dort evakuieren.«

»Und du kannst bei dem Wetter rausfahren?«

»Nein. Deshalb habe ich jemanden dabei, der es kann. Aber wir brauchen das große Boot.«

Bach nickte unergründlich. Dann forderte er Mikkelsen auf, einen Moment auf ihn zu warten, und rannte die Treppe hoch. Mikkelsen trat nervös von einem Fuß auf den anderen, sah immer wieder auf sein Handydisplay, Minute um Minute verging, er versuchte noch einmal Sund anzurufen, aber wieder kam nur die Durchsage, dass der Teilnehmer nicht erreichbar war. Schließlich kam Bach zurück.

»Und?«, fragte Mikkelsen.

Er schüttelte den Kopf. »Das mit dem Boot könnt ihr vergessen. Wir können nicht fahren.«

»Wieso nicht? Mir wurde zugesagt, dass ich es haben kann, wenn ich es brauche!«

»Mag ja sein, aber bei dem Wetter geht es nicht. Die Kollegen geben es nicht frei. Und du kannst es wohl schwer kapern.«

Mikkelsen hatte tatsächlich einen Moment lang daran gedacht, Omdal und er könnten sich das Boot einfach nehmen und sich über Kollegen und Hafenmeisterei hinwegsetzen. Aber natürlich wäre das Schwachsinn gewesen. »Was dann, Bach? Wie kommen wir raus?«

Da grinste der Kriminalpolizist. »Ich hab die Küstenwache angerufen. Sie meinten, es wäre ihnen ein Vergnügen, uns zu helfen. Es klang fast, als freuten sie sich auf die stürmische See.«

»Dann los!«

Sie liefen ins Freie zum Auto, in dem Omdal auf dem Beifahrersitz saß. Mikkelsen setzte sich hinters Steuer und fuhr los.

»Wer ist er?«, fragte Omdal zur Seite.

»Kriminalpolizei von Kristiansand«, erklärte Mikkelsen knapp. »Er kommt mit.«

Omdal blies die Luft aus. Offensichtlich war das zu viel Polizei auf einmal für ihn.

Es waren nur wenige Hundert Meter bis zum Hafen. Dort war das grau lackierte Boot der Küstenwache mit der *Kystvakt*-Aufschrift an der Seite nicht zu übersehen. Es war eigentlich schon mehr Schiff als Boot. Die dicken Metallwände wirkten, als könnte ihnen nichts auf dieser Welt etwas anhaben. Eine Unmenge von Sensoren und Antennen ragte über der Brücke in den Himmel. Im hinteren Bereich waren zwei Beiboote fixiert, die schon für sich genommen wesentlich größer waren als das Boot, das Mikkelsen in Tåkesund zur Verfügung hatte. An Deck waren mehrere Männer in roten Überlebensanzügen eifrig dabei, es zum Auslaufen fertig zu machen.

Mikkelsen hielt direkt daneben an.

»Bach?«, rief ein Mann um die fünfzig mit exakt getrimmtem Bart, der sich auf dem Schiff befand. Auch er hatte einen der knallroten Anzüge an und stand am oberen Ende einer Leiter, die an Deck führte.

»Nein, er ist Bach«, schrie Mikkelsen und deutete zum Kommissar zurück.

»Kommen Sie alle an Bord!«

Mikkelsen zögerte keinen Moment, obwohl sich jetzt plötzlich ein flaues Gefühl einstellte, noch bevor sie einen Meter aufs Meer hinausgefahren waren.

»Willkommen auf der Nornen! Sie brauchen ein Taxi zum Leuchtturm Tåkesund?«, scherzte der Mann, der sich ihnen als Kapitän Lund-Berntsen vorstellte.

Keine fünf Minuten darauf stachen sie in See. Mikkelsen stellte mit Bangen fest, dass die Männer von der Küstenwache ihre helle Freude mit der Mission zu haben schienen. Auch Omdal grinste, während Mikkelsen wie Bach im hinteren Bereich der Brücke Platz genommen hatte und sie sich beide in ihre Seitenlehnen krallten.

Plötzlich hatte Mikkelsen das Bedürfnis, Hanne zu schreiben.

Wir fahren mit der Küstenwache zum Leuchtturm hinaus, tippte er, und *wünsch mir Glück* – dann drückte er auf Absenden, steckte das Gerät wieder weg und merkte, dass es ihm nicht gutgetan hatte, aufs Display zu schauen – in den immer größeren Wellen musste sein Blick starr nach vorne gerichtet bleiben, damit ihm nicht auf der Stelle schlecht wurde.

Omdal, der auf der Brücke stand, als hätte er ein inneres Pendel eingebaut, das jede noch so heftige Bewegung des Bodens ausglich, beobachtete das Treiben auf der Brücke fasziniert. Als sie in den ersten großen Brecher stachen und das Meerwasser mit Wucht gegen die Fenster der Brücke klatschte, stieß er einen kurzen Pfiff aus.

»Gut festhalten. Könnte ein wenig ruppiger werden«, sagte der Kapitän.

Mikkelsen, der ahnte, dass dies gerade nur ein kleiner Vorgeschmack gewesen war, spannte jeden Muskel seines Körpers an.

43

»Spinnst du?«, schrie Caroline, nachdem sie sich freigekämpft hatte und sah, wer sie da angegriffen hatte.

»Pssst!«, zischte Rosvold, in dessen Augen Angst aufleuchtete. Er hatte sie in den Raum mit der alten Leuchtturm-Mechanik gebracht.

»Was willst du?«, setzte sie nach. »Antworte gefälligst!« Sie überraschte sich selbst mit ihrer Aggression, aber Angriff war die beste Verteidigung.

Er könnte hinter allem stecken.

Aber wenn es so wäre, warum lebte sie dann noch?

Die Überlegung gab ihr einen Funken Hoffnung. Doch ihr Herz war längst außer Kontrolle geraten. Rosvold stand ganz nah vor ihr. Auch er war außer sich. Schweißperlen rannen über seine Stirn. Dazu war er blasser als sonst, die Gesichtshaut fahl, fast grau. Er sah krank aus.

»Was ... was ist mit dir?«, fragte sie zögerlich.

»Wir müssen weg von hier!«, sagte er nur.

»Warum?«, fragte sie, obwohl sie genau dasselbe dachte. Aber sie traute ihm nicht. Alles sprach dafür, dass er tief in den

Vorgängen mit drinsteckte. Sie konnte ihn sich zwar nicht wirklich als Mörder vorstellen, aber was wusste sie schon über ihn?

»Du musst mir einfach glauben, okay?«

Wusste er von Wennberg? Sollte sie ihn darauf ansprechen?

»Ich bitte dich!«, flehte er. »Ich kann nicht alleine weg. Du musst mir helfen!«

»Okay«, sagte sie schließlich. Schließlich war es genau das, was auch sie wollte. Weg von hier, so schnell es ging.

Rosvold griff nach ihrer Hand und schlich mit eingezogenem Kopf voraus. »Leise!« Im Vorbeigehen behielt er die Tür zu seinem eigenen Arbeitszimmer genau im Auge.

Wieso? Es war doch sein Zimmer! Was war da drin?

Er spähte die Treppe hinab, hielt sich mit der freien Hand am Geländer fest und horchte, ob sich etwas bewegte. Caroline glaubte sich in einen alten Agentenfilm versetzt. Die Szene hatte etwas Surreales. Wenn sie an Wennberg dachte, war seine Vorsicht aber wohl angebracht. Sie fühlte sich mit ihm an ihrer Seite zehnmal sicherer als zuvor, und als es ihr bewusst wurde, war sie fast sauer auf sich selbst. Dann machte sie sich klar, dass es hier nicht um starke Männer und schwache Frauen ging. Die Sicherheit kam vor allem aus der Gewissheit, dass er sich auf der Insel auskannte. Schließlich gehörte sie ihm ja.

Gerade deswegen könnte es eine Falle sein.

Sie musste mehr herausfinden. Brauchte Gewissheit, bevor sie ihm einfach überallhin folgen konnte. »Vor wem laufen wir denn davon?«, fragte sie.

Rosvold legte einen Finger auf die Lippen. Dann zerrte er sie mit solcher Kraft die Treppe hinunter, dass Caroline Mühe hatte, nicht zu stolpern.

»Wieso können wir nicht in dein Zimmer gehen und Hilfe holen? Du siehst ja über die Kameras, was passiert!« Sie bemühte sich überhaupt nicht mehr, ihr Herumschnüffeln zu verheimlichen.

»Die Kameras sind tot«, erklärte er eilig. »Genau wie das Telefon!«

Sie standen im Kaminzimmer. Nach wie vor war niemand sonst zu sehen.

»Das Telefon ist tot«, stellte sie mehr fest, als dass sie danach fragte. Es passte einfach zu gut ins Bild eines Wahnsinnigen, der hier herumlief, Leute umbrachte und die Insel von der Außenwelt abschnitt, damit ihm keiner mehr entkommen konnte. Sie verbot sich, weiter darüber nachzudenken.

»Und jetzt?«, fragte sie, weil Rosvold zögerte. »Was ist mit den Handys in deinem Büro?«

»Den Handys?«, fragte Rosvold und dachte nach. »Die sind ausgeschaltet, also gesperrt. Ich selbst hab keins.«

»Aber einen Notruf kann man doch auch von einem gesperrten Mobiltelefon absetzen, oder?«

»Ich … weiß es nicht«, gestand er.

Sie konnte es nicht fassen. Wo war er während der letzten Jahrzehnte gewesen? Hatte er es überhaupt nicht nötig gehabt, sich mit Technik auseinanderzusetzen, oder war das so ein Künstlerspleen?

Die Handys waren eine Chance.

Plötzlich knirschte der Kies draußen vor der Tür. Eindeutig Schritte. Caroline fühlte die Panik wieder. Dann sah sie, wie der Türgriff nach unten ging. Aber die Eingangstür öffnete sich nicht. Wer auch immer da kam, rüttelte heftig. Wer hatte das Hauptgebäude versperrt? Und wer war hinter der Tür? Automatisch sah sie sich nach einer Waffe um. Sie entdeckte den Schürhaken, wollte ihn an sich nehmen, da wurde sie von Rosvold zur Tür gezogen, hinter der sich ihres Wissens die Abstellkammer verbarg. Die Tür, die sie so dilettantisch mit ihrer Haarnadel hatte öffnen wollen.

»Da rein!«, befahl er und hielt sie ihr auf.

»Was? Wieso …«

»Frag nicht lang, wenn du leben willst!«

Sie zögerte. Jetzt ließ sich die Entscheidung nicht mehr aufschieben. Vertrauen oder nicht?

Der, der von draußen hereinwollte, rüttelte immer heftiger am Griff. Dann warf er sich dagegen. Ein Blick auf die Bewegungen des Türblatts reichte, um Caroline zu überzeugen, dass es den Angriffen nicht lange standhalten würde.

Sie riss ihren Arm aus Rosvolds Umklammerung und eilte zum Kamin. Dort schnappte sie sich den Schürhaken und hielt ihn drohend in Rosvolds Richtung.

»Sag mir jetzt sofort, was du weißt«, schrie Caroline. »Sara Borgen war hier. Was hast du mit ihr gemacht?«

Rosvold zitterte, aber seine Angst galt bestimmt mehr dem, der hereinwollte, als ihrer Behelfswaffe. Hatte er sie überhaupt gehört?

»Es tut mir so leid«, wimmerte er plötzlich.

»Was? Was tut dir leid? Dass du sie umgebracht hast?«

»Ich habe überhaupt niemanden umgebracht!«, entgegnete er. »Ich habe Sara Borgen nie getroffen!«

Caroline glaubte ihm kein Wort. »Was soll sonst mit ihr passiert sein?«

»Ich weiß es nicht, okay? Sie ist nicht gekommen. Sie war nie hier!«

»Blödsinn. Es gibt Beweise, dass sie hier war!«

Das hörte er offensichtlich zum ersten Mal. Zumindest kam es Caroline so vor.

»Welche Beweise?«, fragte er fassungslos.

»Ihre Strickweste. Und ihr Koffer. Hier auf der Insel.«

»Was?«, rief Rosvold aus. Dann hob er die Hände. Es wirkte, als galt die Geste ihm selbst. Seine Augen gingen schnell hin und her – er grübelte. Dann legte er eine Hand an den Mund, als könnte er den Gedanken nicht fassen, den er da gerade hatte.

Alle Kraft schien aus ihm zu weichen. Seine Knie gaben nach. Er kauerte sich hin.

Plötzlich war das Wummern von der Tür her zehnmal so laut. Der, der da hereinwollte, hatte jetzt ein Werkzeug. Lange wären sie hier nicht mehr alleine.

Aber Rosvold tat nichts mehr. Und dann weinte er.

»Los, rein in die Kammer!«, wies sie ihn an und konnte es selbst nicht glauben, was da aus ihrem Mund kam. Aber die Entscheidung war gefallen.

Sie vertraute ihm.

44

11 Uhr – die See vor Tåkesund

Das Schiff Nornen der norwegischen Küstenwache pflügte sich durch die schwere See vor der Südküste. Sie mussten überwiegend quer zu den Wellen fahren, um schneller vorwärtszukommen – das Schiff rollte um die Längsachse, wie es in der Fachsprache hieß. Für Laien bedeutete es, dass man sich gut vorstellen konnte, wie es war zu kentern. Aber sowohl Kapitän Lund-Berntsen als auch Omdal behielten ihre stoische Ruhe, was Mikkelsen etwas beruhigte. Er schätzte die Distanz zwischen Kristiansand und Tåkesund auf gut dreißig Kilometer – als Landei konnte er mit Seemeilen nichts anfangen. Er wusste, dass Schiffe dieser Größe über dreißig Stundenkilometer schnell sein konnten, aber bei dem Seegang kamen sie vermutlich langsamer vorwärts. Womit er sich ohne langes Rechnen auf eine gute Stunde Fahrt einstellen musste.

Bisher hatte er seinen Mageninhalt bei sich behalten können, aber er wusste nicht, wie lange das noch gut gehen würde.

Ein seekranker Norweger – wie peinlich!

Da hörte Mikkelsen, wie sich Bach neben ihm übergab, und konnte nicht anders, als wenigstens kurz hinzusehen – zum Glück hatte er die Papiertüte benutzt, die man in weiser Voraussicht an die Passagiere ausgeteilt hatte. Aber sofort wurde Mikkelsen noch übler. Er hoffte inständig, nichts zu riechen, denn dann wäre es mit seiner Beherrschung vorbei gewesen.

Der Horizont vor ihm drehte sich wie in der Achterbahn, links, rechts, links, rechts …

Ruhig, sprach er sich selbst Mut zu. Das waren Profis. Das war ein gutes Schiff. Er wollte sich auf keinen Fall blamieren.

Kapitän Lund-Berntsen wurde ans Funkgerät gerufen. In all dem Umgebungslärm hielt er sich einen Kopfhörer an sein rechtes Ohr, um besser verstehen zu können. Kurz darauf sah er zu Mikkelsen zurück und winkte ihn heran.

Mikkelsen zeigte zunächst nur auf sich, zweifelnd, ob tatsächlich er gemeint war. Lund-Berntsen nickte. Aber wie sollte er dort nach vorne kommen? Er hatte ja schon Mühe, nicht aus dem Sitz zu fallen!

Der Kapitän winkte jetzt energischer. War es so wichtig? Also musste Mikkelsen wohl seiner Aufforderung folgen und stemmte sich auf. Gerade als er stand, schlug ein Brecher gegen die Seitenwand des Schiffs, eine unerwartete Seitwärtsbewegung, die ihn aus der Balance brachte. Er konnte gerade noch nach der Lehne seines Sitzes greifen und so einen Sturz verhindern. Anschließend wankte er wie ein Betrunkener durch die Brücke auf den Kapitän zu, der ihm zeigte, wo er sich festhalten konnte, und ihm dann das Funkgerät reichte. Omdal beobachtete das Geschehen und grinste hämisch.

Erstaunlich, aber die plötzliche Ablenkung ließ Mikkelsen den Seegang besser ertragen. Statt sich zu fragen, wie lange er noch auf seine Tüte verzichten konnte, fragte er sich, wer hier draußen wohl etwas von ihm wollte.

»Ja? Hier ist Nils Mikkelsen von der Polizei Tåkesund«, funkte er und wartete.

Nach ein paar Sekunden krachte es. »Mikkelsen! Hier ist Polizeichef Tore Storm!« Seine Stimme klang wütend.

Mikkelsen ahnte, was kam. »Ja?«, gab er knapp zurück.

»Hören Sie, ich dachte, ich hätte mich in Tåkesund klar und deutlich ausgedrückt. Wieso sind Sie jetzt trotzdem zum Leuchtturm unterwegs?«

Obwohl Mikkelsen mit seinem Verdacht richtiggelegen hatte, empörte ihn Storms schamlose Art, sich vor den Politiker und dessen Sohn zu stellen. Mikkelsen konnte sich förmlich vorstellen, wie Kjell-Bjarne Gjelstad neben Storm stand und ihm zuflüsterte, was er zu sagen hatte.

Weil Mikkelsen keine schlagfertige Antwort einfiel, fuhr Storm gleich fort. »Ich habe Ihnen zu verstehen gegeben, dass ich Ihre Wildwest-Methoden nicht toleriere! Sie widersetzen sich meinem Befehl! Kehren Sie sofort um, wenn Sie kein Disziplinarverfahren haben wollen!«, forderte der Polizeichef.

Er hätte diesem Dummkopf gern allerlei an den Kopf geworfen, vom Nicht-sehen-Wollen der Faktenlage bis hin zum Amtsmissbrauch, aber es hätte seine Lage und die der Leute auf der Leuchtturminsel kaum verbessert. Also tat er das Einzige, was ihm in der Situation möglich erschien: »Bitte wiederholen Sie. Ich verstehe Sie nicht!«

»Sie sollen umdrehen! Fahren Sie nicht zum Leuchtturm!«

»Was?«

»Nicht! Zum! Leuchtturm! Umdrehen!«

»Ich … Funkgerät … Knacken …« Wäre er nicht an Bord eines Schiffs der Küstenwache gewesen, mitten in sturmgepeitschter See, hätte er jetzt fast Gefallen daran gefunden, sich taub zu stellen, aber ewig konnte er das Spiel nicht fortführen.

Gerade als Mikkelsen überlegte, ob er sich tot stellen oder doch mit Gegenargumenten kommen sollte, trat Omdal an seine Seite und nahm ihm das Mikrofon ab. »Hören Sie, Sie Komiker«, funkte er mit Seebärenstimme. »Wir befinden uns in einem Rettungseinsatz. Wollen Sie den behindern?«

»Wer spricht denn da?«

Omdal dachte gar nicht daran, die Frage zu beantworten. »Haben Sie etwa Befehlsgewalt über die Küstenwache?«, fragte er unfreundlich.

»Ich … äh … nein.«

»Dann behindern Sie uns nicht und stellen Sie sofort das Funken ein! Was berechtigt Sie überhaupt, mit der Brücke der Nornen Kontakt aufzunehmen? Verlassen Sie sofort die Frequenz!«

Dann reichte er Kapitän Lund-Berntsen das Mikrofon und nickte Mikkelsen zu. »Dein Chef?«

»Ja.«

»Mein Beileid.«

Die nächste Viertelstunde passierte nichts, wenn man vom allgemeinen Durcheinander der Elemente absah, durch die sie sich bewegten. Mikkelsen saß wieder im Passagiersitz und versuchte, Bach zu ignorieren, der sich immer wieder über seine Papiertüte beugte und Geräusche von sich gab, die man nicht hören wollte. Hätten sie den Kommissar nur an Land gelassen.

Die Sicht reichte vielleicht ein, zwei Kilometer weit, und so sahen sie den Leuchtturm erst, als dieser in respektabler Größe aus dem Grau in Grau vor ihnen heraustrat.

»Position halten! Beiboot eins klarmachen!«, befahl Lund-Berntsen seinen Leuten und bestätigte so den Verdacht, den Mikkelsen die ganze Zeit schon hatte: Dieses Schiff war groß genug für die schwere See, aber viel zu groß, um an der Insel anzulegen. Sie mussten in eine der kleinen Nussschalen umsteigen, die hinter der Brücke hingen. Mit dieser mussten sie dann den Anlegeplatz erreichen. Ein Blick Richtung Insel genügte, um Mikkelsens Übelkeit zurückkehren zu lassen.

»Dann los!«, rief Omdal und trat mit energischen Schritten an ihm vorbei und von der Brücke.

45

Irgendwo in der Dunkelheit

Ulven konnte nicht mehr. Ihr Kopf pochte, nein: Er explodierte förmlich. Sie hatte schon seit ihrer Kindheit an Migräneattacken gelitten, doch seit es diese neuen Tabletten gab, verschwanden ihre Anfälle wie von Zauberhand. Aber jetzt war alles anders. Sie hing in der Dunkelheit, verkehrt herum über der Wasseroberfläche, das Blut staute sich in ihrem Kopf, und alle paar Sekunden traf sie ein Schwall Meerwasser direkt im Gesicht. Sie glaubte jetzt auch bemerkt zu haben, dass der Wasserspiegel stieg, langsam, aber kontinuierlich. Was das bedeutete, durfte sie sich nicht vorstellen, denn sonst hätte sie schreien müssen, bis sie keine Luft mehr in ihren Lungen hatte, und dann wäre es aus gewesen. Sie musste ihre Kraft bewahren. So weinte sie nur, leise, aber ununterbrochen. Ihre Fußgelenke, um die ein dicker Strick gebunden war, hatten zunächst wie Feuer gebrannt und waren dann langsam taub geworden. Jetzt spürte sie von der Hüfte abwärts nichts mehr. Könnte nur ihr Kopf ebenso taub sein. Aber ihre Gedanken rasten dahin …

Das hier war kein Spiel, dessen war sie sich längst bewusst. Kein Mensch durfte einem anderen so etwas antun. Selbst in ausgefallenen sexuellen Spielarten gab es für beide Seiten einen festgelegten Ausweg, ein Codewort zum Beispiel. Sie hatte das alles recherchiert. Sie selbst wäre nie auf die Idee gekommen, etwas mit einem Mann auszuprobieren, für das man Codewörter brauchte. Sie mochte es ganz normal. Exotisch ging es nur in ihren erotischen Geschichten zu.

Sie hatte überlegt, welchen Anlass sie dem anderen gegeben haben konnte, sie so zu quälen. Mittlerweile bezweifelte sie stark, dass es sich um Aleksander Rosvold handelte. Er hatte sie doch beim letzten Treffen so hoch gelobt! Weshalb sollte er kurz darauf ein solch krankes Spiel mit ihr treiben?

Sie hatte die Idee aus Caroline Sunds Notizbuch nur ein klein wenig adaptieren müssen, hatte den männlichen mit dem weiblichen Protagonisten vertauscht, und fertig war die grandiose Idee. Wie dumm musste diese Sund sein, dass sie darauf nicht von selbst gekommen war? Aber so war das vermutlich mit Literaturstudentinnen wie ihr: Sie mochten eine unfassbare Menge von Büchern und Schriftstellern kennen und mit ihresgleichen wunderbar darüber philosophieren können, aber es war eine ganz andere Sache, selbst ein Buch zu schreiben. Da zeigte sich dann, wer es draufhatte und wer nicht. Jemand wie die Sund hatte es nicht drauf. Sie hatte es nicht verdient, diesen Wettbewerb zu gewinnen.

Da kam ihr ein neuer Gedanke.

Steckte diese Sund etwa dahinter? Wollte sie sich an ihr rächen, weil sie sich ihren Schreibblock *ausgeliehen* hatte?

Der Verdacht brannte heiß wie ein Feuer, und plötzlich war sie völlig überzeugt, dass es genau so gewesen sein musste. Die Sund war krank. Sie war eine Psychopathin, ohne jeden Zweifel.

Warum hatte sie das nicht früher gesehen?

Ulven war wütend wie seit Ewigkeiten nicht mehr. Sie wünschte Caroline Sund den Tod, und wenn sie dieser Situation entkommen konnte, würde sie sie mit bloßen Händen erwürgen, das schwor sie sich.

Da hörte sie etwas.

46

11 Uhr – Leuchtturm Tåkesund

Caroline und Rosvold standen in dem engen, vielleicht zwei, drei Quadratmeter großen Abstellraum, in dem es stockdunkel war und seltsam roch – nach Öl oder etwas Ähnlichem. Sie hörte den Schriftsteller atmen, aber beide waren darauf bedacht, so wenig Geräusche wie möglich zu machen.

Rosvold schob einen Riegel vor, so leise es ging. Aber warum gab es hier überhaupt eine Möglichkeit, die Tür von der Innenseite aus zu blockieren?

Da hörte sie Schritte, besser gesagt, das Knarzen der Bodendielen draußen im Kaminzimmer. Jemand ging umher. Sie bückte sich, um durchs Schlüsselloch zu spähen.

»Was siehst du?«, flüsterte Rosvold von oben.

»Nichts …«

Der Bereich, den sie durchs Schlüsselloch sehen konnte, war eng begrenzt, und wer auch immer draußen war, tat ihr nicht den Gefallen, vorbeizuspazieren.

Dann hörte sie, wie er die Treppen hochstieg.

»Er geht hinauf!«, sagte sie.

»Wer?«

276

»Ich weiß es nicht«, musste sie zugeben – es hätte auch eine Frau sein können. Aber sollte sie sich vor Henriette Ulven fürchten?

Sie richtete sich wieder auf und fragte: »Was jetzt?«

Rosvold zögerte. Wieder konnte sie ihn atmen hören.

»Aleksander? Was geht hier vor? Sag es mir endlich, oder ich schwöre, ich schlage Alarm.«

Einige Sekunden lang überlegte er, dann seufzte er kurz und schaltete das Licht in der Kammer ein. Caroline presste die Lider zusammen, so grell war es. Dann bückte er sich und schob Kübel und Putzgeräte beiseite. Da war ein Griff im Boden eingelassen, eine Falltür, und als er sie anhob, wurden Steinstufen sichtbar. Dazu intensivierte sich der seltsame Geruch.

»Da runter!«, forderte er.

Caroline dachte nicht im Traum daran. Sie war schon einmal dem Herzinfarkt nahe gewesen, als sie diesem Mann in den Keller nebenan gefolgt war. Nur dass sie heute keine Waffe hatte, mit der sie sich hätte verteidigen können.

»Sag mir sofort, was los ist, sonst mach ich gar nichts!«, entgegnete sie.

Rosvold schaute sie wütend an, musste dann aber erkennen, dass es ihr ernst war. Also sagte er nach einem weiteren Moment des Zögerns: »Okay. Ich habe mir die Geschichte vom Ertrinken in meinem Thriller nicht ausgedacht, okay? Es ist etwas Ähnliches passiert, als ich klein war. Ein Jugendfreund von mir wäre beinahe draufgegangen.«

Caroline horchte aufmerksam. Sie dachte nach, aber dass die Idee für seinen Bestseller einen realen Hintergrund hatte, erklärte gar nichts. Es gab Tausende Bücher, die sich an der Wirklichkeit orientierten. Wenigstens schien er jetzt die Wahrheit zu sagen.

»Ja – und?«

Rosvold lachte bitter.

Dann erklärte er hektisch: »Es war hier, okay? Der Leuchtturm war unser Lieblingsspielplatz. Wir haben mit einem alten Anker herumgeblödelt. Und irgendwie hat sich mein Freund im Seil verheddert. Er ertrank fast. Ich war so hilflos.«

Das klang, als könnte es tatsächlich mit dem aktuellen Geschehen zusammenhängen, überzeugte sie aber immer noch nicht, ihm zu vertrauen. Eher im Gegenteil.

»Und?«, forderte sie ihn auf, zum Punkt zu kommen.

»Irgendwann begann ich, es aufzuschreiben, nur für mich. Es war nie dazu gedacht, veröffentlicht zu werden. Doch als ich dann ein junger, motivierter Schriftsteller wurde, stieg der Druck, originelle Geschichten zu finden. Und dann war da dieser Agent, der meinte, er könne mich groß rausbringen, aber ich müsse etwas mit mehr Spannung liefern. Einen Thriller. Die Zeit sei gut dafür. Also versuchte ich, aus dem Nichts etwas auf die Beine zu stellen, das gut genug war. Das Einzige, was ich verwerten konnte, waren meine alten Notizen mit dem Anker. Und daraus wurde mein Bestseller.«

Da beschlich sie ein Verdacht. »Wer war denn dieser Freund?«, fragte sie. »Dein Jugendfreund, lebt er noch?«

»Ja. Er hieß Steffan.«

Sie kannte keinen Steffan, also sah sie ihn nur fragend an.

»Du ... du kennst ihn wahrscheinlich nur als Käpten. Sein richtiger Name ist Steffan Harket.«

Caroline erschrak und versuchte zu verstehen. Rosvold hatte den Unfall seines besten Freundes für seinen Bestseller verwertet. Der Käpten – Steffan – hatte ihr erzählt, Rosvold habe ihn aus dem Drogensumpf geholt und ihm einen Job angeboten. Rosvold, der das Trauma, an dem Steffan vielleicht litt, zu Geld machte. Und nun lebten sie unter ein und demselben Dach, wahrscheinlich ohne die Sache wirklich aufgearbeitet zu haben.

Da wummerte die Tür, hinter der sie standen. »Hallo? Ist da jemand drin? Ich hör euch doch!«, rief der andere, der vorhin die Treppen hochgegangen war. Oder hatte er das nur vorgetäuscht? Carolines Herz rutschte in die Hose.

Gjelstad. Die Stimme draußen vor der Tür gehörte eindeutig Gjelstad.

»Rosvold, hallo? Bist du da? Wann machen wir denn weiter? Ich schwöre, ich habe etwas Großartiges getan. Genau, wie du's gefordert hast! Du wirst Augen machen!«

Harald Gjelstad klang völlig überdreht. Wieder und wieder hämmerte er gegen das Türblatt.

»Runter!«, forderte Rosvold, dessen Ausdruck nackte Panik spiegelte. Er war schon drei, vier Stufen hinuntergegangen, während Caroline wie angewurzelt dastand.

Wie meinte Gjelstad das mit *wie du's gefordert hast*?

»Jetzt komm schon!«, rief Rosvold, und Caroline folgte ihm. Weil das Licht schnell schwächer wurde, tastete sie mit ihren Zehenspitzen nach den nächsten Stufen.

Gjelstad über ihr klopfte immer heftiger. »Hey!«, schrie er jetzt fast.

Die Treppe war nach wenigen Metern zu Ende und ging in einen ebenen Korridor über, dessen Boden nass war. Jetzt stank es geradezu. Caroline spürte, wie die Luft ihren Schleimhäuten zuzusetzen begann.

Es war nicht völlig dunkel, hinter einer leichten Biegung war Licht. Sie sah ein paar Meter vor sich ein eisernes Gitter. Rosvold wollte hingehen, doch Caroline packte seinen linken Unterarm und hielt ihn zurück.

»Was ist dort?«, fragte sie.

»Das Bootshaus. Mit einem kleinen Motorboot. Damit kommen wir weg!«

Er versuchte, sich freizuwinden, doch sie packte umso fester zu. »Stopp.«

»Was?«

»Wieso hast du es eigentlich plötzlich so eilig, wenn die Vorschriften vorher so streng waren? Handys abgeben, Kameras überall ... das war wie ein Gefängnis! Und jetzt gibst du unseren Wettbewerb einfach so auf? Wieso?«

»Unseren Wettbewerb«, spottete er mit eindeutig sarkastischem Tonfall. Er schüttelte nur den Kopf.

Da zog sie den einzig logischen Schluss. »Das hier ... ist gar kein Wettbewerb, willst du das sagen?«

Er wirkte verblüfft. Er sagte nichts, aber das war auch nicht nötig. Die Antwort stand in sein Gesicht geschrieben.

»Wenn es kein Wettbewerb ist, was ist es dann? Ein perverses Spiel vielleicht? Törnt es dich an, Menschen beim Sterben zuzuschauen?«

»Du bist ja völlig verrückt!«

»Dann sag mir endlich, was hier abgeht!«

Ein paar Momente schwiegen sie sich an, dann entwich die Spannung aus seinem Körper. »Also gut ... Publicity. Es geht um Publicity. Okay? Alles nur zum Schein. Ein großes Mysterium, inszeniert für die Medien.«

Sie glaubte, sich verhört zu haben, und brauchte kurz, um sich wieder zu fangen. Die Träume, die Chancen ... ihr Talent, weswegen sie angeblich hierher eingeladen worden war. Alles Schall und Rauch? Aber was war dann mit Sara Borgen?

»Nicht, dass du mich falsch verstehst, die Vermisste hat nichts damit zu tun«, kam er ihrer Frage zuvor. »Mein Manager ... Arne – er hatte die Idee für alles. Er hat gemeint, ich besäße ja diesen mystischen Leuchtturm, warum ihn nicht für einen Wettbewerb nutzen, um mich wieder ins Gespräch zu bringen.«

»Na, das ist dir gelungen«, erwiderte sie bitter.

»Hör zu, du kannst so sauer auf mich sein, wie du willst. Es ist mir egal. Ich will nur weg von hier. Lebend. Und du?«

Caroline folgte ihm, stieg ebenfalls hindurch und drängte: »Wovor hast du Angst? Was ist seit gestern Abend passiert? Jetzt sag schon!«

»Gjelstad«, sagte er mit zittriger Stimme.

»Was? … Was – Gjelstad?«

»Ich habe ihn gesehen, wie er … wie er …«

»Wie er was, verdammt?«

»Wie er *zum Mörder wurde*.«

Im selben Moment fiel die schwere Gittertür hinter ihnen ins Schloss.

47

11 Uhr 45 – die See vor Tåkesund

Nils Mikkelsen hätte keinen Hinweis mehr gebraucht, dass der Weg vom Schiff der Küstenwache zum Leuchtturm ein gefährlicher werden würde. Aber der Brecher, der ihn, Bach, Omdal und zwei Männer der Küstenwache in ihrem kleinen Beiboot begrüßte, war der ultimative Beweis. Das Meerwasser schlug mit einer Urkraft über sie herein, die nur mit einem Wort beschrieben werden konnte: feindlich. Als wollte sich die See gegen sie wehren, mehr noch: sie erschlagen und verschlucken.

Sie saßen im knallorange lackierten Kunststoffboot, direkt hinter dem Steuermann, der wie sie auf einer Art Sattel saß, die hintereinander auf sitzhohe Kunststoffstege montiert waren. Man schwang sich drauf wie auf ein Pony, und davor waren Haltebügel montiert, sodass man tatsächlich den Eindruck hatte, den Ritt durch die Wellen auf einem Pferderücken zu vollführen.

Sie waren noch vor dem Ablassen des Beiboots eingestiegen, da es sonst bei diesem Seegang unmöglich gewesen wäre, von der Nornen in die Nussschale zu steigen. Dann waren sie mit laufendem Motor im Eilverfahren heruntergelassen und freigemacht worden, und noch ehe sich Mikkelsen richtig orientieren konnte, waren sie schon auf dem Weg zur Insel.

»Alle noch da?«, fragte der Mann am Steuerstand und grinste, als hätte er eine rhetorische Frage gestellt.

Mikkelsen reagierte nicht. Er wusste, dass es nur mehr eines winzigen Auslösers bedurfte, um seinen Magen zum Rebellieren zu bringen. Er musste sich ablenken. Er dachte an das Bevorstehende. Er hoffte, er betete, dass Caroline Sund und die anderen Teilnehmer wohlauf waren. Der Kopf sagte ihm, dass es vermutlich so war und dass der Mord an Sara Borgen – falls es denn überhaupt einer gewesen war – nicht automatisch weitere Morde nach sich ziehen musste. Schon gar nicht in dieser Ecke des Landes. Das, was Omdal, Bach und er hier machten, war eine Vorsichtsmaßnahme, für die sie sich wohl zu rechtfertigen hatten bei Tore Storm und dessen Kumpel, dem Ex-Justizminister.

Aber das Herz, das Bauchgefühl, die kriminalistische Intuition war eine andere Sache. Da war etwas, das Mikkelsen förmlich riechen konnte. Gefahr im Verzug. Kommissar Bach schien es gleich zu gehen. Und zusammen mit dem Wissen, das sie von Omdal und Paulsen hatten, konnte es Mikkelsen gar nicht schnell genug gehen, auf die Insel zu kommen.

Die Welle kam wie aus dem Nichts. Sie waren schon fast da, passierten die Klippen in eigentlich sicherem Abstand, aber diese Riesenwelle machte jeden Abstand unsicher. Wie im Expresslift wurden sie mehrere Meter hochgehoben und wie ein Spielzeugboot in Richtung der Granitfelsen gedrückt.

»Festhalten!«, schrie der Steuermann mit einer Stimme, der jede Lockerheit fehlte.

48

Das schwere Eisengitter hinter ihnen war zugefallen. Nach einem Schreckmoment und der Vergewisserung, dass sich dort im Halbdunkel niemand befand, lief Caroline hin und rüttelte daran. Es bewegte sich keinen Millimeter.

Aber wie sollte sich die Tür geschlossen haben? Vom Luftzug bestimmt nicht.

Sie tastete den Rahmen ab – und fühlte unten, knapp über dem Boden, ein dünnes Drahtseil, das nach vorne führte, um die Biegung des Korridors herum.

Was bedeutete: Wer auch immer das gerade getan hatte, wusste, dass sie hier waren. Und er wollte ihnen den Rückweg abschneiden. Jetzt konnten sie nur mehr nach vorne laufen. Ins Bootshaus. Wo er auf sie wartete …

»Was soll das?«, fragte sie in Rosvolds Richtung, obwohl sie es längst ahnte.

Der Schriftsteller sagte nichts.

»Hallo? Aleksander, was ist hier los? Wer hat das getan? Was riecht hier so?«

Er flüsterte etwas, das sie nicht verstand, auch weil er sich die Hand vor den Mund hielt.

»Was?«

»Eine Falle!«

Das war auch ihr klar. Aber so einfach gab sie sich nicht geschlagen. »Komm her und hilf mir! Los jetzt, verdammt!«, rief sie.

Gemeinsam versuchten sie, die Finger in den Spalt zwischen Metall und Rahmen, dann zwischen Metall und Fels zu bekommen. Aber der Stahl war zu genau gearbeitet und viel zu massiv. Sie nahm zwei Schritte Anlauf und warf sich mit der Schulter dagegen. Schmerz explodierte in ihrem Oberarm, doch sie ignorierte ihn und nahm wieder Anlauf.

Rosvold packte sie. »Lass das, das bringt nichts!«

Wollte er hier etwa auf seinen Tod warten? Sie durfte nicht aufgeben. »Los, auf drei!«, befahl sie und zählte bis drei, dann ließen sie sich gemeinsam mit den Schultern gegen die Metallstäbe fallen, nur um zu merken: Diese Barriere war ohne Werkzeug nicht zu überwinden.

Caroline legte ihre Stirn an den kühlen Stahl. Rosvold stand dicht neben ihr. Aus der Richtung des Bootshauses hörte man etwas plätschern.

»Wennberg, oder?«, fragte sie kraftlos.

»Wie?«

»Gjelstad hat Wennberg ermordet und in die See geworfen. Das war es, was du gesehen hast.«

»Woher weißt du das?«

»Ich habe noch versucht, ihn zu retten … Aber Gjelstad ist doch jetzt oben im Kaminzimmer. Wieso ist diese Tür hier zu? Schau, das Drahtseil, das die Gittertür zugezogen hat, geht zum Bootshaus. Aleksander, was passiert hier nur?« Sie musste gegen die Tränen ankämpfen.

»Ich weiß es nicht.«

Wieder plätscherte Wasser, dann hustete jemand. War es der, der hinter ihnen her war? Kam er jetzt gleich um die Ecke wie eine Spinne, die sich das hilflose Opfer aus ihrem Netz holte?

»Mist, verdammter!«, schrie sie und rüttelte am Gitter, bis ihre Handgelenke so sehr schmerzten wie ihre Schulter.

Da hörte sie ein leises Lachen aus dem dunklen Korridor zu ihr dringen. Es klang fremd. »Na? Worauf wartet ihr? Kommt doch!«, sagte ein Mann.

Sie drehte sich um und schaute in den Korridor hinein. Sie wusste, wer dahinter auf sie wartete. Es war der Käpten. Rosvolds Freund Steffan. Derselbe, der sie vor wenigen Stunden erst aus dem Meer geholt hatte.

»Komm doch, Aleksander! Sieh dir an, was ich für dich vorbereitet habe! Es dauert nicht mehr lang. Du willst dir das doch nicht entgehen lassen? Ich weiß, dass es dir gefällt. Komm, komm!«

Caroline sah Rosvold ins Gesicht, konnte in der Dunkelheit aber nicht viel darin erkennen. Er atmete schwer. Bestimmt fügten sich in seinem Kopf gerade die Puzzlestücke zum großen Ganzen zusammen.

»Komm, komm!«, lockte Steffan wieder. »Du willst doch nicht, dass du und deine hübsche Begleiterin … Feuer fangt?« Dann lachte er höhnisch, und kurz darauf ertönte ein neues, rhythmisches Geräusch. Ein metallisches Klackern, das sie an irgendetwas erinnerte.

Caroline dachte nach. Wie wollte er hier Feuer legen? Was gab es in diesem Korridor schon, das brennbar war? Stein brannte nicht, und das Wasser auf dem Boden brannte auch nicht.

Aber Benzin.

Nein, das konnte nicht sein. Hätte Steffan hier im Korridor Benzin verschüttet, hätte es bestialisch gestunken. Es roch hier zwar tatsächlich nach einer ölartigen Flüssigkeit, aber Benzin war es nicht, Diesel auch nicht, da war sie sich sicher.

Sie ging in die Knie, tippte ihre Finger ins Nass und führte sie an die Nase.

Da erkannte sie den Geruch. Es war Bioethanol. Das Zeug, mit dem man diese Kaminöfen ohne Abzug befeuerte. Es roch, aber es stank nicht, selbst in dieser Menge nicht.

»Rosvold«, sagte sie und deutete auf die Flüssigkeit.

Er zeigte zuerst keine Regung. Dann bebten seine Schultern. Gleich verlor er noch die Nerven. Caroline ahnte, dass es genau das war, worauf Steffan abzielte.

Sie ließ Rosvold in seinem Elend stehen, richtete sich demonstrativ gerade auf, schritt um die Biegung des Korridors. Von dort kam das Licht, besser gesagt von einem Bereich hinter einer weiteren Eisentür, die ebenfalls verschlossen war. Sie legte beide Hände daran, die vom Rütteln vorhin bereits Schwielen hatten.

»Steffan!«, rief sie, weil sie ihn im Zwielicht nicht sehen konnte.

Das Bootshaus bestand nur aus einem einzigen Raum mit einem Steg, der sich um eine Aussparung für ein kleines Boot spannte. Es gab ein Außentor, das verschlossen war.

Kein Boot!

Erst jetzt erkannte sie, dass da statt des Bootes etwas anderes war. Eine Art Säule, die in der schwarzen Wasseroberfläche stand. Da krümmte sich die Säule, und Caroline wusste, dass es ein Mensch war. Und dieser Mensch schnappte nach Luft. Und hustete. Das war es, was sie vorhin gehört hatte. Der Mensch holte tief Luft, löste seine Körperspannung und tauchte mit dem Kopf ins Meerwasser zurück.

Wer war das?

Viele blieben ja nicht mehr. Es war nicht Rosvold, nicht Steffan, nicht Gjelstad, nicht Wennberg. Blieben nur zwei Optionen: Manager Haugerud oder …

Henriette Ulven. Aus irgendeinem Grund wusste Caroline plötzlich, dass es nur sie sein konnte. »Käpten! Ich … wieso – was haben wir dir getan … was hab ich dir getan? Steffan?«

Keine Reaktion.

»Was hat Henriette dir getan?«

Da trat der Käpten aus dem Schatten links vom Korridor und stellte sich an die andere Seite des Eisengitters. Sein Gesicht war entspannt, fast freundlich, jedenfalls aber amüsiert. Unpassend. In seiner Hand hielt er ein Zippo-Feuerzeug, mit dessen Verschluss er spielte, auf, zu, auf, zu. Das war das metallische Geräusch. Ein Funke genügte, und Rosvold und sie würden im Korridor verbrennen.

»Henriette, ja …«, fing Steffan an. »Sie hat deine Idee gestohlen. Weißt du davon?«

»Meine Idee?«, stellte sie sich dumm, obwohl sie es ja ahnte. Die Idee, für die Rosvold Ulven beim letzten Treffen gelobt hatte, als Caroline zu spät gekommen war, war also tatsächlich von ihr gekommen? Die Gewissheit empörte sie plötzlich.

»Ja, ist ein mieses Gefühl, nicht wahr? Wenn man weiß, dass der andere von dir profitiert und in Saus und Braus lebt, während du in der Gosse verrottest.«

Caroline glaubte langsam zu verstehen. Sie ahnte, dass Steffan von sich selbst sprach, wie er in der Gosse von Christiania in Kopenhagen dahinvegetierte, während ein anderer …

»Rosvold hat dir eine Idee geklaut?«, sprach sie den logischen Schluss sofort aus.

Steffans Gesicht zuckte. »Nicht direkt eine Idee, nein.«

»Was dann?«

»Vielleicht sollte er es uns erzählen, was meinst du? Aleksander, lieber Aleksander, komm doch mal ums Eck«,

288

säuselte Steffan sarkastisch. »Wie war das damals mit uns und dem Bootshaus, hm?«

Caroline erinnerte sich an Rosvolds Bestseller, an die Szene mit dem Ertrinken, wie jemand mit einem Anker beschwert in die Tiefe gezogen wurde – aber hier war kein Anker.

Ulven krümmte sich, holte wieder Luft und ließ ihren Kopf ins Wasser zurücksinken. Caroline starrte mit Entsetzen hin, was Steffan registrierte.

»Es ist nur gerecht zu büßen«, sagte er.

Es sah fast so aus, als würde Steffan das Unrecht sühnen wollen, das Caroline widerfuhr. Zudem hatte er sie aus dem Meer gezogen und vor einer schweren Unterkühlung bewahrt. Er schien sie zu mögen. Konnte sie das für sich nutzen, um der Feuerfalle hier zu entkommen?

»Ja, du hast recht«, spielte sie ihm ihr Verständnis vor. »Es ist nur gerecht. Bitte lass mich hier raus, Steffan.«

»Das geht leider nicht. Schau, es tut mir wirklich ehrlich leid um dich. Du hast mehr drauf als alle anderen hier. Mehr als dieser Feigling dort, der sich nicht einmal traut, mir in die Augen zu sehen. Hörst du, Aleksander? Ein Feigling bist du!«

»Wozu brauchst du mich dann?« Sie musste ihn dazu verleiten, sie freizulassen, und dann eine Möglichkeit suchen, ihn zu überwältigen. »Lass mich doch raus!«

Er rieb sich das Kinn. Dann wiegte er den Kopf, und schließlich nickte er. »Warum nicht?«, sagte er, griff nach einem Schlüsselbund und sperrte auf.

Caroline schlüpfte durch den Spalt und wollte sofort wegrennen – da packte sie Steffan mit demselben starken Griff, mit dem er sie aus dem Meer gezogen hatte, und fing an zu lachen. »Wusste ich es doch«, amüsierte er sich. »Ein scheues Rehlein.«

Dann fasste er sie mit einer Hand im Nacken und drückte sie gegen das Eisengitter, das er mit der anderen Hand wieder zusperrte. Steffan presste ihr Gesicht viel zu fest gegen das Metall, sodass sie vor Schmerzen aufschrie. Sie versuchte, ihre Hände und Beine zu Hilfe zu nehmen, aber Steffan war stark, viel stärker als sie, er lachte nur, dann trat er hinter sie und fixierte sie mit seinem ganzen Körper, drückte seine Hüfte gegen ihren Rücken, sodass sie kaum noch Luft bekam.

»Hörst du, Aleksander? Das ist deine Caroline, die du hörst. Sie ist doch deine … dein heimliches Herzblatt, hab ich nicht recht? Komm endlich, wenn dir etwas an ihr liegt!«

»Aleksander!«, presste Caroline zwischen ihren Klagelauten hervor, flehte, dass er Steffans Aufforderung folgte.

Dann hörte sie Schritte – Rosvold kam tatsächlich, geknickt, fast lethargisch schlich er auf sie zu. Als er Caroline ans Gitter gepresst sah, legte er wieder eine Hand an seinen Mund. »Wieso?«, wimmerte er.

»Wieso? Ich werde dir sagen, wieso. Weil du es nicht verstehst. Du verstehst mich nicht. Dabei dachte ich früher einmal, dass mich niemand so gut kennt wie du.«

Rosvold sah drein wie ein geprügelter Hund.

Caroline wollte ihm zuschreien: *Komm schon, tu doch etwas! Er spricht mit uns, das ist unsere Chance!*

»Ich kenne dich überhaupt nicht mehr«, sagte Rosvold. »Was du da tust, kann keiner verstehen.«

Da lachte Steffan wieder dieses Lachen, das ihr förmlich unter die Haut kroch. Als er sich wieder gefangen hatte, sagte er: »Und doch hast du es in deinem Buch so gut beschrieben. Nie habe ich mich so verstanden gefühlt wie damals. Und niemals so … bestohlen.«

»Okay. Entschuldige. Geht es dir darum? Ich habe die Tragödie für mich ausgenutzt. Das tut mir leid!«

»Für eine Entschuldigung ist es längst zu spät! Es ist zu viel passiert.«

»Ich hatte ein schlechtes Gewissen! Glaubst du, ich hätte dich sonst bei mir aufgenommen? Das war ein Freundschaftsdienst!«

»Falsch. Es war genau so, wie du's eben gesagt hast. Es war dein schlechtes Gewissen, das dich getrieben hat. Kein Freundschaftsdienst. In Wirklichkeit interessierte ich dich einen Dreck. Du hast mich behandelt wie deinen Diener! Hast Almosen verteilt wie an einen Bettler! Und du nutzt mich immer noch aus!«

»Das ist nicht wahr!«

»Ach nein? Erzähl ihr von unserem Buchprojekt, von dem wir gesprochen haben. Die wahre Geschichte hinter dem Bestseller.«

Rosvold schien verärgert. »Das war doch eine Schnapsidee.«

»Wir wollten zusammen die wahre Geschichte schreiben. Die Wahrheit, ohne die du niemals da wärst, wo du heute bist.«

»Ich wollte das nie!«, widersprach Rosvold.

»Weil es deinen Mythos zerstört hätte. Du hättest zugeben müssen, dass dein Erfolg auf meinem Unglück gründet.«

»Das stimmt nicht!«

Aber Caroline erkannte, dass es so war. Rosvold hatte Steffan nicht nur einmal ausgenutzt, sondern immer wieder. Steffan hatte unter dem Unfall gelitten, während der Bestsellerautor nur halbherzig versuchte, es wiedergutzumachen. Dabei hatte er völlig übersehen, wie der Groll in Steffan immer weitergewachsen war.

Sie erkannte, dass sich Rosvold nicht herauswinden konnte. Wenn, dann lag es jetzt an ihr. »Und Borgen?«, presste sie hervor.

»Was?«, zischte Steffan.

»Sara Borgen! Was hat sie getan? Was konnte sie denn dafür?«

»Was sie dafürkonnte? Tatsächlich – nichts. Sie war der Preis, der zu zahlen war.«

»Was? Was für ein Preis?«, stammelte Rosvold.

»Der Preis dafür, dich spüren zu lassen, wie mies sich das anfühlt, ganz am Boden zu sein! Samstagabend hattest du alles noch selbst in der Hand. Du erinnerst dich, als ich ein letztes Mal mit dir reden wollte? Doch du hast mich abgewiesen wie den letzten Bittsteller. Die kleine Geste, die mir so wichtig war, tust du wie den Vorschlag ab, ins Kino zu gehen, und lädst irgendwelche wildfremden Leute hierher ein, um mit ihnen eine neue Geschichte zu schreiben. War dir wirklich nicht klar, was du mir antust?«

Hinter Caroline plätscherte Wasser. Ulven holte wieder Luft. Wann hatte sie das das letzte Mal getan? Wie es sich anhörte, hatte sie kaum noch Kraft. Sie konnten hier nicht auf Zeit spielen. Irgendetwas musste jetzt passieren, irgendetwas musste sie tun – auf Hilfe konnte sie mitten in diesem Sturm nicht hoffen.

Sie sah Rosvold in die Augen, so eindringlich sie konnte. Ihr war es unmöglich, sich Steffans Eisengriff zu entwinden, aber er war ein Mann, groß und kräftig, und vor allem hatte er beide Hände frei! Er musste nur hindurchfassen, seine Hände an Steffans Kopf legen und kräftig ziehen. Es war doch so einfach! Doch er stand nur am Gitter und tat nichts – nichts, außer immer verzweifelter dreinzuschauen. Fehlte nur noch, dass er gleich heulte wie ein Mädchen. Sie hätte keinen weiteren Beweis gebraucht, dass Rosvold ein Schaumschläger war und ein Feigling noch dazu.

Sie wollte schreien, doch im selben Moment, als sie schon Luft holte, war etwas noch lauter, kam aus dem Korridor, besser gesagt aus dem Abstellraum, dessen Tür mit Gewalt aus den Angeln gerissen wurde.

»Hallo?«, schrie jemand durch die Falltür nach unten. Es war nicht Gjelstad, und auch Manager Haugerud klang anders. »Ist da jemand? Braucht jemand Hilfe?«

»Ich!«, rief Rosvold wie aus der Pistole geschossen, lief um die Biegung und ließ Caroline mit Steffan alleine.

»Aleksander, wie er leibt und lebt«, spottete Steffan.

Dann nahm er eine Hand von Caroline. Gleich darauf hörte sie das Klicken des Benzinfeuerzeugs, das Drehen des Zündrads, das Geräusch, als das Ding auf den Steinboden des Korridors fiel. Sofort wurde es hell, züngelten Flammen hoch und krochen in den Gang hinein, der in all dem plötzlichen Licht wie ein Tor zur Hölle wirkte.

Steffan zog sie vom Gitter weg, drückte ihren Kopf nach unten und schob sie über den Steg des Bootshauses.

Rosvold schrie, mehrere Männer riefen aufgeregt durcheinander, *Feuer, raus hier, schnell* … Caroline ahnte, dass Rosvold keine Chance hatte. Die Kaminwirkung würde dafür sorgen, dass die Helfer gar nicht bis zum Gitter kamen, das den Rückweg versperrte.

Wieder und wieder brüllte er, in immer höherer Tonlage. Es waren keine Worte mehr, nur pure Verzweiflung. Caroline wusste, dass sich die Todesschreie Rosvolds für immer in ihre Gehirnwindungen brennen würden. Sie war geradezu erleichtert, als Steffan sie hinausbrachte, in die kleine geschützte Bucht vor dem Bootshaus, wo im Vergleich zum tosenden Meer um die Insel herum nur harmlose Wellen wogten.

»Rein da!«, befahl Steffan und bugsierte sie in sein Boot, das er draußen festgemacht hatte.

Weil dort, wo das Boot sein sollte, Ulven hing und ertrank. Sie musste sie retten …

Während sie noch überlegte, wie sie Steffans Fluchtversuch sabotieren konnte, hatte er das Boot schon losgemacht und den Motor gestartet. Sie fuhren in einem großen Bogen durch die Bucht und waren schon fast raus, als sich am Anlegeplatz an der Klippe ein knalloranges Boot offenbarte, das dort festgemacht lag. Jemand – ein einzelner Mann im Überlebensanzug – stand an Bord.

Steffan fuhr mit hoher Geschwindigkeit darauf zu und war gleich daran vorbei. Jetzt sah Caroline die Aufschrift *Kystvakt* – Küstenwache.

»Hilfe!«, schrie sie und hob ihre Arme. »Hilfe!«

Da waren sie auf dem offenen Meer und wurden von einer Welle erwischt, die Caroline hart auf die Planken warf. Steffan sah zurück, sie tat es auch und stellte fest, dass ein weiterer Mann der Küstenwache angelaufen kam und half, das andere Boot freizumachen.

»Mist, verdammter!«, keifte Steffan.

Die Gischt einer weiteren Welle peitschte über ihr Boot. Caroline entdeckte ein graues Schiff, weiter draußen, sie zwängte die Augen zusammen und erkannte auch an dessen Seite die Aufschrift *Kystvakt*. Dieses war im Begriff, in ihre Richtung zu drehen.

Steffan fuhr mit der nächsten großen Welle eine lang gestreckte Kurve und steuerte dann Richtung Festland. Jetzt wollte er bestimmt zum Ort Tåkesund kommen. Aber das war Wahnsinn! Die Wellen peitschten dort mit unfassbarer Kraft auf die großen Steinblöcke vorm Hafen. Sie würden bestimmt dagegengedrückt werden, trotz Steffans Fahrkünsten!

Caroline riss ihren Kopf herum. Das kleine knallorange Boot der Küstenwache war hinter ihnen her. Es war besser motorisiert als ihres und würde sie bestimmt einholen, vorausgesetzt, sie kenterten nicht vorher. Sie klammerte sich mit all ihrer Kraft an eine Strebe und fürchtete, dass dieser Rodeo-Ritt auf den Wellen vor der norwegischen Südküste kein gutes Ende nehmen würde.

Wieder fluchte Steffan etwas, fuhr eine Linkskurve und ließ den Motor noch stärker aufheulen. Er musste erkannt haben, dass es keinen Weg an Land gab. Aber was sollte er sonst tun? Der Küstenwache davonfahren?

Das andere Boot holte schnell auf …

Plötzlich nahm Steffan das Gas heraus. Der Bug senkte sich und sie kamen fast augenblicklich zum Stehen. Gerade waren sie noch mit hohem Tempo über eine Welle gerollt, Caroline war rechts und dann links durchs Bootsinnere geschleudert worden, und die nächste Welle rollte auch schon wieder heran. Was hatte Steffan vor? Wollte er riskieren, dass sie kenterten?

Wollte er sie …

Sie kam nicht mehr dazu, nach weiteren Möglichkeiten zu suchen. Steffan drehte sich um, wankte breitbeinig auf sie zu, ergriff sie, und wieder waren ihre Versuche, sich gegen ihn zu wehren, völlig aussichtslos. Scheinbar mühelos hob er sie hoch, als wäre sie eine Stoffpuppe, und warf sie ins Meer. Als sie wieder auftauchte, hörte sie noch, wie Steffan mit Vollgas weiterfuhr. Dann brach eine Welle direkt über ihr und verschluckte sie.

49

Aleksander Rosvolds verkohlte Leiche lag unangetastet im Korridor unter ihnen. Die Spurensicherung würde zwar nichts Ungewöhnliches feststellen können, aber Bach hatte entschieden, sie hätten sich an diesem Tag schon genügend Vorschriften widersetzt.

Sie hatten den Brand löschen können, bevor er aufs Hauptgebäude hatte übergreifen können. Zum Glück war die Insel erstklassig ausgerüstet, was die Brand- und Sicherheitstechnik betraf. Fast schien es, als wäre ihr Eigentümer übertrieben ängstlich gewesen. Alleine wenn man sich die vielen Überwachungskameras überall ansah. Aber seine Vorsicht hatte sich als berechtigt herausgestellt – wenn sie für ihn selbst auch nutzlos gewesen war. Bis sie das Absperrgitter aufgebrochen hatten, war es für ihn längst zu spät gewesen.

Zu spät war es auch für die zweite weibliche Autorin auf der Insel gewesen, Henriette Ulven – sie war im Bootshaus ertrunken, kopfüber mit einem dicken Seil an einem Querbalken aufgehängt, den Kopf unter Wasser. Keiner von ihnen wäre auf die

Idee gekommen, dass dort unten noch jemand um sein Leben rang, zudem waren alle mit der Brandbekämpfung beschäftigt gewesen. Nachdem sie Ulven geborgen hatten, hatten sie noch versucht, sie zu reanimieren – erfolglos.

Nils Mikkelsen saß an Bachs Seite im Kaminzimmer des Leuchtturmhauses, Harald Gjelstad ihnen gegenüber. Sie waren noch auf einen weiteren Bewohner gestoßen – Arne Haugerud, Rosvolds Manager –, der sich nur unter Androhung der gewaltsamen Öffnung der Tür dazu hatte bringen lassen, aus seinem Zimmer zu kommen. Er schien völlig verängstigt, wenn nicht gar traumatisiert zu sein. Jemand von der Küstenwache kümmerte sich gerade um ihn. Sonst schien niemand mehr hier zu sein. Mikkelsen hatte über Funk mitbekommen, dass man Caroline Sund aus dem Meer hatte bergen können, über ihren Zustand wusste er nichts. Die Nornen verfolgte gerade ein kleines Boot mit einem Flüchtigen. Die Gesamtsituation war schwer zu durchblicken – aber Mikkelsen hatte das Gefühl, dass der Mann, der ihnen gegenübersaß, für Aufklärung sorgen konnte.

Harald Gjelstad war bei ihrem Eintreffen wie von Sinnen im Haus herumgerannt und hatte nur immer wiederholt, dass er *es geschafft* habe. Was, das wollten sie gleich als Erstes herausfinden. Bach hatte vorgeschlagen, ihn an Ort und Stelle zu vernehmen, bevor er noch auf die Idee kam, seinen Vater anzurufen, der bestimmt ein Heer von Anwälten zwischen ihn und die Ermittlungen geschoben hätte. Bachs Handy lag vor ihnen und zeichnete die Vernehmung auf.

»Was haben Sie geschafft?«, fragte Bach das Naheliegende.

»Ich habe es geschafft!«, antwortete Gjelstad und wirkte völlig überdreht.

»Ja, aber was denn?«

»Was er verlangt hat.«

»Wer – er? Rosvold?«, riet Mikkelsen, der Bach ansehen konnte, dass ihn Gjelstads kryptische Antwort aus der Fassung brachte. Mikkelsen ahnte, dass sie einfach mitspielen mussten.

»Genau.«

»Und was hat er verlangt?«

Da verhärtete sich Gjelstads Gesicht. Er schien sich an etwas zu erinnern. Seine Augen wanderten schnell hin und her, aber er antwortete nicht.

»Was hat er verlangt?«, blaffte Bach, viel zu laut für Mikkelsens Geschmack.

Der Autor verschloss sich.

Da ging die Haustür auf, und mit ihr kam ein Windstoß herein, der Mikkelsen durchaus willkommen war – der Geruch des kurzen, aber intensiven Brands im Steinkeller unter ihnen ließ sich kaum ignorieren.

Als Caroline Sund eintrat, von einem Mann der Küstenwache gestützt, sprang Mikkelsen auf. Er half ihr, sich auf einen freien Stuhl zu setzen. Sie hatte eine Rettungsdecke umgelegt, ihre Haare klebten nass an ihrem Kopf, sie war blass und zitterte.

»Sie wollte unbedingt auf die Insel zurück, um euch etwas zu sagen«, meinte der Begleiter entschuldigend.

Mikkelsen nickte und sah zu ihr herunter. Was war das nur für eine tapfere Frau? Was hatte sie durchmachen müssen? Er wollte so schonend mit ihr umgehen wie möglich, überlegte, was er sie fragen könnte, aber sie fing von selbst an zu erzählen.

Sie sprach mit leiser, aber fester Stimme. Zuerst informierte sie die Anwesenden, dass Steffan Harket, Rosvolds Jugendfreund und Hausdiener, der Mörder von Sara Borgen und Henriette Ulven war. Er war derjenige, hinter dem das große Schiff der Küstenwache nun her war.

»Und er«, fuhr sie fort und sah zu Gjelstad hinüber, der unangemessen vor sich hin grinste. »Er hat Erik Wennberg getötet«, flüsterte sie, sodass Gjelstad es nicht hören konnte.

Mikkelsen konnte nicht glauben, was in den letzten Stunden hier auf der Insel los gewesen sein musste. »Was?«, kam ihm das Erstaunen viel zu laut über die Lippen. Also atmete er einmal tief durch und dachte nach, bevor er sagte: »Er erzählt dauernd etwas davon, *es geschafft* zu haben. Sagt Ihnen das was?«

Caroline Sund nickte. »Er ist zum Mörder geworden. Wie Aleksander Rosvold es von uns verlangt hat. Wir sollten keine Kriminalromane erfinden, sondern tatsächlich zu Mördern werden. So hatte er es ausgedrückt.«

Wieder verschlug es Mikkelsen die Sprache.

»Und das hat er wohl zu wörtlich interpretiert, nachdem Rosvold ihn gestern vor allen anderen gedemütigt hatte.«

Mikkelsen sah, dass es ihr schwerfiel, Gjelstad so zu belasten. Es schien fast, als hätte sie Mitleid mit ihm. »Aber wen?«, fragte er und erinnerte sich an diesen anderen Kerl mit der Glatze, der nirgendwo zu finden gewesen war …

»Harald Wennberg. Ich habe ihn im Meer treiben sehen und wollte ihn herausholen – aber seine Kehle war durchtrennt. Dann ist er auf den Meeresgrund gesunken. Aleksander Rosvold hat mir gesagt, dass er Gjelstad beim Mord beobachtet hat.«

Bach, der weit vor Mikkelsen seine Fassung wiederfand, wandte sich ab, ging zu Gjelstad hinüber und setzte sich zu ihm.

»Herr Gjelstad?«

»Ja?«

»Sie haben es geschafft.«

»Ja!«

»Sie sind zum Mörder geworden. Sie haben Harald Wennberg getötet. Weil Aleksander Rosvold es so wollte.«

Sein Stolz war so unübersehbar wie unangemessen, als er laut und deutlich sagte: »Ja, das habe ich.«

EPILOG

Samstag, 19 Uhr – Oslo

Nils Mikkelsen hatte sie mit der Nachricht überrascht, nach Oslo zu kommen. Er hatte beruflich dort zu tun und übernachtete in der Hauptstadt. Also hatten sie sich für den Abend in einer kleinen Pizzeria in der Nähe des Hauptbahnhofs verabredet, die Caroline Sund zwar nicht unbedingt zu ihrem Stammlokal auserkoren hätte, Nils aber von einem früheren Aufenthalt her kannte.

Er war schon vor ihr im Lokal und überraschte sie gleich nochmals, weil er einen Anzug und eine Krawatte trug. Bisher hatte sie ihn ja nur in der Polizeiuniform gesehen, fand aber, dass ihm die Kleidung hier viel besser stand.

Zuerst hatten sie nur Belanglosigkeiten ausgetauscht, Small Talk eben, doch als sie auf ihre Pizzas warteten, kam die Sprache schnell auf die Ereignisse vor wenigen Tagen zurück, auf diesen furchtbaren Wettbewerb und seine Folgen. Verglichen mit den anderen war Caroline noch gut weggekommen. Seither stürzten sich die Medien geradezu auf sie, und sie ahnte, dass es ihre Karriere hätte vorantreiben können, wenn sie die weltweite Aufmerksamkeit nutzte. Aber sie war noch nicht so weit. Und war sich auch gar nicht mehr sicher, ob sie eine Karriere wie die Rosvolds überhaupt anstreben wollte.

»Er hat – was?«, staunte sie, als Mikkelsen ihr von Harald Gjelstads Vater erzählte.

»Ja … unfassbar, oder? Vorübergehende geistige Unzurechnungsfähigkeit. Aber der Widerruf des Geständnisses wird seinem Sohnemann gar nichts bringen. Wir haben Beweise genug.«

»Die Gjelstads werden sich trotz ihrer Verbindungen nicht herauswinden können.«

»Nein.«

Sie nickte. In gewisser Weise tat ihr Harald Gjelstad leid. Rosvold hatte ihn in seiner Ehre verletzt, schlimmer noch, in eine Psychose gejagt, die den ehrgeizigen jungen Schriftsteller zu einem Mord getrieben hatte. Warum er sich Wennberg dafür ausgesucht hatte, *zum Mörder zu werden*, würde wohl ein Rätsel bleiben – es hätte vermutlich jeden von ihnen treffen können.

Sie hatte einfach nur Glück gehabt.

»Und Steffan?«, fragte Caroline.

»Tja – es war genau so, wie du ausgesagt hast. Er wollte die große Abrechnung mit seinem *Freund*. Er wollte alle sehen lassen, was für ein Mensch Aleksander Rosvold wirklich war. Und ihm so nebenbei noch eine Mordanklage in die Schuhe schieben.«

»Eine Mordanklage? Wie sollte das denn funktionieren?«, fragte Caroline und staunte über die Ausmaße von Steffans Racheplan.

»Das äh – kann ich dir noch nicht so genau sagen, verstehst du, Ermittlungs…«, stammelte Mikkelsen herum.

Caroline konnte es sich ohnehin vorstellen. Mit den Parallelen zu Rosvolds erstem Thriller war die Zwickmühle perfekt, in die Steffan seinen *alten Freund* hatte stecken wollen.

»Der Plan ist aber nicht aufgegangen.«

»Überhaupt nicht. Am Ende hat er zwei Menschen völlig willkürlich ermordet und Rosvold obendrein. Was für ein Wahnsinn.«

»Hat er gestanden?«

Mikkelsen nickte.

Caroline gab sich damit zufrieden. Sie hatte keine Lust, weiter an die Geschehnisse zu denken. Was sich ereignet hatte, war Stoff genug für mehrere Geschichten – aber sie dachte nicht im Traum daran, jetzt etwas davon niederzuschreiben.

»Wie geht's bei dir weiter?«, fragte Mikkelsen.

»Ich nehme mal eine Auszeit. Kein Studium, nichts schreiben. Ich lebe einfach mal von meinen Reserven und schau, wohin es mich treibt.«

Das mit den Reserven war eine Lüge. In Wahrheit brauchte sie Geld, und zwar dringender denn je. Sie wohnte nach der Trennung von Hans-Petter bei ihrer Mutter, und obwohl sich diese nie im Leben bei ihr beschwert hätte, hatte Caroline doch das Gefühl, dass die Zeit in ihrem Elternhaus vorbei war. Aber sie wollte sich nicht wieder binden, weder an einen Mann noch an eine eigene Wohnung noch an irgendwas. Sie wollte sich treiben lassen und wusste noch nicht, wie sie es anstellen sollte. Aber vermutlich gehörte genau diese Unsicherheit zu ihrem neuen Leben.

Sie fühlte, dass da Ideen in ihr schlummerten, die für Bücher taugten. Aber noch war die Zeit nicht reif. Vielleicht in ein paar Wochen. Nächstes Jahr. Oder irgendwann. Sie ahnte, dass die Ereignisse in Tåkesund sie zu einem anderen Menschen gemacht hatten, hatte aber keine Ahnung, wer das sein sollte. Die Zeit würde es zeigen.

Während sie aßen, begann Mikkelsen von Hanne Molstad zu erzählen. Er erklärte, dass sie die Ärztin in Tåkesund war und dass er *gewisse Gefühle* hatte, was sie anging. Caroline vermutete, dass es positive und starke Gefühle waren.

Sie war erleichtert, dass Mikkelsen mit dieser Verabredung keinen Hintergedanken verfolgte. Sie schätzte ihn, fand ihn durchaus attraktiv, aber sie wollte nicht einmal daran denken, etwas Neues zu beginnen. Sie wollte nur allein sein.

»Soll ich mich bei ihr melden?«, fragte er, nachdem er ihr alles erzählt hatte. »Was sagst du?«

»Unbedingt«, antwortete sie. »Sag ihr alles, was du empfindest. Genauso wie mir gerade.«

Er nickte und bedankte sich bei ihr wie bei einer alten Freundin. Sie lächelte. Es war schön, dieses Glitzern in seinen Augen zu sehen. Und auch wenn es sie mit Wehmut erfüllte, wusste Caroline, dass es gut so war.

Auf sie wartete ein anderes Leben.

FSC
www.fsc.org
MIX
Papier | Fördert
gute Waldnutzung
FSC® C083411

Zeitfracht Medien GmbH
Ferdinand-Jühlke-Straße 7
99095 Erfurt, Deutschland
produktsicherheit@kolibri360.de

Druck:
CPI Druckdienstleistungen GmbH
im Auftrag der
Zeitfracht Medien GmbH
Ein Unternehmen der Zeitfracht - Gruppe
Ferdinand-Jühlke-Str. 7
99095 Erfurt